neue frau
herausgegeben von
Angela Praesent und
Gisela Krahl

Isabelle Eberhardt

Briefe an drei Männer

Herausgegeben und mit Kommentaren
versehen von
Marie-Odile Delacour und Jean-René Huleu
unter Mitarbeit von Faiza Abdul Wahab

Mit einem Vorwort von
Hans Christoph Buch

Deutsch von
Gerhard Döhler

rororo
Rowohlt

Die deutsche Ausgabe folgt, leicht gekürzt,
der von Marie-Odile Delacour und Jean-René Huleu
unter Mitarbeit von Faiza Abdul Wahab herausgegebenen
und kommentierten französischen Ausgabe.
Isabelle Eberhardt: *Écrits intimes*. Lettres aux trois
hommes les plus aimés erschien 1991 bei
Éditions Payot, Paris
Umschlaggestaltung: Nina Rothfos unter Verwendung
einer Illustration von Britta Lembke

Deutsche Erstausgabe

Veröffentlicht im Rowohlt Taschenbuch Verlag GmbH,
Reinbek bei Hamburg, Februar 1993

Satz Garamond (Linotronic 500)
Gesamtherstellung Clausen & Bosse, Leck
Printed in Germany
1490-ISBN 3 499 13187 0

Einleitung

von
Hans Christoph Buch

I

Erst das von Ayatollah Khomeini verhängte Todesurteil gegen den Schriftsteller Salman Rushdie hat der westlichen Öffentlichkeit bewußt gemacht, daß der Islam am Ende des 20. Jahrhunderts mehr ist als der einst sprichwörtliche «kranke Mann» vom Bosporus. Seit der fundamentalistische Aufbruch im Iran den Schah vom Pfauenthron fegte, haben islamische Glaubenskämpfer, wie einst die Türken vor Wien, Europa das Fürchten gelehrt und die Welt an den Rand des Krieges gebracht, der um Afghanistan und Kuweit mit Giftgas, Panzern und Raketen ausgefochten wurde. Nicht nur Irak und der Libanon, selbst Algerien, lange Zeit ein Hort der Stabilität im krisengeschüttelten Nordafrika, ist zum Schauplatz blutiger Auseinandersetzungen geworden, bei denen ein bürokratisch erstarrtes Revolutionsregime im Namen Allahs mit der gleichen Guerillataktik attackiert wird, die einst die französische Kolonialherrschaft zu Fall brachte. Je nachdem, ob ihr Kampf gegen den «American way of life» oder gegen sowjetische Hegemonieansprüche gerichtet war, wurden die Gotteskrieger von den westlichen Medien als islamische Fanatiker verteufelt oder zu strenggläubigen Moslems verklärt. Dabei handelt es sich um zwei Seiten derselben Sache, besser gesagt um Wellen ein und desselben Ozeans, der die Festung Europa (und deren nahöstliches Vorwerk Israel) umbrandet, seit der Prophet Mohammed von Mekka nach Medina floh und damit eine Springflut auslöste, deren historischer Langzeiteffekt von den Kreuzzügen bis zur Eroberung Konstantinopels 1453 und von den Türkenkriegen bis zum Palästinakonflikt reicht.

2

Die fremde und feindliche Welt des Islam, der Europa entscheidende Anstöße zu seiner Entwicklung verdankt, hat das christliche Mittelalter ebenso fasziniert wie das Zeitalter der Aufklärung und des Kolonialismus: von den Liedern der Minnesänger und Troubadours bis zu Goethes Westöstlichem Diwan, und von Freiligraths Wüstengedichten bis zu den orientalischen Reiseromanen von Karl May oder, um beim französischen Beispiel zu bleiben, Pierre Loti und Isabelle Eberhardt.

Damit bin ich endlich beim Thema. Wer war Isabelle Eberhardt? Die Stationen ihres kurzen und abenteuerlichen Lebens, das sie von Genf über Marseille nach Algier und von dort ins Innere der Sahara verschlug, wo sie mit siebenundzwanzig Jahren starb, erscheinen so phantastisch, daß immer wieder Zweifel an der Glaubwürdigkeit ihrer Biographie geäußert worden sind. Schon zu Lebzeiten hat Isabelle Eberhardt die Spuren ihrer Existenz verwischt, indem sie, als Mann verkleidet, unter falschen Namen auftrat und ihre Texte unter russischem oder arabischem Pseudonym veröffentlichte; die späteren Herausgeber ihrer Manuskripte Victor Barrucand, René-Louis Doyon und Robert Randau schrieben diese nach Gutdünken um, ließen weg, was ihnen nicht paßte, und fügten anderes hinzu, so daß Zweifel an der Authentizität von Isabelle Eberhardts Leben *und* Werk durchaus berechtigt erschienen. Erst als ich in Meyrin vor der *Villa Neuve* stand, in der Isabelle Eberhardt ihre Kindheit und Jugend verlebt hat, und später in Aïn-Sefra vor ihrem von Pater François Cominardi gepflegten Grab, habe ich meine diesbezüglichen Bedenken *ad acta* gelegt.

3

Isabelle Eberhardt wurde am 17. Februar 1877 als jüngstes von sechs Kindern einer adligen russischen Emigrantin geboren. Ihre Mutter, Nathalie Eberhardt von Liesen, verwitwete de Moerder, war zum Zeitpunkt ihrer Geburt 39 Jahre alt. Soviel ist sicher, aber hier hören die Gewißheiten auch schon auf. Isabelles deutschstämmige Mutter soll ihren Ehemann, den General im Dienste des Zaren Pawel Karlowitsch de Moerder, nach der Geburt ihres vierten Kindes verlassen haben und mit dem Hauslehrer der Familie, einem gewissen Trophimowsky, über die Türkei nach Italien durchgebrannt sein. Alexandre Trophimowsky, kurz Wawa genannt, war ein russisch-orthodoxer Priester, der unter dem Einfluß Bakunins vom Christentum zum Anarchismus übertrat. Fest steht – und hier bewegen wir uns wieder auf gesichertem Terrain –, daß Nathalie de Moerder, wie sie in den Genfer Polizeiakten genannt wird, sich 1872 zusammen mit Trophimowsky und ihren Kindern in Meyrin am Genfer See niederließ, wo sie eine einsam gelegene Villa bezogen, dic wegen ihres verwilderten Gartens *Villa Tropicale* oder nur *Villa Neuve* genannt wurde. Die Schweiz war damals ein Tummelplatz für russische Anarchisten und Nihilisten, die hier, wie später Lenin in Zürich, vor der zaristischen Polizei Zuflucht suchten und sich in der *Villa Neuve* die Türklinke in die Hand gaben: das Haus soll zeitweilig einem revolutionären Heerlager geglichen haben. Daß Nathalie Eberhardt kein bürgerliches Familienleben geführt hat, geht allein schon daraus hervor, daß sie nach dem Tod ihres Mannes nicht wieder heiratete, sondern in «wilder» Ehe mit Trophimowsky zusammenlebte, der ein Verhältnis mit ihrer ältesten Tochter gehabt haben soll. Die Kinder durften keine Kirche oder Schule besuchen und wurden statt dessen von ihrem Stiefvater in alten und neuen Sprachen, Geschichte, Geographie und wissenschaftlichem Atheismus unterrichtet; zu ihrer körperlichen Ertüchtigung mußten sie im Garten arbeiten, in dem

Trophimowsky mit biologischen Anbaumethoden Obst und Gemüse zog. Ein Besucher hat die Atmosphäre im Garten des von den Nachbarn ängstlich gemiedenen Hauses so beschrieben: Vier Jungen im Alter zwischen zwölf und achtzehn Jahren sind damit beschäftigt, Beete umzugraben, Unkraut zu jäten und Dünger auszubringen; als der Besucher nähertritt, stellt er fest, daß der jüngste und kräftigste der vier, der, mit einer Zigarette im Mund, Holz hackt, ein Mädchen ist. Schon als Kind soll Isabelle Eberhardt sich geweigert haben, Frauenkleider zu tragen, und sich nicht nur zu Hause, sondern auch bei ihren Streifzügen durch Genf und Umgebung, stets als Mann kostümiert haben – eine Vorliebe, die sie für den Rest ihres Lebens beibehielt. Sie scheint körperlich äußerst robust und extrem sprachbegabt gewesen zu sein; schon mit zwölf Jahren soll sie fließend Französisch, Russisch, Italienisch und Deutsch gesprochen und griechische und lateinische Klassiker im Original gelesen haben. Zur gleichen Zeit beginnt sie, arabisch zu lernen, und beschließt, im Alter von vierzehn Jahren, zum Islam überzutreten, eine Konversion, die sie endgültig erst mit zwanzig vollzog. Dahinter steht, ähnlich wie hinter dem Entschluß, Männerkleider zu tragen, mehr als nur der Wunsch, die biederen Schweizer Bürger zu schockieren und den Nonkonformismus ihrer Eltern an Radikalität noch zu übertreffen. Der Übergang vom anarchistischen Nihilismus zu dem auf Disziplin und Gehorsam basierenden Fundamentalismus des Islam war zugleich ein Protest gegen den libertären Zeitgeist der *Belle Epoque*, von dem weiter unten noch die Rede sein wird.

Vor den sexuellen Nachstellungen ihres Stiefvaters sucht Isabelle Zuflucht bei ihrem älteren Bruder Augustin, mit dem sie zu Fuß oder zu Pferde die Umgebung von Meyrin durchstreift und sich, in ihrer Phantasie, von den Tälern des Jura in die Schluchten des Atlasgebirges versetzt. Sie korrespondiert mit einem in der Sahara stationierten französischen Offizier und einem Vorkämpfer der revolutionären Jungtürkenbewegung und teilt ihren

Briefpartnern ihre von französischen und russischen Vorbildern inspirierten, ersten Schreibversuche mit.

Als Augustin im Herbst 1895, um dem unerträglich gewordenen Druck im Elternhaus zu entgehen, von Genf nach Marseille flieht und dort in die Fremdenlegion eintritt, beschwört die achtzehnjährige Isabelle ihren Bruder zur Rückkehr in einem verzweifelten Brief, der mit einem auf arabisch geschriebenen Gedicht endet:

«Mein Körper ist im Okzident,
aber meine Seele ist im Orient!
Mein Körper ist im Land der Ungläubigen,
aber meine Seele ist in Istanbul,
und mein Herz ist in Oran!»

4

Zusammen mit ihrer kranken Mutter, der der Arzt einen Klimawechsel empfohlen hat, schifft sich Isabelle Eberhardt im Mai 1897 von Marseille nach Algier ein; in der Küstenstadt Bône, dem heutigen Annaba, nicht weit von der tunesischen Grenze, beziehen beide eine bescheidene Wohnung in der Rue Bugeaud, am Rand der Kasbah. Isabelle ist endlich am Ziel ihrer Wünsche; als Mann verkleidet, in orientalischer Tracht, erkundet sie die engen Gassen der Altstadt, besucht Märkte und Moscheen und studiert islamische Sitten und Gebräuche, die sie bisher nur aus Büchern kennt. Gemeinsam mit ihrer Mutter tritt sie nunmehr auch formell zum Islam über, dessen religiöse Vorschriften – rituelle Waschungen und Gebete – sie schon seit Jahren befolgt. Die beiden sind häufig in den Villen des Europäerviertels und in den Residenzen höherer Militärs zu Gast, von denen Isabelle die Geschichte der französischen Eroberung aus erster Hand erfährt. Seit 1830 das erste Truppenkontingent an der algerischen Küste landete, hat Frankreich die Grenzen seines nordafrikanischen Kolonialreichs stetig ausgedehnt; nach der Eroberung Tunesiens im Osten steht Marokko im Westen kurz vor der «freiwilligen» Annexion, die nur durch den Einspruch Englands und Deutschlands vorläufig verhindert wird. Aber während französische Truppen längst über den Niger hinaus bis zum Kongo vorgestoßen sind, gibt es im Innern der Sahara noch immer von rebellischen Nomaden beherrschte, unerforschte Gebiete, die noch keines Weißen Fuß betreten hat. In diese sagenhaften Scheichtümer vorzudringen war von Anfang an Isabelles sehnlichster Wunsch. Trotz des milden Klimas an der Küste verschlechtert sich der Gesundheitszustand ihrer Mutter rapide; als Trophimowsky, von Isabelle telegraphisch alarmiert, Ende November in Bône eintrifft, ist es zu spät: die Mutter ist wenige Stunden zuvor verstorben. In ihrer Verzweiflung will sich Isabelle das Leben nehmen; Trophimowsky reicht ihr wortlos seinen geladenen Revolver; als sie zögert, reißt er das Fenster auf und deutet einladend auf die von brodelndem Verkehr erfüllte Straße hinab. Durch diese Radikalkur, Ausdruck des anarchistischen Prinzips, jeden Menschen den Zeitpunkt seines Todes selbst bestimmen zu lassen, wird sie von ihren Selbstmordgedanken geheilt. Nachdem die Mutter auf dem islamischen Friedhof beigesetzt worden ist, kehrt Trophimowsky nach Genf zurück, während Isabelle nach Tunis weiterreist, wo sie, zu Fuß und zu Pferde, die Umgebung der Stadt mit ihren Ruinen aus römischer und phönizischer Zeit durchstreift. Wie stets als Araber verkleidet, kehrt sie in den Bars und Bordellen des Hafenviertels genauso selbstverständlich ein wie in den heiligen Stätten des Islam und ist in den Zelten der Beduinen ebenso willkommen wie in den Absteigen der Vergessenssucher, die hier, auf Palmstrohmatten liegend, ihren Kif rauchen. Damals noch legale Drogen wie Haschisch und Absinth spielen in Isabelle Eberhardts Leben und Arbeit fortan eine wichtige Rolle. In Tunis entstehen ihre ersten Prosaskizzen und Kurzgeschichten, die sie ohne Erfolg französischen Zeitungen anbietet, und hier begegnet sie zum ersten Mal den Vorurteilen der Kolonialbourgeoisie, die sie von nun an auf Schritt und Tritt begleiten: Ihre Kostümierung als Araber und ihr vertrauter Umgang mit Parias aus der Unterschicht – Matrosen und Prostituierten, Fremdenlegionären und Eingeborenensoldaten («Spahis») – lassen sie in den Augen der besseren Gesellschaft verdächtig erscheinen und machen die Behörden auf sie aufmerksam. Sie nennt sich Si Mahmoud und gibt sich als Sohn eines Tunesiers und einer Deutschen aus. Die Polizei vermutet hinter dieser Tarnung abwechselnd eine englische Spionin, die die Araber zum Heiligen Krieg gegen Frankreich aufstacheln soll, eine jüdische Suffragette, die Unruhe in den Harems stiften will, oder eine bombenlegende russische Terroristin. Der Dichter Arthur Rimbaud wurde von den britischen Kolonialbehörden in Aden unter ähnlich absurden Anschuldigungen observiert.

5

Zu Beginn des Jahres 1899 kehrt Isabelle mit ihrem letzen Geld nach Genf zurück, wo sie zusammen mit ihrem Bruder Augustin den todkranken Trophimowsky pflegt und mit einer Überdosis Morphium sein Leiden beendet. Danach hält sie nichts mehr in Europa; Augustin hat seine Entlassung aus der Legion beantragt und sich in Marseille niedergelassen, wo er eine kleinbürgerliche Ehe führt; die Geschwister haben einander nichts mehr zu sagen. Anstatt den Verkauf der mit Hypotheken belasteten *Villa Neuve* abzuwarten, beauftragt sie einen Notar mit der Abwicklung ihrer Erbschaft und kehrt auf schnellstem Wege nach Tunis zurück. Nach der Ankunft kauft sie sich ein Pferd und reitet mitten im Sommer allein durch die Wüste nach Algerien. In Batna schließt sie sich einem französischen Militärkonvoi an, von dem sie sich in Biskra wieder trennt, und zieht, zusammen mit einer Gruppe von Moslempilgern, nach Süden, den im Innern der Sahara gelegenen Oasen entgegen. Die schroffen Berge des Atlas im Norden, der endlos gewellte Horizont mit seinen Sanddünen im Süden, die in der Dämmerung ein von Purpur bis Violett reichendes Farbenspiel entfalten – die Wüste wird für Isabelle Eberhardt zur zweiten Heimat, deren melancholische Faszination sie in zahlreichen Zeichnungen, Kurzgeschichten und Prosaskizzen festzuhalten versucht. Ihre Lebensweise ist ebenso bescheiden wie die der Nomaden, die sie in ihren Erzählungen schildert: eine Handvoll Datteln, eine Tasse Mokka oder Pfefferminztee und ein paar Zigaretten genügen ihr als täglicher Proviant.

Im Herbst 1899 fährt Isabelle Eberhardt nach Paris, um sich in den literarischen Salons einen Namen zu machen und ihre in der Sahara entstandenen Texte französischen Verlagen vorzulegen. Sie trifft ihren Brieffreund Abou Naddara wieder, der in Paris als Oberhaupt der Jungtürkenbewegung residiert und ihr die Größen und Scheingrößen der *Belle Epoque* vorstellt: die Gräfin Rattazzi, eine Großnichte Napoleons und ehemalige Geliebte von Eugène Sue; Madame Séverine, Skandalschriftstellerin und Vorkämpferin der «sapphischen» Liebe, deren Annäherungsversuche Isabelle Eberhardt zurückweist; und die Marquise de Morès, Witwe eines in Nordafrika verschollenen Pressemagnaten, der die antisemitische Hetzkampagne gegen Dreyfus finanziert hat und in der Sahara von aufständischen Nomaden getötet worden ist. Die Marquise erteilt Isabelle den Auftrag, nach den Mördern ihres Mannes zu fahnden, und im Sommer 1900 bricht sie, großzügig mit Geld ausgestattet, zum dritten Mal nach Algerien auf.

Zwar scheint sie ernsthaft nach den Mördern des Marquis de Morès gefahndet zu haben, aber als der Vorschuß aufgebraucht ist und keine finanzielle Unterstützung mehr aus Paris eintrifft, legt sie ihren Auftrag *ad acta*. Isabelle verliebt sich in Slimène Ehnni, den Leutnant eines in Batna stationierten Spahi-Regiments, den sie in Briefen und Tagebuchnotizen mit arabischen

Kosenamen belegt, und beschließt, nach islamischem Ritus zu heiraten, sobald Slimène aus der Armee entlassen wird. Die französische Kolonialbourgeoisie beobachtet die unstandesgemäße Liaison einer Europäerin mit einem Algerier voller Mißtrauen, und der alte Spionageverdacht erhält neue Nahrung. Inzwischen ist sie der Qadriya beigetreten, einer geheimen Moslembruderschaft, die noch nie einen Weißen, geschweige denn eine Frau, in ihre Reihen aufgenommen hat und die zudem im Verdacht steht, die Rebellion gegen das Kolonialregime zu schüren. Während eines Besuchs beim religiösen Oberhaupt der Qadriya, Cheikh Si Lachmi, in Behima wird Isabelle von einem religiösen Fanatiker, der einer konkurrierenden Moslemsekte angehört, tätlich angegriffen und durch einen Säbelhieb schwer verletzt. Eine über den Hof gespannte Wäscheleine rettet ihr das Leben, ihr linker Arm aber bleibt trotz ärztlicher Behandlung partiell gelähmt. Der Attentäter wird von Umstehenden überwältigt und der Justiz übergeben, die politischen Hintergründe des Anschlags aber werden nie aufgeklärt. Vor Gericht bittet Isabelle Eberhardt um Gnade für ihren Aggressor, der in höherem Auftrag gehandelt habe, und protestiert gegen die Art der Befragung durch den Staatsanwalt, der sie mit den Worten «Vous êtes en France, Mademoiselle, pas en Russie!» zur Ordnung ruft. Der Täter wird zu lebenslanger Zwangsarbeit verurteilt, während das Opfer der Aggression als unerwünschte Ausländerin aus Algerien abgeschoben wird.

6

Im Juni 1901 reist Isabelle Eberhardt, als Matrose verkleidet, unter dem Pseudonym Pierre Mouchet nach Marseille und wartet in der Wohnung ihres Bruders Augustin vergeblich auf ein Wiedersehen mit Slimène, der erst Ende Oktober nachkommt und sich zunächst auf dem Standesamt und anschließend in der Moschee nach islamischem Ritus mit ihr trauen läßt – an ihrem Hochzeitstag soll sie ausnahmsweise einmal Frauenkleider getragen haben. Obwohl sie damit die französische Staatsangehörigkeit erworben hat, darf Isabelle Eberhardt wegen des gegen sie verhängten Ausweisungsbefehls nicht nach Algerien zurückkehren; Wochen vergehen, bevor sie die erforderliche Genehmigung erhält. Zwar ist die *Villa Neuve* inzwischen verkauft, aber von dem Erlös bekommen die Erben, abgesehen von der Notarrechnung, nichts zu sehen; das gesamte Geld ist zur Begleichung der von Trophimowsky hinterlassenen Schulden draufgegangen. Froh, dem Kleinbürgerhaushalt ihres Bruders entronnen zu sein, schifft sie sich im Januar 1902 an Bord des Postdampfers *Duc de Bragance* nach Algier ein und kehrt – ohne es zu wissen – Europa für immer den Rücken.

Inzwischen ist Slimène aus dem aktiven Dienst ausgeschieden, und das junge Ehepaar sitzt ohne Arbeit und ohne Geld im Hinterzimmer einer billigen Pension in der Kasbah. Wie so oft kommt Isabelle Eberhardt in der Not ein neuer Freund zu Hilfe: Victor Barrucand ist ein liberaler Journalist, der in seiner Zeitung *Les Nouvelles* für eine Reform des Kolonialregimes eintritt und die Herausgabe eines Wochenblattes in arabischer Sprache plant. Dafür kommt ihm Isabelle wie gerufen, die durch ihren Prozeß Aufsehen erregt und Schlagzeilen gemacht hat. Barrucand beginnt, ihre in der Sahara entstandenen Reportagen und Kurzgeschichten zu drucken; der Name Isabelle Eberhardt ist bald über Algerien hinaus ein Begriff. Vor Gericht als Zeugin geladen, um zugunsten algerischer Bauern auszusagen, die gegen die Enteignung ihres Landes durch französische Siedler prozessieren, zieht sie es vor, ihrem Wandertrieb zu folgen, und fährt im Auftrag von Victor Barrucand in die Wüste, aus der sie mit einer reichen Ausbeute an Prosaskizzen und Reportagen nach Algier zurückkehrt.

Durch Vermittlung von Barrucand wird Slimène zum Gemeindeschreiber von Ténès ernannt. Isabelle folgt ihm in die kleine Stadt an der Mittelmeerküste und lebt als gehorsame Ehefrau an der Seite ihres Moslemgatten, aber die üble Nachrede holt sie auch hier ein. Ihr unkonventionelles Auftreten schokkiert die französische Oberschicht, besonders die Ehefrauen der Kolonialherren betrachten sie mit Eifersucht und Haß. Ein von Isabelle abgewiesener, in seiner männlichen Ehre gekränkter Offizier inszeniert eine Leserbriefkampagne in der Presse, in deren Verlauf sie perverser Laster und Verbrechen beschuldigt wird, unter denen der Spionageverdacht noch das harmloseste ist. Slimène beantragt seine Versetzung auf einen anderen Posten, während seine Frau, um der Hexenjagd zu entkommen, erneut in die Sahara aufbricht.

Im Herbst 1903 wird sie in Aïn-Sefra General Lyautey vorgestellt, dem neuen Kommandanten des Sud-Oranais, der sein Kolonialreich wie ein kleiner Napoleon kommandiert und in aller Stille die Annexion Marokkos vorbereitet, indem er die Führer der miteinander verfeindeten Nomadenstämme gegeneinander ausspielt. Mit ihrer Kenntnis von Land und Leuten kommt ihm Isabelle Eberhardt wie gerufen; anstatt ihr Steine in den Weg zu legen oder sie gar mit Ausweisung zu bedrohen, stellt er ihr ein *laisser-passer* für das gesamte Grenzgebiet aus und läßt sie, als Moslempilger getarnt, ungehindert reisen. Obwohl ihr das Schreiben endlich Geld einbringt – für das Honorar ihrer Kurzgeschichten hat sie sich einen Araberhengst gekauft –, wird sie immer öfter von Depressionen heimgesucht; die Strapazen des Nomadenlebens sind nicht spurlos an ihr vorübergegangen. Nach einem Ehestreit mit Slimène läuft sie nachts allein in die Wüste, um Selbstmord zu begehen; statt dessen besäuft sie sich mit Absinth, veranstaltet Schießübungen auf leere Flaschen und wird am nächsten Morgen halberfroren aufgefunden.

7

Zu Beginn des Jahres 1904 geht Isabelle Eberhardt auf ihre letzte Reise. General Lyautey schickt sie in geheimer Mission in die Wüste, um Kontakte mit rebellischen Nomaden zu knüpfen, die sich weigern, die französische Oberhoheit anzuerkennen, und von Marokko aus Raubzüge auf algerisches Gebiet unternehmen. Deren Anführer, Cheikh Sidi Brahim, empfängt sie im Kloster von Kenadsa, das vor ihr noch kein Europäer betreten hat; halb als Gast, halb als Gefangene, widmet sie sich hier wochenlang frommer Einkehr; fast scheint es, als habe Isabelle Eberhardt sich unbewußt aufs Sterben vorbereitet.

Auf der Rückreise an Malaria erkrankt, wird sie mit hohem Fieber ins Militärhospital von Aïn-Sefra eingeliefert. Zusammen mit Slimène, den sie telegraphisch benachrichtigt hat, verläßt sie vorzeitig das Hospital und mietet eine Lehmhütte am Ufer des Oued Sefra. In der Nacht vom 20. zum 21. Oktober geht ein Sturzregen auf die Oase nieder; der ausgetrocknete Fluß verwandelt sich in einen reißenden Strom, der zahlreiche Häuser fortspült und mitsamt ihren Bewohnern unter Bergen von Schlamm begräbt.

Slimène bringt sich rechtzeitig in Sicherheit, aber Isabelle weigert sich, die Lehmhütte zu verlassen, in der sie ihren Rausch ausschläft. Erst Tage später wird ihr Leichnam unter den Trümmern des eingestürzten Hauses entdeckt, wo ein von General Lyautey abkommandierter Suchtrupp einen schlammverkrusteten Sack mit Manuskripten sicherstellt. Bei Isabelle Eberhardts Begräbnis auf dem islamischen Friedhof in Aïn-Sefra hält der General selbst die Trauerrede:

«Wir haben uns gut verstanden, die arme Mahmoud und ich ... Sie war das, was mich auf der Welt am meisten fasziniert: eine Außenseiterin. Was für ein Vergnügen, einem Menschen zu begegnen, der ganz er selbst ist, jenseits jeder Heuchelei, aller Vorurteile und Klischees, und der frei lebt wie ein Vogel in der

Luft… Ich habe ihr großartiges künstlerisches Talent ebenso geschätzt wie ihre Fähigkeit, Staatsanwälte, Obergefreite und Oberlehrer jedweder Couleur das Fürchten zu lehren. Arme Mahmoud!»

8

Was an Isabelle Eberhardts Leben und Werk vor allem besticht, ist dessen radikale Modernität, in der sich ideologische und ästhetische Tendenzen der Gegenwart zu zeitloser Aktualität verdichten: Anarchismus und Feminismus, gepaart mit einer konsequenten Kritik des Eurozentrismus im Namen dessen, was wir heute Dritte Welt nennen. Dem progressiven Image widerspricht Isabelle Eberhardts Schwanken zwischen sozialem Mitleid und politischem Engagement auf der einen, stoischem Gleichmut und islamischer Schicksalsergebenheit auf der anderen Seite – ein Widerspruch, der auf mehreren Ebenen wiederkehrt: als Spannung zwischen mystischer Spiritualität und materialistischer Kaltschnäuzigkeit, erotischer Sensibilität bzw. Sentimentalität und sadomasochistischer Lust an den Ritualen von Gewalt und Unterwerfung, die sie in ihren Erzählungen immer wieder geschildert hat. Das Unvollendete, Fragmentarische ist das ästhetische Signum ihres Werks, das sich keinem herkömmlichen Genre und keiner traditionellen Gattung fügt und, im Sinne einer postmodernen Poetik, an der Grenze zwischen Journalismus und Literatur, Realität und Fiktion angesiedelt ist, die es nach beiden Seiten hin ständig überschreitet.

Dieser Eindruck ist irreführend. Vieles von dem, was uns heute an Isabelle Eberhardts Leben und Werk «postmodern» erscheint, ist ein Produkt ihrer Epoche, der Wende vom 19. zum 20. Jahrhundert, die zugleich die Inkubationszeit der Moderne war: Neuromantik und Naturalismus, Impressionismus und Expressionismus, Symbolismus und Jugendstil sind hier eine unauflösliche Verbindung eingegangen, wie sie ähnlich bei ihren literarischen Vorbildern Semjon Nadson und Pierre Loti sowie bei ihren Nachfolgern Max Dautendey und T. E. Lawrence anzutreffen ist. Was die genannten Autoren miteinander verbindet, ist die Tatsache, daß sie aus einer als eng und bedrückend empfundenen Gegenwart in exotisch-erotische Wunsch(t)räume flüchteten, die außerhalb Europas greifbare Gestalt anzunehmen schienen. Etwa um die gleiche Zeit schrieben Rudyard Kipling und Joseph Conrad ihre in tropischen Ländern spielenden Romane, reisten Hermann Hesse und Stefan Zweig nach Indien, Paul Klee und August Macke nach Nordafrika, während Gauguin auf Tahiti starb und Picasso im Pariser *Musée de l'Homme* die sogenannte «primitive» Kunst entdeckte. Die Begeisterung der Kubisten für Skulpturen aus Afrika und Ozeanien war, ebenso wie die Japanmode des Impressionismus, Ausdruck eines romantischen Fernwehs, das die europäische Phantasie immer wieder zu ästhetischer Innovation inspiriert hat – man denke nur an die orientalisierende Kunst und Literatur der Aufklärung und des 19. Jahrhunderts. Was aber unterscheidet Isabelle Eberhardts Werk von dem ihrer Zeitgenossen, welches war ihr ureigener und unverwechselbarer Beitrag zum literarischen Exotismus?

Damit meine ich nicht allein die Tatsache, daß sie aus der vorgegebenen Geschlechterrolle ausbrach: Schon um die Mitte des 19. Jahrhunderts hatten weibliche Reisende wie Lady Stanhope und Ida Pfeiffer als Männer verkleidet Nordafrika und den Nahen Osten durchstreift und mit ihren Schilderungen orientalischer «Sittenlosigkeit» das bürgerliche Publikum schockiert. Was Isabelle Eberhardt von solchen Vorgängerinnen unterschied, war weniger ihre Androgynität als vielmehr ihre existentielle Unbehaustheit. Daß die doppelte Revolte gegen ihre bürgerliche Schweizer Umwelt *und* gegen ihr anarchistisches Elternhaus die Form einer religiösen Konversion annahm, ist nicht weiter überraschend, wenn man bedenkt, welche Rolle der

Orient, und speziell der Islam, als Projektionsfläche unbewußter Wünsche und Ängste seit jeher in Europa gespielt haben; der homosexuelle Abenteurer Lawrence von Arabien ist einen ähnlichen Weg gegangen. Was sie von diesem wiederum unterscheidet, ist ihre Frühreife: Ähnlich wie Georg Büchner starb Isabelle Eberhardt in der Blüte der Jugend, nachdem ihr kurzes Leben wie ein phantastisches Feuerwerk verpufft war, vergleichbar den Blitzkarrieren von Blues- und Rockstars wie Janis Joplin und Jimi Hendrix – bei dieser letzten Parallele zur Gegenwart will ich es vorläufig bewenden lassen.

Chronologische Übersicht

1872 Nathalie de Moerder, née Eberhardt, lebt in der Schweiz, nachdem sie Sankt Petersburg mit Alexandre Trophimowsky, dem Hauslehrer ihrer Kinder, verlassen hat. Das fünfte, Augustin, ist am 10. Dezember 1871 geboren.

1876 Geburt von Ali Abdul Wahab in Tunis.

1877 Am 17. Februar Geburt von Isabelle Wilhelmine Marie Eberhardt in der Villa des Grottes, Genf. Die Geburtsurkunde nennt den Vater nicht.

1895 31. Oktober: Nachem er aus dem Haus der Familie in Meyrin bei Genf ausgerissen ist, tritt Augustin de Moerder in die Fremdenlegion ein. Er wird in Sidi-bel-Abbès in Algerien stationiert. Isabelle Eberhardt veröffentlicht erstmals Erzählungen in der Pariser *Nouvelle Revue moderne* unter dem Pseudonym Nicolas Podolinsky.

1896 4. Februar: Augustin de Moerder wird aus der Fremdenlegion entlassen. Reißt am 9. Dezember erneut aus.

1897 14. Januar: Augustin tritt erneut in die Fremdenlegion ein. Wird in Saida in Algerien stationiert.

Frühjahr: Während eines Aufenthalts in Paris beginnt Ali Abdul Wahab einen Briefwechsel mit Isabelle Eberhardt.

Mai: Nathalie de Moerder, Alexandre Trophimowsky und Isabelle Eberhardt brechen nach Bône in Algerien auf. Am 15. Juli erster Besuch von Ali in Bône; zweiter Besuch im Oktober.

18. November: Nathalie de Moerder stirbt in Bône.

4. Dezember: Isabelle Eberhardt reist nach Genf.

1898 März: Augustin de Moerder wird entlassen und schließt sich Ali Abdul Wahab in Tunis an.
13. April: Selbstmord von Wladimir de Moerder in Genf.
Mai: Plan Isabelle Eberhardts, den türkischen Diplomaten Ahmed Rechid Rey zu heiraten.
2. November: Rückkehr Augustins in die Villa Neuve.

1899 15. Mai: Tod von Alexandre Trophimowsky in der Villa Neuve.
4. Juni: Isabelle Eberhardt reist nach Tunis.
8. Juli: Reise in den Sud Constantinois. Anfang August Aufenthalt in El-Oued.
29. August: Rückkehr nach Bône, dann nach Tunis.
September: in der tunesischen Sahel-Wüste.
November: Aufenthalt in Marseille, dann Paris.

1900 Januar: Reise nach Sardinien. Februar bis Juli: hin und her zwischen Genf und Paris. 3. August: Ankunft in El-Oued, wo sie bald darauf Slimène Ehnni kennenlernt. Aufnahme in die Brüderschaft der Qadriya. Zusammenleben mit Ehnni.

1901 Ehnni soll nach Batna versetzt werden. 29. Januar: Mordversuch an Isabelle Eberhardt in Behima während einer Pilgerreise. Bis 25. Februar im Hospital von El-Oued. Abreise nach Batna.
12. Mai: Ankunft in Marseille.
18. Juni: Prozeß gegen den Täter in Constantine. Aus Algerien ausgewiesen, reist Isabelle Eberhardt in Begleitung von Slimène nach Marseille. 24. August: Ehnni erhält die Erlaubnis, das Regiment zu wechseln, und läßt sich in Marseille nieder.
17. Oktober: Heirat.

1902 Rückkehr des Paars nach Bône. Richten sich in der Kasbah von Algier ein.
Juni/Juli: Reise nach Bou-Saada und El-Hamel. 7. Juli Niederlassung in Ténès. Hin und her zwischen Ténès und

Algier, wo Isabelle regelmäßige Mitarbeiterin an Zeitungen wird und an der Gründung von *Akhbar*, einer französisch und arabisch verfaßten liberalen Zeitung, mitwirkt.

1903 Leidenschaftliche Verleumdungskampagne gegen das Ehepaar Ehnni in der Presse. Slimène wird schließlich nach Sétif berufen, Isabelle Eberhardt läßt sich in Algier nieder. September: Kriegsreporterin im Sud-Oranais, dann bei den Kämpfen von El-Moungar und der Belagerung von Taghit.
Oktober: Begegnung mit General Lyautey in Aïn-Sefra.
Ende Dezember: Rückkehr nach Algier.

1904 Reise nach Sétif zu Slimène Ehnni.
Februar: Reise nach Oujda in Marokko.
März/April in Algier.
Mai: zweite Reise in den Sud Oranais.
Juli bis Anfang September: in der marokkanischen *Zaouia* Kenadsa.
21. Oktober: Besuch Slimènes in Aïn-Sefra, wo Isabelle Eberhardt mit Sumpffieber im Hospital gelegen hatte. Am gleichen Tag überschwemmt der Wadi die Stadt. Isabelle Eberhardt stirbt unter den Trümmern ihres Hauses.

1907 Slimène stirbt am 15. April.

1920 Selbstmord von Augustin de Moerder in Marseille.

1943 Ali Abdul Wahab stirbt in Tunis.

Editorische Notiz

Die von Isabelle Eberhardt russisch geschriebenen Passagen sind mit (R) gekennzeichnet, die arabisch geschriebenen mit (A) und die griechisch geschriebenen mit (G). Die Daten in eckigen Klammern sind entweder erschlossen oder von den Briefumschlägen übernommen. Die deutsche Ausgabe folgt mit leichten Kürzungen der französischen Edition.

Erstes Kapitel

1895

«Die Unannehmlichkeiten der Gegenwart und ihre Monotonie erschlagen mich...» In einer der raren Schriften, in der sich Isabelle Eberhardt an ihre Jugend in der Schweiz erinnert, stellt sie sich folgendermaßen dar: «... die sich endlos hinziehenden Stunden verbringe ich am Fenster sitzend und gebe mich angesichts der vertrauten Landschaft dieses melancholischen Vorortes meinem eigenen Trübsinn hin...»

Literarische Übertreibung? Eher der Wunsch zu entfliehen in einer Person, die schon vom Fortgehen träumt...

Trotz des Mangels an Fröhlichkeit entpuppt sich das immobile Leben in dem großen Haus in Meyrin, in der Nähe von Genf, als durchaus abwechslungsreich. In der Villa Neuve, abgeschieden in einem verwahrlosten Park gelegen, scheint jeder der Bewohner den exaltierten Charakter von Romanfiguren der zeitgenössischen russischen Literatur zu besitzen. Eine sonderbare Familie und vor allen Dingen ein seltsames Paar: die Witwe von Pavel Karlovitch de Moerder, General des Zaren, die, wie allgemein bekannt, mit dem ehemaligen Hauslehrer ihrer Kinder in wilder Ehe lebt. Nathalie de Moerder, geborene Eberhardt, die Mutter von Isabelle, hat die ungewöhnliche Entscheidung getroffen, mit dem Adel von Sankt Petersburg zu brechen, um sich in Genf von ihrem sechsten Kind entbinden zu lassen. Alexandre Trophimowsky begleitete sie. Eine stattliche Persönlichkeit, Zeitgenosse von Tolstoi und Bakunin, und nach der Auffassung einiger ehemaliger Pope, der den Anspruch erhob, «sich dank der Wissenschaft zu keiner Religion zu bekennen».

Nachdem sie seinen Unterricht ertragen hatten, ergriffen die älteren Kinder eines nach dem anderen die Flucht, getrieben von dem dauerhaften Haß der Deklassierten gegenüber ihrer Mutter und ihrem unkonventionellen Liebhaber. Die drei jüngsten waren geblieben und ließen die Behandlung mit unterschiedlichem Glück über sich ergehen: Wladimir, in den Dreißigern und leicht schwachköpfig, kümmert sich um die Kaktussammlung seines Vormunds; Augustin, in Genf kurz nach dem Tod seines Vaters, des Generals, geboren, gilt mit vierundzwanzig Jahren als ein außergewöhnlich begabter Mensch, allerdings unfähig, irgendetwas zu tun, abgesehen von Dummheiten.

Und Isabelle? Mit achtzehn Jahren ist sie offensichtlich die geistige Erbin des alten Wissenschaftsgläubigen, der sie mit einer Kultur vollgestopft hat, die sie nur dank einer stählernen Konstitution ohne Brechreiz verdauen konnte. War er ihr Vater? Es bleibt ein Geheimnis, über das sie sich anscheinend keine allzu großen Gedanken macht, obwohl sie beginnt, sich verschiedene Pseudonyme zu erfinden. Für die Erfordernisse der Literatur, da sie schon davon träumt, sich literarisch einen Namen zu machen, oder um ein Vakuum zu füllen, da sie ja den Namen ihrer Mutter trägt?

Man muß dieser Konstellation noch eine Gruppe mehr oder weniger zuverlässiger Freunde hinzufügen; mehr oder weniger wirklichkeitsfremde Schwärmer, russische Nihilisten und Jungtürken, die alle sonntags zum Tee kommen, während draußen vor dem Gitter des Parks Spione und Spitzel herumstreichen, die dafür bezahlt werden, diese Fremden, die *à priori* Verdächtige sind, zu überwachen.

Zwei Ereignisse kennzeichnen diesen Herbst im Leben von Isabelle Eberhardt: das frühzeitige und provozierende literarische Debüt und die Flucht ihres Lieblingsbruders Augustin. Am 15. September druckt die *Nouvelle Revue moderne*, ein gemäßigtes und eher besinnliches literarisches Blatt, ihre Erzählung «Infernalia. Schwarze Wollust» ab, in der ein junger Mann mit einem «Lächeln aus dem Jenseits» eine Tote im Seziersaal schändet. «Auch das ist noch Liebe», legt Isabelle Eberhardt nahe und zitiert als Motto Verse von Jean Richepin.

Aber hat sie sich als Urheberin dieser anstößigen Gestalt bekannt, in der Nähe ihrer Mutter, die sie häufig zu einem vergeistigten Wesen verklärt hat, das sich ganz dem Guten widmete? Hat sie die Geschichte Trophimowsky zu lesen gegeben, der sie im Verdacht hatte, genauso «verrückt» zu sein wie ihre Brüder und Schwestern? Sie fürchtet und respektiert ihn, den sie «Vava», «den Hausherrn» und «den Alten» nennt... Wie dem auch sei, sie zieht es vor, mit Nicolas Podolinsky, ihrem ersten Schriftstellernamen, zu zeichnen. Diese Signatur erscheint in der *Nouvelle Revue moderne* regelmäßig wieder, und schon am 15. November unter der Erzählung «Vision vom Maghreb». Diese Schilderung eines islamischen Märtyrers ist weniger schockierend, aber ähnlich eigenartig, mit einer großen Anzahl richtiger Bemerkungen über Algerien, das sie noch nie betreten hatte. Gewissermaßen ein Text der Vorahnung: man erkennt bereits, in welche Richtung sie den Blick lenkt – in den Maghreb, wohin es sie in ihren Träumen zieht, um sich gemeinsam mit ihrem Bruder, dem Doppelgänger ihrer Sehnsüchte, an diesem Raum zu berauschen.

Genau in diesem Moment, als Isabelle Eberhardt literarisch debütiert, verschwindet Augustin. Zufall? Sie hatten das gemeinsame Projekt, «Azurblaue Träume» zu schreiben, aber sie haben weder die gleiche Hartnäckigkeit noch die gleiche Art, aufzubrechen und sich dem Schicksal zu stellen. Er ist zum drittenmal ausgerissen. Zunächst nur voller Sorge – der erste Brief ist eine lakonische, rätselhafte Botschaft, wie eine Flaschenpost abgesandt – wird Isabelle Eberhardt die «Desertion» ihres Bruders als Verrat und tiefen Schmerz empfinden.

Isabelle Eberhardt an Augustin de Moerder

Villa Neuve, 23.10.1895

Mein lieber Freund,
in gleichem Maße wie mir Dein erster Brief Freude bereitet hat, weckt der zweite in mir Kummer und Zorn.

Zuallererst, warum zum Teufel schreibst Du mir nicht statt rührseliger Scherze ganz einfach, wie Deine Lage ist, was Du gemacht hast und was Du zu tun beabsichtigst?

Gibt zu, daß mich dies mehr interessieren muß als alles andere.

Bevor ich weiterschreibe, und für den Fall, daß Dich dieser Brief erreichen wird, Folgendes:

1. Dieser Brief – wie zukünftig alle, die mit Podolinsky unterschrieben sein werden – ist absolut vertraulich. Falls Du mir antworten oder was auch immer Wichtige mitteilen möchtest, schreibe an P.O. Vernier, L. Carnett, und selbstverständlich nicht per Einschreiben.

2. Gib mir sofort den Stand Deiner Konten in Genf an diese Adresse durch. Für diese ist die Rettung eingeleitet: Ich habe die verrückte Angelegenheit zum Stillstand gebracht und obendrein ungefähr 47 frs Deiner Schulden unter *meinem Namen* beglichen. Das ist erledigt, Vava wird also nie etwas über die 117 frs wissen, die Deine Schulden belastet hätten und die Mama stillschweigend bezahlen wird. Ferner habe ich bei Dir von Anfang an alle kompromittierenden Papiere an mich genommen, und es gab einige davon. Darüber hinaus sind die gefälschten gut versteckt, auf immer verbrannt.

Vava wird NIEMALS etwas davon wissen, mein Liebling.

Wie Du siehst, werde ich gewiß keinen Fingerbreit Papier für «Verwünschungen» und Nörgeleien verschwenden.

Dies wäre ungebildet und sähe mir nicht ähnlich.

Richtet nicht, wenn ihr nicht gerichtet werden wollt (G)

Diesen Satz haben wir früher einmal *zusammen* übersetzt, in dem Buch, das uns damals zum Lachen gebracht hat und das uns heute ohne Zweifel zum Weinen bringen würde…

Du schreibst mir, «alles ist zu Ende».

Was, alles?

Ja, das, *das ist beendet.*

1. *Du kannst nicht hierher zurückkommen,* was heißen soll, daß Du nicht hierher zurückkommen kannst, bevor Du nicht eine Stellung hast.

Dies ist, klar und bündig, ABSOLUT UNMÖGLICH.

Und, im Namen von Mama und im Namen meiner Liebe für Dich, *verbiete* ich Dir zurückzukommen. Gott, sollte er existieren, könnte als einziger wissen, was es mich kostet, Dir diesen Satz zu schreiben. Aber es ist eindeutig meine *Pflicht.*

Hierher zurückkommen und das grauenhafte Leben ohne Ziel wieder aufnehmen, nein, das ist Dein moralischer und körperlicher Ruin.

Nein, Du darfst nicht hierher zurückkommen. In diesem Punkt und auch noch in einem anderen stimmt Mama *absolut* mit mir überein. Vava würde wollen, daß Du zurückkämst, um eine Baumschule zu gründen!!! Bei diesem erbärmlichen Witz wollen wir uns nicht aufhalten.

Folgendes hast Du, um Dich wieder vollkommen und für das ganze Leben mit *den Alten* (R) auszusöhnen, zu tun. *Falls Du wahrhaftig kein Halunke oder ein Verrückter bist, wirst Du es tun, Punkt für Punkt.*

Das ist die *einzige* Bedingung, unter der die Familie bereit sein wird, Dir zu helfen. Vava hat es übrigens am Schluß auch gesagt.

1. *Nicht zurückkommen.*

2. *Du verpflichtest Dich sofort bei der Marine, egal wo, egal wie.*

3. Sobald Du dies erhältst, schicke auf *direktem* Wege einen Brief an Vava, in dem Du ihm Deinen Zeitplan erläuterst, und zwar Stunde für Stunde vom Sonntag den 13. durchgehend bis zu

Deiner Ankunft in Marseille. Anschließend erläutere ihm *deutlich, was Du zu tun beabsichtigst*. Keine Phrasen, und auf gar keinen Fall Sentimentalitäten.

Falls Du wirklich *verpflichtet* bist, falls Du mich in Deinem ersten Brief nicht getäuscht hast, nenne mir also im einzelnen:

1. Wo hast Du Dich verpflichtet (d. h. in welcher Stadt).

2. An Bord welchen Schiffes (Heimathafen, Kapitän, Nationalität, die Art der Fracht, Bestimmungsort, Dauer der ersten Mission).

3. Auf wie lange und zu welchen Bedingungen (Sold, Grad).

4. Gib Vava ein sicheres Mittel an, wie er die *offizielle* Bestätigung dafür erhalten kann: wenn es ein französisches Schiff ist, Hafenkapitän, etc., etc., wenn es ein ausländisches ist, Konsul, etc., etc. Vor allem keine Sätze *in Moll* (R), wie er es nennt. Sodann laß uns nicht ohne Nachricht. Bevor das Schiff *auslaufen* wird, lasse über Meyrin ein Telegramm an *Vava* schicken, folgendermaßen abgefaßt:

«Verlasse xxx in Richtung XXX.»

Zuallererst wird es nötig sein, daß wir klar und deutlich eine Adresse haben, nicht POSTE RESTANTE. Falls Du ein redlicher Mann bist, wirst Du begreifen, daß ich Dir noch einmal eine goldene Brücke gebaut habe. Das ist ein anständiges und sicheres Mittel, um alles zu retten: Vava hat gesagt, er würde Dir helfen, wenn er sicher wäre, daß Du Dich verpflichtest, und Mama tut nichts anderes, als zu wiederholen, daß es die einzige gute Sache wäre, die Du tun kannst. Vor allem anderen befürchtet sie eine Rückkehr.

Tu dies, Punkt für Punkt, und *unterlasse unter keinen* Umständen etwas davon. Mit äußerster Kraft versuche ich Dich noch einmal zu retten.

Falls Du nicht verrückt bist, wirst Du Dich an mir festhalten. Allein, es gibt *keine Sekunde mehr zu verlieren*. Die Ungewißheit macht Mama krank, sehr krank.

Ich verlasse mich auf Dich, auf Deine Vernunft.

Falls Du tust, was ich Dir weiter oben gesagt habe, kannst Du immer auf mich zählen. Nichts ist verloren. Du kannst *alles* retten. Rette es!

Alles für Dich, unveränderlich.

*Allah selamet uersen.**

Mériem

* «Gott schenke dir Frieden ohne Ende.»

So drohend wie die Gestalt des Kommandeurs schwebt der Schatten von Trophimowsky über diesem Brief. Er symbolisiert das Verbot, das der völlig verschuldete Augustin durch die von ihm gepflegte Kunst des Ausreißens übertritt. Verpflichtet er sich in der Marine, kann er diesen Fehler wiedergutmachen. Man würde sich darüber wundern, wüßte man nicht, daß Pierre Loti noch lange der bevorzugte Autor von Augustin und Isabelle bleiben wird.

Schon zu dieser Zeit verwendet sie für sich in den Briefen häufig die männliche Form. Die Nachbarn der Villa Neuve nehmen keinen Anstoß mehr an ihren kurzgeschnittenen Haaren und ihrer Jungenkleidung. Und dennoch zeichnet sie mit «Mériem», der arabischen Übersetzung von Marie, ihrem zweiten Vornamen.

Isabelle Eberhardt an Augustin de Moerder

[Genf, Anfang November 1895]

Heute abend erreicht mich ein Brief von Vivicorsi, in dem er mir, in Erwiderung meines Briefs, den ich mit N. Podolinsky, Matrose, unterzeichnet habe (ich wußte nicht, wie sonst sein Vertrauen zu gewinnen), mitteilt, daß Du Dich verpflichtet hast. Ich bin wie vom Blitz getroffen. Was hast Du getan? Was hast Du getan, Unseliger? Bist Du denn wirklich vollkommen wahnsinnig geworden und weißt nicht mehr, was Du tust? Ich bin völlig verzweifelt. Keiner weiß bisher davon. *Unmöglich, diesen Brief zu erwähnen*. Und was soll diese Ungereimtheit bedeuten? Was hast Du in Savoyen gemacht? Was hast Du auf der *Néos Georgios* gemacht, und in Toulon und Marseille? Wie konntest Du bei Maurel diese Matrosenuniform tragen? Warum hast Du geschrieben, Du gingest nach Südamerika? Warum schließlich, hast Du Dich nicht für irgendeinen Posten bei der Marine verpflichtet?

Du bist also vollkommen verrückt.

Und begreifst Du nicht das fürchterliche Ergebnis dessen, was Du getan hast, Unseliger?! *Begreifst Du nicht, daß Du jetzt verloren bist, daß Du dieses Leben niemals ertragen wirst, daß Du flüchten könntest, das heißt auf immer Dein Verderben besiegelst? Was hast Du getan, mein Gott, was hast Du getan!* (R)

Meine Verzweiflung ist heute abend grenzenlos! Was hast Du getan, mein Gott, mein Gott!

Nein, wahrlich, ich weiß nicht mehr, was ich machen soll. Seit heute abend fühle ich mich elend, richtig jämmerlich. Alles ist also zu Ende für mich.

Na gut, sei es so! Nein, nein, das Leben ist unmöglich geworden. Und warum richtet Ihr mich so vollends zugrunde, Ihr *alle*, die ich so sehr geliebt habe, bis an den Rand des Wahnsinns?!

Bereits ohne diese fürchterliche Neuigkeit war mein Leben durch entsetzliche Skandalgeschichten, die sich hier ereignet haben, vollständig zerstört.

Für mich ist alles verloren, alles aus.

Sei's drum, man muß sich also damit abfinden und versuchen, über anderes als den furchtbaren Schmerzensschrei zu schreiben, etwas, das mich von der unerträglichen Wunde befreit, die mir im Herzen blutet.

Versuchen zu schreiben! Was nützt das schon? Wozu?!

Trotzdem werde ich mich noch bemühen, Dir zu sagen, was mir die Pflicht gebietet:

Kurz gesagt, schreib doch nach hier! Schreib also wenigstens. Obgleich das, was Du ihnen schreiben kannst, so furchtbar und betrüblich ist!... Aber ich verbiete Dir ausdrücklich, an mich zu schreiben, bevor Du nicht an *Mama* geschrieben hast, nur an *sie*. *Du mußt das tun. Sei verflucht, wenn Du es nicht tust!* Raube ihr nicht gänzlich das Leben!

Schreib also, was das bedeutete, was Du getan hast, warum diese Aufmachung, dieser Brief aus Annecy...

Schreib, was Du zu tun beabsichtigst... falls Du noch etwas beabsichtigen kannst, jetzt, wo Du hoffnungslos verloren bist!

Schreib doch also, schreib das alles, damit die Alten nicht völlig verrückt werden!

Schreib schließlich, für wie lange Du Dich verpflichtet hast. Ich glaube die verrückte, gänzlich wirre Absicht ungefähr zu verstehen, die in Deinem brennenden Hirn gekeimt ist: Dich auf dem Weg über die Legion einbürgern zu lassen und danach in den Staatsdienst einzutreten. Ist es nicht so?

Aber ist das nicht ein Plan eines Irren, eines Verrückten? *Fünf Jahre für was?* Danach die Marine! Nach fünf Jahren Afrika oder Tongking! Dir ist nicht mehr zu helfen. Du bist in die Irre gegangen und hast mich dadurch verloren, gänzlich verloren.

Auf Dich hatte ich meine letzten Hoffnungen gesetzt. Und jetzt, da es aus ist, weiß ich nicht mehr, was ich machen oder denken soll!

Aber nein, nein. Es gibt keine Hoffnung mehr für mich in diesem verfluchten Leben der ewigen Finsternis.

Und das einzige, was ich tun könnte, um mich von diesem grenzenlosen Schmerz zu befreien... *darf* ich nicht tun! Aber werde ich noch lange widerstehen können?

Ich glaube nicht, daß meine Kräfte lange standhalten werden. Ich fühle mich nicht gut heute abend, schlecht, über die Maßen schlecht. Und ich muß noch an Vivicorsi schreiben...

Nein, Tino, Tino, was hast Du getan? *Ich werde verrückt vor Verzweiflung! Mein armer, armer Liebling, was hast Du getan?*

Ich stürbe mit Freuden, um das nicht ansehen zu müssen, um nicht so fürchterlich zu leiden. Ich verliere den Verstand. Was kann ich machen. Mein Gott, mein Gott, was kann man tun? Ach, er existiert nicht, es gibt ihn nicht, Gott gibt es nicht! Es gibt niemanden, keinen. Auch Christus nicht. Nichts außer dem Tod und der Finsternis des Grabes, und dem Dunkel meiner höllischen Schmerzen. (R)

Nein, es fehlt mir am Mut weiterzumachen. Was für ein Leben, mein Gott, was für ein entsetzliches Leben!

Lebewohl. *Ich kann nicht mehr schreiben. Lebewohl, lebewohl mein Liebling, mein inniggeliebter Angebeteter, mein Bruder, mein Schatz, lebewohl für immer. Ach, mein Gott, ach mein Herz, mein Herz das leidet. Lebewohl mein Inniggeliebter, Geliebter, mein Heißgeliebter.* (R)

[ohne Unterschrift.]

Erwähne nicht diesen Brief. Falls Du das Geheimnis wahren willst, schreibe an I.M.* P. O. Vernier.

* Isabelle Moerder.

Legionär! Augustin hat sich am 31. Oktober bei der Legion verpflichtet, er gab seine russische Nationalität auf und als Beruf Apotheker an. Welcher Niedergang für den Sohn des Generals de Moerder... Aber Isabelle Eberhardt mokiert sich darüber. Das schlimmste ist, daß es in der Geschichte der Familie schon einen Präzedenzfall gibt. Nicht nur hat Nicolas, der älteste Bruder sich auf diesen schändlichen Weg begeben, er desertiert später, auch noch aus Furcht, an der Eroberung von Tongking teilnehmen zu müssen, und suchte danach in Rußland Zuflucht. Isabelle Eberhardt scheint davon überzeugt zu sein, daß Augustin bei der Legion nicht durchhalten und es seinem Bruder gleichtun wird. Eine unerträgliche Wiederholung zurückliegender Ereignisse.

Augustin de Moerder an Isabelle Eberhardt

Sidi-bel-Abbès [Département Oran], 12. November 1895

Meine Inniggeliebte!

Augustin de Moerder, Soldat im 1. Regiment der Fremdenlegion, 18. Kompanie, Matrikelnummer 19686, in Sidi-bel-Abbès in Oran (Algerien).

Hier also, meine Geliebte, die ganze traurige Wahrheit. Und dennoch denke ich an Dich, an Mama und an Vava. Und ich wiederhole mir: hieme et aestate, et prope et procul, usque dum vivam et ultra. *

Glaub mir das,

Augustin.

* «Winters wie sommers, nah oder fern, solange ich lebe und darüber hinaus.»

Isabelle Eberhardt an Augustin de Moerder

[Genf, zwischen dem 18. und dem 25. November 1895]

Mein Liebling,

gleich nach Erhalt Deines Briefes vom 16. Nov. schreibe ich Dir. Ich konnte Deinen Brief nicht zeigen, weil *keiner hier im Haus von meinen Briefen erfahren darf.* Was ich Dir geschrieben habe, war vertraulich, niemand *weiß etwas davon* ...

Weil sie, was *ich weiß*, nicht *sagen werden*, Du verstehst?

Schreibe also sofort noch einmal detailliert an *Vava, ohne mich zu erwähnen*, anderenfalls bin ich hier verloren.

Beeile Dich, mach es *illico*.

Und erkläre das alles gut. Ich habe es richtig erraten... Schließlich bin ich stark, Du weißt das!

Du mußt nur tun, was ich Dir sage, und vor allen Dingen *ohne meine Briefe zu erwähnen*, keinen einzigen.

Erinnere Dich außerdem daran, daß Edouard V. niemals erfahren darf, daß ich und Podolinsky *ein und dieselbe Person sind.* Ich weiß, daß er Dir zu diesem Thema geschrieben hat. Zur Zeit hat er meine Adresse Podol. und ist mir sehr nützlich.

Also, auch hier das *Geheimnis* wahren.

Was Deinen Brief nach hier betrifft, beeile Dich und beeile Dich schnell. Es brennt wirklich. Bis dahin zu warten wird für mich nicht leicht sein. Aber ich bitte Dich inständig, die Sache nicht zu verschlimmern, indem Du irgend etwas schreibst, das sie auf den Gedanken bringen könnte, Du hättest Nachricht von mir bekommen!

Folgendes werde ich unternehmen, um sie hier in Kenntnis setzen zu können und damit die *Alten* (G) Dir beistehen können, was sie gewiß tun werden: morgen früh werde ich aus der Stadt einen Brief an Mama schicken, in welchem stehen wird, daß Du den Schreiber, Deinen Freund seit 1894 (von der Apotheke: Du wirst ihn bei Berger getroffen haben), damit beauftragst, Mama über Deine Verpflichtung zu informieren und die dazugehörigen Einzelheiten, die *Du mir gibst*, die aber MEIN GEHEIMNIS NICHT LÜFTEN.

Vava wird Dich fragen, warum Du einen Fremden damit beauftragt hast, Du wirst ihm darauf antworten, daß Du ihm alle Einzelheiten *geschrieben* und, um unser Warten abzukürzen, ihm *telegraphiert* hast, Mama zu informieren, da Du es nicht gewagt hast, nach *hier* zu telegraphieren. Der Brief wird mit Nicolas Stavrokanaki, *Doktor der Medizin*, unterschrieben sein. Erinnere Dich daran, daß er zur Zeit in Wirklichkeit in Symphéropol ist und daß ich Dir die Adresse geben muß. Wenn Vava von Dir etwas über diesen Mann erfahren möchte, schreibe ihm, daß er am 23. dieses Monats abgefahren sei, was auch in meinem Brief erwähnt sein wird, damit man ihn *nicht hier sucht.* Bemühe Dich, dies alles gut zu verstehen, *lies es zweimal und* SCHIMPFE dann nicht. Ich werde diesem Brief an Dich einen Vorlauf geben, damit Du Bescheid weißt, falls Du einen Brief von Vava erhältst.

Ich schicke Dir Briefpapier und Umschläge.

Ich überlege, ob Dir das schaden könnte. Schreibe vor allem schnell an Vava, und mit Umsicht.

Nicht an *mich*, das macht die *Alten* (G) böse.

Schöpfe wieder Mut. Arbeite. Fac et spera! Ich arbeite auch. Zweifle vor allen Dingen nie an mir, niemals.

Wenn die mysteriöse Grabinschrift der Thermen von Caracalla für Dich wahr ist, weißt Du, daß sie auch für mich wahr ist.

Ach, dieses ultra, dieses unermeßliche ULTRA läßt mich träumen! Ultra! Und wer weiß, wer weiß?! Also, mein inniggeliebter Liebling, sei stark. Vor allen Dingen desertiere nicht, ich flehe Dich an, desertiere nicht! Das wäre *der Tod*.

Nein, ich zähle darauf, daß Du das nicht tun wirst. Sobald hier alles im reinen ist, werde ich Dir ein Paket schicken mit Dingen, die Du hier am liebsten mochtest, bestimmte Bücher etc. Ach ja, gewisse Bücher... solche, die in unser beider Seelen beinahe dieselben Gefühle erwachen lassen, dieselben Ängste, denselben schmerzhaften *Lockruf des Unbekannten, der Fremde*!

Ach, die Straße, der Weg, reisen!

Ach, die Vorstellung von der Straße... ich bin allein, und sie erfüllt mich nun noch mehr!

Erinnere Dich an den großen Berg, *min el djébel kébir*, dort, bei Collonges... *Du weißt, was er uns beiden gesagt hat*, dieser *Berg*... Und die ganze düstere Philosophie unseres Lebens war dort, dort auf den großen Straßen Frankreichs: «Immer weiter, immer weiter, immer noch weiter!» Wie *Azasfev*!

Verzweifle nicht. Arbeite, sei rechtschaffen und vor allem stark. *Was auch immer geschehen mag*, fac et spera. Im übrigen bin ich für Dich da, *semper eadem*. Ich habe Dir das auf Korsika geschrieben, Du erinnerst Dich noch daran...

Mache Dir keine Gedanken über mich, alles geht einigermaßen gut: vor allem die Literatur: «Vision vom Maghreb» ist schon lange veröffentlicht, und andere Sachen befinden sich in Vorbereitung...

Sei glücklich und vergesse mich nicht. Ich bin Tag und Nacht mit Dir, für immer, *jetzt und für immer und über alle Zeiten hinaus.* (G)

Erinnere Dich auch *der letzten Zeiten, und sündige nicht.* (G)

Ja, erinnere Dich daran, mein Liebling, erinnere Dich, und behalte die Hoffnung! Du kannst alles wiedergutmachen, mich retten, und unsere inniggeliebten Alten mit ihren grauen Haaren. Erlöse uns also alle, mein Liebling, über alle Zeiten hinaus! (R)

Vergiß nicht, daß dieser Brief *auch geheim* ist. In Erwiderung dieser Briefe schreibe an Vernier.

Auf Wiedersehen, hoffe ich, noch einmal auf dieser Erde! *Auf Wiedersehen* und *nicht Lebewohl.*

Deine Schwester, die Dich bewundert, die Dich in der *Zeit* und für alle *Ewigkeit* liebt.

Mériem

Die Straße, der Lockruf der Fremde und das Mysterium des Jenseits, hier sind sie schon, die großen Themen, die das Leben von Isabelle Eberhardt bestimmen werden. Die unbestreitbare Familienleidenschaft für das Drama und das Intrigenspiel spielt zweifelsohne eine Rolle bei dem Wunsch aufzubrechen. Vorläufig zum Schweigen verpflichtet, befreit sich die Phantasie durch literarische Fiktionen und strategische List.

Isabelle Eberhardt an Augustin de Moerder

[Genf, Anfang Dezember 1895?]

Liebling,
damit man Dir schneller zu Hilfe eilen kann, wende ich einen Trick an: Ich habe Deinen Brief unter den notwendigen Auslassungen abgeschrieben und lasse ihn heute abend Vava und Mama zukommen. Morgen werde ich Dir ausführlicher schreiben.

Nur vergiß nicht, das Geheimnis über *alle* meine Briefe zu wahren – ALLE – hast Du verstanden?

Und ebenso Vivicorsi betreffend: Nicolas Podol., Matrose an Bord der Zvezda aus Wladiwostok, 25 *Jahre*, hier auf Urlaub seit drei Monaten. Das ist die Erfindung, die ich anwende, damit er schreibt. Er glaubt daran.

Ich küsse Dich tausendmal, mein Geliebter.

Mériem

Isabelle Eberhardt an Augustin de Moerder

[Genf, Anfang Dezember 1895?]

Mein Liebling,
der Kampf hat begonnen. Mama schreibt heute, wohlbemerkt unter dem Einfluß und dem Diktat des *Alten* (G), einen Brief an den Kommandierenden Oberst des 1. Regiments der Fremdenlegion, um zu erfahren, ob Du Dich dort befindest, und außerdem, trotz meiner Beschwörungen, um Verhandlungen, die zu Deiner Freilassung führen sollen, zu eröffnen (???!!!). Der Hausherr bestätigt, daß er Dich unter dem Vorwand von Krankheit und nahezu *madjnounerie* vom Dienst befreien lassen wird.

Also, Du wirst folgendes zu tun haben: Gebe nicht nach, *für nichts auf der Welt*: Du weißt genau, daß es Dein Verderben wäre. Beeile Dich, *nach Petersburg, direkt an den Kaiser zu schreiben, um ihm mitzuteilen, daß Du die russische Nationalität offiziell aufgegeben hast.* Vava hat gesagt, falls Du das nicht getan hast, könnte er Dich von dort herausholen, daß es die einzige Sache wäre, die ihn davon abhalten könnte.

TU DAS SOFORT, da dem Brief an den Oberst bereits ein Brief an die russische Botschaft in Paris folgt.

Sobald der Oberst den Brief erhalten hat, informiere Vava, daß Du die russische Nationalität *offiziell abgelegt* hast. Auf diese Weise wirst Du vor möglichen Nachstellungen geschützt sein.

Du wirst sehr wohl wissen, daß Dein Plan die Aufgabe der lästigen Abhängigkeit von Rußland bedeutet, und Du weißt so gut wie ich, daß das kein leichtes Unterfangen ist. Dieser Brief an den Kaiser ist eine Bedingung sine qua non, weil die Botschaft dahingehend darin verwickelt sein wird, daß sie Dich zur medizinischen Untersuchung nach Rußland schickt, und Du begreifst, daß Du dann verloren bist und Dich niemals wieder wirst befreien können. Danach, sobald Dir Deine Vorgesetzten von dem Brief von Mama sprechen (dem 1. Brief, nicht sehr freundlich geschrieben), erwidere ihnen in *ruhigem* und *vernünftigem Ton*, schildere ihnen Deine Pläne für die Zukunft, erkläre ihnen Deine Verbundenheit mit Frankreich und Deine entschiedene Absicht, die Legion nicht vor Ablauf Deines Engagements zu verlassen. Beginne vor allem keinen Skandal. Wahre ein ruhiges und würdiges Benehmen, und sage ihnen, daß Du die russische Nationalität in der Absicht, für die französische zu optieren, abgelegt hast.

N. B. Sofort nach Erhalt, und sogar bevor Du nach Rußland schreibst, informiere die *Botschaft* in Paris von Deiner ENTNATIONALISIERUNG. Mache das. Das wird ein Gegengewicht zum Brief der verehrten Mutter bilden.

Vor allem laß Dich nicht entmutigen. Da Du nun einmal in der Legion bist, bleibe darin und laß Dir nichts zu Schulden kommen. V. und Mama werden Dir beistehen, sobald sie klar sehen. Sei dessen sicher. Heute abend werde ich gleichzeitig mit diesem Brief ein Paket mit einigen Büchern, Briefpapier, Heften und Schreibfedern losschicken. Ich werde an einem der nächsten Tage in die Stadt gehen und Dir durch Schwartz einige Arzneien, die Du benötigen könntest, schicken lassen.

Achte insbesondere in Deinen Briefen darauf, mich hier *nicht zu kompromittieren*. Schreibe mir, an V., was Du am meisten brauchen könntest, damit ich Dir keine unnötigen Dinge schicke.

Du wirst darin ein *russisches* Buch finden. Damit Du die Sprache nicht vergißt. *Schreibe* vor allem ein Tagebuch, das Du mir schicken kannst und das ich Dir bis zum fernen Tag des Wiedersehens aufheben werde. Im Falle, daß Du in Toulon sein wirst, werde ich Dich besuchen kommen, sei sicher. Schade, daß Edouard nicht mehr dort sein wird!

Und vor allem, verlaß Dich auf mich, für alle Ewigkeit, ohne jemals daran zu zweifeln. Ich werde Dir in kürze, damit Du etwas zum Lachen hast, die Dissertation des «griechischen Hochstaplers» mit den braunen Augen*, schicken. Er ist in Stambul und schreibt mir hin und wieder, aber so selten, daß es kaum der Mühe wert ist, darüber zu sprechen.

Jetzt noch eine Einzelheit, die meine Person betrifft: Ich habe Studien im Türkischen und Arabischen begonnen. Es wird sich lohnen, Du wirst sehen.

Laß Dich vor allen Dingen *intellektuell* nicht versanden. Lies und schreibe, sobald Du Zeit hast. Gib, soweit es Dir möglich ist, auf Deine Gesundheit acht, und verzweifle nicht. Drei Jahre sind kein Jahrhundert, und ist nicht bereits mehr Zeit nutzlos und viel unerträglicher verstrichen, als die, die Du dort verbringen mußt? Mach Dich beliebt, laß nichts auf Dich kommen, begehe keine Dummheiten. Und so wirst Du es schaffen. Ich habe die Kraft für zwei und wache über Deine Interessen. Sei dessen ganz sicher.

Ich umarme Dich tausendmal. (G)

Mériem

* Christo Christidi, Arzt, einer ihrer Genfer Freunde.

Bringen wir Licht in dieses verwickelte Intrigenstück. Zwei unterschiedliche Pläne rivalisieren um das Schicksal Augustins: Die «Alten», von seiner Dienstunfähigkeit überzeugt, leiten sofort die notwendigen Schritte ein. Seine Schwester hat noch nicht aufgegeben, ihn in der Uniform der Marine zu sehen, und schreibt ihm sein Verhalten vor: die Staatsangehörigkeit wechseln, die Dienstzeit in der Legion abzuleisten, um sich danach in der «Königlichen» weiterzuverpflichten… Die Ehre gibt es nur um diesen Preis!… Augustin verzichtet darauf zu antworten.

Isabelle Eberhardt an Augustin de Moerder

[Genf, um den 16. Dezember 1895]

Vertraulich

Mein Vielgeliebter,
noch einmal, warum dieses schmerzhafte Schweigen? Es wird bald einen Monat sein, seit wir nichts mehr von Dir hören. Man hat mir verboten, Dir zu schreiben, aber wie ich Dir zu Beginn des Jahres versprochen habe, als es sich um David handelte, betrachte ich es dieses Mal als meine Pflicht. Erfülle die Deine, schreibe mir, enttäusche mein Vertrauen nicht… *Du verstehst, daß ich Dir nicht mehr hilfreich sein könnte, wenn meine ganze derzeitige Verhaltensweise hier bekannt wäre!* Aber warum bist Du so verstummt? Mama ist wegen Deines langen Schweigens außer sich vor Aufregung. Auch mein Leben ist unerträglich, seit ich von dem Skandal erfahren habe, der sich kürzlich in Sidi-bel-Abbès zugetragen hat. Mein Gott, ist es möglich, daß Du Dich in solch eine Sache verwickelt haben könntest? Ich war gestern beim *Apotheker Charles l'Alsacien*, und wir haben darüber gesprochen. Ach, ist es möglich, daß Du Dir die Situation dort bereits nach dem zweiten Monat verdorben hast? Ich will das nicht glauben. Edouard schreibt folgendes aus Toulon: Er hat bei seinen Vorgesetzten Erkundigungen eingeholt, um zu erfahren, ob die unternommenen Schritte zum Erfolg geführt haben. Man hat ihm erwidert, wenn man sich verpflichtet hat, sei das eben geschehen, und man könne diesen Vertrag nicht so einfach brechen, aber Du solltest Deine Kommandeure *sofort* von Dei-

ner Absicht informieren, die *französische Staatsbürgerschaft* anzunehmen, um in die Marine eintreten zu können.

Tu dies schnellstens, und schreibe mir nach VERNIER, *postwendend.* Schreibe nicht nach hier, da ich bei Erhalt Deiner Briefe nie weiß, ob ich sie weiterreichen kann oder nicht. Schreibe gleichzeitig an M. oder an Vava, um sie zu beruhigen und ihnen Deine unwiderrufliche Entscheidung, in der Legion zu bleiben, bekannt zu geben. Das ist das einzige Mittel, sie davon abzubringen, sich einzumischen, was Deine Kommandeure nur belästigen würde, und Du würdest Zeit verlieren, die für Dich noch nie so kostbar war wie jetzt. Schw. sagt, daß Du dort eine Zukunft hast, wenn Du Dich richtig verhältst.

Und ich flehe Dich an, Dich vor allem nicht an dummen und kriminellen Geschichten zu beteiligen wie der kürzlich. Verliere Dich nicht, ich flehe Dich an. Du hast Dich also wie ein Narr, der weder das Ziel noch den Willen hat, wenigstens in dieser Unternehmung erfolgreich zu sein, hineinziehen lassen?

Beruhige mich also, indem Du mir schreibst, und versprich mir, wirklich umsichtig zu sein, wenn Du nach Hause schreibst!

Erinnere Dich daran, daß man bis jetzt von mir annimmt, Dir seit den beiden Briefen, die Du unglücklicherweise erwähnt hast, nichts geschrieben zu haben und von denen ich gesagt habe, ich hätte sie auf gut Glück an das Bahnhofshotel von Chambéry geschickt. Du wirst ein Paket von der Apotheke erhalten: auch darüber absolutes Stillschweigen.

Dein Brief an Vava, obgleich viel *zu wenig ausführlich*, war ausgezeichnet in seiner Bedachtsamkeit. Mache so weiter. Ich hoffe, daß es Dir noch immer gutgeht.

Schw. hat mir versprochen, dort zu Deinen Gunsten zu sprechen, und er sagt, daß es als Empfehlung ausreicht, wenn Du sagst, Du seist *sein Freund.*

Er wird Dir übrigens persönlich schreiben.

Ich werde niemals aufhören, es Dir zu wiederholen: bleib, wo Du bist, sei ein vorbildlicher Soldat, gib Deinen Kommandeuren keine Gelegenheit, unzufrieden mit Dir zu sein, und alles wird sich zum Guten wenden. Deine Zukunft hängt jetzt nur noch von Dir ab. Denke daran und sei Dir darüber im klaren, daß es die LETZTE Rettung ist, die Du auf Erden hast. Ich werde Dich niemals im Stich lassen, nirgendwo, was auch immer passiert. Unter allen, die ich liebe, bist Du der meistgeliebte und wirst es bleiben, in aeternam! Verlasse Dich auf mich, mein inniggeliebter Bruder, und verliere die Hoffnung nicht. *«Dem, der viel geliebt hat, wird viel verziehen werden», und Du mein Liebling, Du hast geliebt und gelitten [ein unleserliches Wort].* (R)

Podol

Wir wissen nicht viel mehr über den «Skandal» von Sidi-bel-Abbès, auch nicht, wie Isabelle Eberhardt etwas davon erfahren hat. Augustin schreibt noch immer nicht.

Der «Apotheker», Charles l'Alsacien, und «Schw.» sind ein und dieselbe Person: Charles Schwartz, Apotheker, einer der Freunde der Villa Neuve. Augustin, und später Isabelle Eberhardt, statten ihm häufig Besuche in seiner Apotheke, rue du Rhône in Genf, ab.

Isabelle Eberhardt an Augustin de Moerder

[Genf] 24. Dezember 1895, 18 Uhr 15 abends

Das Wetter ist grau und traurig, die Erde mit Schnee bedeckt. Diese Nacht, mein Liebling, werde ich Dir von Vernier die Erinnerung meines untröstlichen Herzens schicken. Ich werde fast die ganze Nacht außer Haus verbringen, weil ich allein mit unserem alten Dienstmädchen in die Mitternachtsmesse in der katholischen Kirche gehen werde... Das ist das erste Mal, mein Liebling, daß wir dieses Fest getrennt voneinander verbringen werden, vielleicht getrennt für die Zeit und die Ewigkeit! Wer weiß, ob wir uns noch einmal sehen werden? Samstag abends am 12. Oktober, vor fast drei Monaten, haben wir vor der Haustür Küsse getauscht, wir waren noch nie so lange voneinander getrennt!

Welch großer Jammer, was für eine bedrückende Traurigkeit, unbarmherzig und unergründlich. Keine Hoffnung und kein Glauben. Nirgendwo ein Gott, um ihm unseren unsäglichen Schmerz zu klagen, die ganze furchtbare Ungerechtigkeit unserer Leiden. Der Himmel leer und stumm, nichts, es gibt nirgendwo jemanden. Die Einsamkeit ist absolut. Für uns beide gibt es nichts als Einsamkeit, erinnere Dich gut daran! Niemand wird jemals unser Leiden, unsere Sehnsüchte und Hoffnungslosigkeit verstehen.

Und warum müssen wir getrennt voneinander leben, der eine weit vom anderen entfernt? «Mein Gott!», diese mechanische Redensart! Gott!

Wo sind sie geblieben, unsere Phantasien, unsere Hoffnungen, unsere Pläne für die Zukunft?

Ach Tino, und die Papiere, die wir am 21. September 1894 unterzeichneten, in denen wir uns die Frage gestellt haben, wo wir im darauffolgenden Jahr sein werden, was wir machen werden und auf wen und auf was wir unsere Hoffnungen setzen? Das unerforschliche Mysterium der Zukunft, des Morgen! Ein Jahr und einige Tage später bin ich allein hier, und in was für einer Einsamkeit!

Während Du dort Soldat bist, auf der maghrebinischen Erde, die, Du erinnerst Dich, für uns beide die heilige Kaaba war!

Besinne Dich an den letzten Satz von «Vision vom Maghreb»: *Ach, die Seelen von uns Menschen, die nur einen Tag währen, wo seid ihr morgen und wo wird eure Erinnerung sein.* (A)

Erinnerst Du Dich noch an den Tag, an dem wir beide in der stillen Schneise saßen, im Schatten der weißen Ahornbäume und der Gebirgsgoldregen, oberhalb von Collonges? Wir waren allein *in der großen, ewigen Stille*: dem großen Berg gegenüber.

Das dunkle, große Credo ist über die Jahrhunderte hinweg immer das gleiche geblieben: Aber werden wir beide, Du und ich, jemals wieder über die staubige Straße von Collonges gehen oder die stillen Pfade nehmen? Werden wir noch einmal, nur ein einziges Mal, *zusammen* oberhalb von Bellegarde entlanggehen, dort wo sich das Tal der Rhone öffnet? Ach, noch einmal im Schatten des großen Credo *zusammen* sein zu können! Aber nein, ganz sicher nie wieder! Niemals! Was für ein schmerzhafter Abgrund sich auftut in dem Wort: niemals, dem Alpha und Omega aller menschlichen Leiden und Pein... Und wer wird jemals den fürchterlichen Jammer verstehen, die schmerzliche Beklemmung, mit der ich an einem dieser Tage in einem alten Tagebuch diesen Satz wiederlas: «Und die winzigen Segelboote von Savoyen waren dort am Quai vertäut...»

Die Segelboote von Savoyen! Es war ein Tag, an dem die Sonne schien, ein Tag im Sommer... Wir schlenderten mittags zusammen auf dem menschenleeren Quai Paquis und betrachteten diese Segelboote von Savoyen... Der See war blau, und die Sonne schien... Wo ist er geblieben, dieser schon weit zurückliegende Tag, dieser Tag voll Sonnenschein? Du gingst nach Chenes, ich ging nach Carouge... Wo ist das Abendessen mit Mouca? Einige Tage vor Deiner Abreise? Alles ist im Dunst der Melancholie versunken, im tödlichen Dunst der Gegenwart! Wann werden wir uns wiedersehen, werden wir uns überhaupt jemals wiedersehen?

Ich leide. Der Tag heute hat keinen Horizont, er ist öde, finster und trostlos.

Mein Körper ist im Abendland
und meine Seele im Orient
Mein Körper im Land der Ungläubigen,
Und mein Herz ist in Stambul
Und mein Herz ist in Oran...! (A)

In Stambul! Du weißt warum... Du hast sicherlich die Wahrheit herausgefunden, die schmerzhafte Wahrheit in allem, was ich Dir bei unserem unbegreiflichen Charakter über... erzählt habe. Du hast es gewiß verstanden und erraten... Aber nein, diese Liebe, diese trostlose Liebe, die niemals erwidert wurde, ist nichts im Vergleich zu der geistigen Liebe zu Dir.*

«Falls es die Ewigkeit gibt, mit welcher der beiden werde ich anderswo weiterleben, mit ihr, der kleinen Aziyade, oder mit dir?»**

Falls es die Ewigkeit gibt, mit wem der beiden werde ich anderswo weiterleben, mit ihm, mein geliebter Bruder, oder mit Dir? Ach, mit Dir, auf immer mit Dir.

Und wenn es die Ewigkeit gibt, müssen jene geistigen Lieben, unerforschbar und unerklärlich, mit uns weiterleben... Einzig sie geben uns das große Erschauern vor dem Unbekannten, die unbestimmte Vorahnung eines *Morgen*, eines geheimnisvollen *Jenseits*. Einzig die Liebe, die beiden Lieben... Die, welche wie die unsrige ist, und die andere, die in mir für den Levantiner mit den braunen Augen erwacht ist. «Ist dies das höchste Streben der Seele nach dem Himmel? Oder das blinde Gesetz der Natur?»***

Aber auf immer, für immer mit Dir, von nahem oder aus der Ferne, auf immer.

[nicht signiert]

* Diese «trostlose Liebe» ist nicht sicher zu identifizieren – der «griechische Hochstapler mit den braunen Augen»?

** Pierre Loti, *Aziyade*, Paris, 1879.

*** Ebenda.

Um das Jahr abzuschließen, stellt Isabelle Eberhardt die fast schon rituelle Frage: «Wo werden wir im nächsten Jahr sein?» Eine Frage, auf die sie in «Vision vom Maghreb» auf prophetische Weise antwortet: «Hast du jemals daran gedacht, daß du dich eines Nachts allein mit zwei Männern in einer Herberge in Mediaye befinden könntest, die du noch nicht einmal seit acht Monaten kanntest?» Sie wird ein bißchen länger warten müssen, bis sie die «islamische Erde» entdeckt, wohin Augustin ihr auf wenig ruhmreiche Weise vorangegangen ist.

Zweites Kapitel

1896

Postkarte, russisch beschrieben,
von Isabelle Eberhardt an Augustin de Moerder

[Genf, 3. Januar 1896]

Gestern abend hat Mama Deinen Brief erhalten. Es war eine Freude für uns alle. Wir begannen schon, uns zu beunruhigen. Wenn Du am Mittwoch mit dem Oberst gesprochen hast, gebe ich Dir den Rat, so schnell wie möglich nach Hause zu schreiben und darüber zu berichten. Erkläre ernsthaft, daß Du nicht damit einverstanden bist zurückzukommen und Dich endgültig entschieden hast, in der Legion zu bleiben. Sag uns auch, ob die Verpflegung *ausreichend* und *gut* ist. Ich werde Dir bald ein bißchen Geld schicken, um Dein Budget aufzubessern.

Du verschlimmerst die Lage, wenn Du Deine Entscheidung nicht mitteilst. Hier denkt man, daß Du mit Gewalt dort festgehalten wirst. Beeile Dich. Schwartz hat Dir die Medikamente geschickt. Schreibe ihm. Er hat mir 50 Francs geliehen, damit ich Vera [Nachname unlerselich] bezahlen kann. Er wird Dir Briefpapier und Briefmarken zukommen lassen. Antworte schnell und gib acht. Was mich betrifft, wird sich nichts ändern. Deine treue und Dich immer liebende Schwester sendet Dir ihre allerbesten Wünsche

Mania.*

P.S. (zwischen den Zeilen): Ich werde Dir bald schicken, was mir möglich ist. Ich glaube, Schwartz wird Arbeit für mich finden. Du wirst Geld haben. Vergiß nicht, daß alles, was mir gehört, auch Deines ist. Verhalte Dich gut, sobald Du Gefreiter bist, wird man Dich in Ruhe lassen. Aber schreibe an die Mutter, daß Du nicht zurückkehren willst, weil sonst die Auseinandersetzungen und Diskussionen um Dich niemals aufhören werden und ich dadurch viel zu tun habe. Zu Hause sind alle bei bester Gesundheit, und keiner ist böse auf Dich, außer wenn Du nicht schreibst.

* Verkleinerungsform von russ. Marusja.

Isabelle Eberhardt an Augustin de Moerder

[Genf, Anfang Februar 1896]

Mein lieber Freund,
ich schreibe Dir aufs Geratewohl, da Du schweigst. Ich habe Dir zweimal nach Oran telegraphiert, das zweite Mal mit bezahlter Rückantwort, ohne Ergebnis. Im Falle, daß Dich dieser Brief erreicht, nimm folgendes zur Kenntnis: *Charles S.* hat hier von *Opium* gesprochen, das Dir Paul Sch. verkauft hat. Der Hausherr beschuldigt Charles der Lüge und will den Kontakt abbrechen. Wenn Du hier sein wirst, bitte ich Dich ernsthaft, die Aussagen von Charles, der in Deinem Interesse gesprochen hat, *zu bestätigen*. Erinnere Dich daran, daß er unser einziger sicherer Freund hier ist und daß ich ihm Deinetwegen 80 Francs schulde, die ich ihm jetzt nicht zurückzahlen kann. Übrigens ist der Hausherr von den besten Gefühlen für Dich erfüllt und wird Dir keine Vorhaltungen machen, im Gegenteil. Wegen der Rechnung bei G.* hat er nur gesagt: *«armer Mensch!»* (R)

Im Namen Deiner Zuneigung für mich flehe ich Dich an, mir Charles zu bewahren. Das hängt von Dir ab. Antworte mir P. O., falls Du die 50 frs erhalten hast, die Dir Ch. unter seinem Namen nach Bel-Abbès, am vergangenen 29. Januar, telegraphisch geschickt hat.

Auf bald, auf Wiedersehen. Denke an Deine Pflicht. Ich umarme Dich.

I. M.

Isabelle Eberhardt wird später noch einmal ausführlicher über diese Drogengeschichte sprechen und Andeutungen über «alle diese Anregungsmittel» machen, die ihr Bruder konsumiert. Er war mit zwei Apothekern befreundet: Paul Schoenlaub, der ihm nach Sidi-bel-Abbès schreiben wird, und Charles Schwartz, dessen Nachfolger in der rue du Rhône, in Genf. Der zweite hielt es für richtig, ersteren beim «Hausherrn» anzuprangern. In welcher Absicht? Ein Rätsel…

Postkarte, russisch beschrieben,
von Isabelle Eberhardt an Augustin de Moerder

[Genf, 7. Februar 1896]

Mein Vielgeliebter,
Du hast gewiß die Postanweisung von Schwartz und meine beiden Telegramme erhalten.

Ich wiederhole es noch einmal, bleibe dort, und versuche alles auf diese Weise in Ordnung zu bringen. *Hier* ist es wirklich unerträglich. Antworte mir, und laß Dich nicht entmutigen. Deine Schwester, die immer zu Dir halten wird.

Postkarten, russisch oder französisch geschrieben, Telegramme, und er antwortet immer noch nicht. Die quälenden Gedanken an ihren Bruder bringen Isabelle Eberhardt zu Beginn dieses Jahres 1896 dazu, ihm, «Per fas et nefas», ihren dritten Text, der bald in der *Nouvelle Revue moderne* erscheinen wird, zu widmen.

Sie muß ihm erst einen eingeschriebenen Brief schicken, um

endlich Neuigkeiten zu erhalten: Augustin de Moerder ist am 4. Februar ausgemustert worden («allgemeine konstitutionelle Schwäche») und soll nach Annecy, wo er rekrutiert wurde, gebracht werden.

Isabelle Eberhardt an Augustin de Moerder

[Genf, Anfang Februar 1896]

Mein geliebter Schatz,
verzeihe mir meinen überladenen Brief: ich hatte ihn geschrieben, ohne genau Bescheid zu wissen. Du verstehst das, nicht wahr? Ich sehe Deiner Rückkehr mit grenzenloser Freude entgegen, wie Du gut weißt. Aber wie kann ich mich von meinen starken Befürchtungen befreien, was unsere Zukunft betrifft, die wieder eine gemeinsame sein wird?

Du wirst Geld erhalten, um Dich auszustatten und zurück nach Annecy, nach Hause kommen zu können. Ersuche also darum, nicht aufbrechen zu müssen, bevor es bei Dir eingetroffen ist, weil Du sonst Zeit verlierst, unendlich viel Zeit. Sobald Du in Annecy eingetroffen sein wirst, telegraphiere mir, aber nicht an *Vernier*, weil das fürchterliche Geschichten machen würde.

Solange Du noch in Bel-Abbès bist, denke gut darüber nach, was Du hier machen wirst, wo sich unglücklicherweise nichts verändert hat, mit Ausnahme von mir; mein Leben ist während der drei Monate, in denen wir uns nicht gesehen haben, ein völlig anderes geworden. Aber *von mir werden wir später sprechen.* (R) Für Dich geht es endlich darum, Dich in aller Ruhe zu fragen, was Du tun wirst. Du bist Dir sicherlich im klaren darüber, daß Du nicht weiterhin so *unnütz* leben kannst, ohne etwas für Deine Zukunft zu tun.

Sammle Dich und sage Dir, daß ich immer für Dich da bin, Dir helfen werde, zu arbeiten und Dich durchzuschlagen, wie es unser Bruder Yves de Saint-Mandrier, mit dem ich immer noch korrespondiere, ausgedrückt hat.* Hast Du über Mahmoud meinen Brief an ihn erhalten, den ich unter dem Namen Podolinsky abgeschickt habe? Und wie kommt es, daß Du seit drei Monaten in Algerien bist und ihn nicht davon in Kenntnis gesetzt hast?

Warum hast Du außerdem nicht ein einziges Wort des Dankes an Charles geschrieben, der Dir doch schon vor zwei Monaten Sachen geschickt hat!

Letzten Sonntag ist er mit seiner Frau und seinem Volontär zum Schlittschuhlaufen gekommen.

Dieser Mann wird mir von Mal zu Mal lieber. Am Neujahrstag haben wir zusammen mit einem Franzosen namens Aubert zu dritt auf Dein Wohl getrunken... Was allerdings kein Glück zu bringen scheint!

Ich bin sehr beunruhigt, mein Liebling, weil ich befürchte, daß das alte, unerträgliche Leben wieder anfangen wird.

Vergiß nur nicht, sobald Du hier bist, Algerien und selbst die *Legion* nicht *schlechtzumachen*. Und lästere vor allem nicht über das Klima, etc. Man kann nicht wissen, was die Zukunft bringen wird.

Wie unangenehm, daß Du von den ganzen schmutzigen Geschichten, die hier passiert sind, nicht unberührt bleiben wirst!

Und es gibt einige!

Ach ja, die Zukunft ist düster, sehr dunkel! Aber Du kannst dort nicht bleiben, wenn Du krank bist, das ist ganz klar. Deswegen sollst Du auch direkt nach Hause kommen; solange wir aber noch mehr als tausend Kilometer voneinander entfernt sind, rate ich Dir, ernsthaft nachzudenken und Dich endlich zu entscheiden zu arbeiten. Einzig die Arbeit kann uns retten, und wir stehen unter Zeitdruck! Diese letzten Monate haben mir meine letzten Illusionen geraubt. Das Reich der Träume gibt es nicht mehr, für mich. *Gott wünscht* (R), daß es auch für Dich beendet ist. Deine Träume haben Dich in die Fremdenlegion geführt, ohne daß Du darin bleiben kannst. Das genügt, nicht wahr? Bevor Du abreist, hol Deine lagernde Post ab: Es müssen dort seit drei Monaten Briefe für Dich liegen. Auf Wiedersehen, also, auf bald. Deine Schwester umarmt Dich tausendmal.

Wir könnten etwas Literarisches machen: Ich habe kürzlich 100 frs damit verdient.

Schreibe nicht an Schoenlaub: Das ist ein scheußlicher Kerl, und man kann sich auf keinen Fall mehr auf ihn verlassen. Auf Wiedersehen, *bald, bald, mein Vielgeliebter.* (R)

Bewahre Schweigen über diesen Brief.

[Ohne Unterschrift]

* Edouard Vivicorsi, der Seemann aus Toulon.

Isabelle Eberhardt an Augustin de Moerder

[Genf, Februar 1896]

Mein lieber Freund,
verzeih mir, daß ich Dich so lange ohne Neuigkeiten gelassen habe, aber die Ereignisse haben sich hier überstürzt! Zunächst waren *Charles* und ich damit beschäftigt, Christo Chr... loszuwerden, Charles hat mir versprochen, ihn des Landes verweisen zu lassen, nachdem er von mir erfahren hat, daß er mir schon mit dem Tode gedroht und davon gesprochen hat, er würde Madame Schw. schreiben, ich sei die Geliebte von Charles. Danach kümmerte ich mich zusammen mit Ghazamien*, weil die Hausangestellte krank im Bett lag, um die Küche, wie im ersten Monat nach Deiner Abreise.

Das alles zusammen ließ mir keinen einzigen freien Augenblick, um Dir zu schreiben. Ich denke allerdings, daß Du erkennen konntest, daß ich nicht schlafe und Dich nicht vergessen habe: Es ist unmöglich, daß Du die 50 frs, die Dir Charles am Mittwoch, den 29. Januar um 10 Uhr vormittags telegraphisch geschickt hat, nicht erhalten hast.

Über mehr konnte ich im Moment nicht verfügen, da ich zur Zeit sehr verschuldet bin. Schulden habe ich hauptsächlich bei Charles, aber ich weiß, daß er der letzte wäre, der dieses Geld zurückfordern würde – ungefähr 70 frs, wenn nicht mehr.

Ich führe ein sonderbares Leben, Du kannst Dir ein Bild davon machen: Ich gehe als Matrose verkleidet spazieren, sogar in der Stadt, vor den Augen der Spitzel... Neulich abends, am Donnerstag, den 30., war ich in dieser Aufmachung in der Apotheke und habe mich zu meiner großen Verwirrung (ich dachte an meine Beschuldigung, daß Du trinkst, armer Glal! **) ziemlich mit Bier betrunken (6 Flaschen!), glücklicherweise war außer Schwartz niemand anwesend, als ich außergewöhnlich mutig, folgende Wette mit ihm abschloß: daß ich es niemals wagen würde, ihn zu küssen... ich dagegen sagte ihm, daß ich es sehr wohl täte. Wahrscheinlich hätte er, ohne meine 6 Flaschen, die idiotische Wette gewonnen, weil mir die Dummheit eines so unmöglichen Unterfangens bewußt geworden wäre. Aber nein! Ich habe ihn geküßt, und ich habe damit weitergemacht, unten in der leeren Apotheke. Ich war in solch einer Verfassung, daß ich zum Bahnhof ging, wo die Hausangestellte auf mich gewartet hatte, und einen Fahrschein 3. Klasse nach La Pleine löste... zum Glück war ich als Matrose verkleidet. All das ist jedoch nichts als ein Scherz, und ich glaube, daß dieser Mann über jeden Zweifel erhaben ist, da er seine Julie wirklich liebt... Aber, wie er mir selbst gesagt hat, ist er ein sinnlicher und ausschweifend lebender Mann... Wer weiß, wie das ausgehen wird?

Genug der Scherze! Da ich noch überhaupt keine Antwort auf meine Briefe habe, die den Plan Vavas betreffen, Dich in Algerien zu lassen, weiß ich nicht recht, was ich über Deine Situation schreiben soll.

Aber ich werde Dir immer wieder das gleiche sagen: Du mußt von nun an ernsthaft sein und unbedingt aufhören, *ein für allemal*, Dich in Illusionen zu wiegen und das Handeln auf morgen zu *verschieben*. Ich habe mich diesen Winter vergewissert, daß man sich mit ein bißchen Mühe und Arbeit (ach, sehr wenig, sehr wenig!) im literarischen Geschehen eine Position schaffen kann. Durch *drei Jahre* geregelte Arbeit kann man den unerträglichen Zustand des *weder hier noch anderswo* (R) ganz und gar und *für immer* überwinden.

Du schreibst, daß Du von jetzt ab den Ratschlägen des Hausherrn folgen wirst... Unglücklicherweise hast Du seinen einzigen guten Ratschlag nicht befolgt! Es wäre die *Chemie* gewesen. Aber jetzt ist es sicherlich zu spät dafür.

Entsinne Dich aber, daß diese Ratschläge zu nichts führen. Ich erfahre das gerade selbst. Ich werde mir erlauben, Dir etwas zu sagen, das Dich, da es von mir kommt, nicht kränken dürfte, weil ich Dir seit Deiner Abreise bewiesen habe, daß Du immer auf mich zählen konntest – Du solltest *meine* Ratschläge befolgen. Vielleicht wirst Du Dir eingestehen, daß es manchmal zu Deinem Vorteil war, sie befolgt zu haben.

Nun, hier ist mein Ratschlag: Bleibe für eine Weile in Algerien, nütze die außerordentliche Gelegenheit und rette alles. Was Du tun könntest? Mit einem Kredit wirst Du alles mögliche tun können, das garantiere ich Dir. Schon mit einer winzigen Orangenplantage in Blida wären wir gerettet. Sag mir nicht, das algerische Klima überhaupt bringe Dich um – nein, es ist vielleicht das von Bel-Abbès und vor allem *das der Fremdenlegion* und das der *bitteren Armut*... Überlege Dir das alles gut, mein Freund, und denke daran, daß Dein Schicksal gegenwärtig mehr als jemals zuvor in Deinen Händen liegt, tausendmal mehr als in diesem Winter, den Du in der Legion verbracht hast! Mit Geld könntest Du Dich dort tausendmal besser pflegen als hier, wo das Wetter scheußlich ist – eine epidemische Diphtherie wütet hier –, und an Geld wird es Dir nicht fehlen. Du wirst Deine Gesundheit als Folge der Ruhepause und der moralischen wie materiellen Sicherheit wiedererlangen. Und mit welcher Freude könntest Du Dir danach sagen, daß Du die klägliche Familie der «gesegneten Moerder» gerettet hast!

Falls Dich mein Brief noch rechtzeitig erreicht, denke darüber nach, und wirf Dich nicht in den Rachen des Wolfes durch eine idiotische Rückkehr, die Du *bis zum Tod bereuen wirst, sobald Du hier die ersten Monate verbracht hast*, das versichere ich Dir. Erinnere Dich, was Du mir in Deinem ersten Brief geschrieben hast: «Beunruhige Dich nicht, ohne gesicherte Position werde ich nicht zurückkehren.» Zur Zeit kannst Du sie Dir schaffen. Ich verstehe sehr gut Deinen traurigen Zustand, überwinde Dich aber, strenge Dich an, bringe Dich auf Trab, und gib vor allem die Hoffnung nicht auf. Auf bald. Deine Dir immer treue

Isabelle.

* Ghazamien: Ein weiteres Familienwort für Alexandre Trophimowsky.
** Glal: Spitzname Augustins.

Offensichtlich konnte Augustin die Ratschläge seiner Schwester nicht mehr in Erwägung ziehen. Er antwortet nicht einmal auf diesen Brief. Am 17. Februar, dem neunzehnten Geburtstag von Isabelle Eberhardt, hat er noch immer kein Lebenszeichen gegeben. Man erwartet ihn vergeblich in der Villa Neuve, wo man zu wissen glaubt, daß er Algerien bereits verlassen hat.

Isabelle Eberhardt an Augustin de Moerder

[Genf, Februar 1896]

Mein lieber Freund,
Dein Schweigen hat uns viel Kopfzerbrechen bereitet und mich auf das allerhöchste beunruhigt!

Mama hat einen Brief, datiert am 7., vom Obersten erhalten, in dem Deine Ausmusterung angekündigt wird und gleichzeitig, daß Du «in ungefähr zwei Wochen bei Deiner Familie eintreffen» wirst.

Folgendes möchte ich Dir sagen, falls Du weder meinen Brief, den ich an das Rekrutierungsbüro in Annecy geschickt habe, erhalten hast noch meine Postkarte an P. O. im selben Ort.

Schw. hat die Geschichte vom Opium, das Schoen. Dir verkauft hat, herumerzählt... Das hat viel (unvorhergesehen und überhaupt nicht zu Deinen Gunsten) Staub aufgewirbelt... Vava ist selbstverständlich nicht ärgerlich auf Dich, aber er glaubt, daß Schw. diese Geschichte erfunden hat, und will den Kontakt mit ihm abbrechen.

Erinnere Dich andererseits daran, daß ich ohne diesen Mann nichts für Dich hätte machen können: weder Arzneien noch Geld.

Ohne ihn hätte Dir Veisguth einen *Zahlungsbefehl durch den Gerichtsvollzieher* zuschicken lassen, ohne ihn hätte George losgebrüllt... ohne ihn hätte Christo Chr. einen fürchterlichen Skandal gemacht...

Überdenke dies alles, und ziehe auch die Sache in Erwägung, von der ich Dir, scheint mir, bereits nach Oran geschrieben habe: Zwischen diesem Mann und mir zeichnete sich bereits etwas ab...

Und ich werde ihn noch weiter ermuntern, da ich in meiner klösterlichen Einsamkeit zu sehr leide!

Frage Dich, wo Du einen Freund wie diesen finden wirst, Du kennst ihn noch nicht gut genug. Denke auch ein bißchen an mich, und Du wirst verstehen, daß Du, der ihm diese große Unannehmlichkeit ersparen kann, dazu verpflichtet bist! Werde Dir im übrigen darüber klar, daß Du in mir ganz und gar nicht mehr das alte Wesen wiederfinden wirst, das Du vor vier Monaten verlassen hast. Du wirst mich ganz anders kennenlernen. Du wirst mich diszipliniert an der Arbeit finden und im Begriff, meinem Weg zu folgen.

Sobald Du wieder einigermaßen hergestellt bist, wirst Du den Deinen finden, ich werde Dir dabei helfen. Bedenke vernünftig und ernsthaft Deine Position, Deine Zukunft und Dein Alter, das Du erreicht hast, ohne Deine Zukunft abgesichert zu haben. Höre dieses Mal auf die Stimme der Vernunft, und erkenne endlich, daß Du nicht länger in Illusionen und Phantasiegebilden leben kannst. Das ist unmöglich und unheilbringend.

Entschließe Dich, es wie ich zu machen, Deine frühere morbide Lebensweise radikal zu ändern, die ganzen Anregungsmittel und etc., etc.

Es ist höchste Zeit. Du bist vor zwei Monaten vierundzwanzig Jahre alt geworden.

Du kannst diese Art zu leben nicht weiterführen, weil Du Dich zugrunde richten wirst.

Aber man kann Dir nur helfen, wenn Du Dir selbst hilfst... Falls Du noch in Annecy bleibst, antworte mir sofort an V., und unterrichte Mama vom Neuesten, und vom Tag und der Uhrzeit Deiner Ankunft hier. Auf Wiedersehen und auf bald.

Deine Dir immer treue

Isabelle

Die Korrespondenz bricht ab: Augustin erscheint am 23. Februar in der Villa Neuve. Über Drogen wird nicht mehr gesprochen. Man spricht auch nicht mehr von Charles Schwartz, der ebenso schnell aus Isabelle Eberhardts Leben verschwunden ist, wie er hineingetreten ist.

Es gibt viel Ernsteres. Der heimgekehrte Legionär ist «krank und nicht mehr wiederzuerkennen» und unfähig, guten Vorsätzen und Ratschlägen zu folgen. Er ist in so jämmerlichem Zustand, daß Isabelle Eberhardt einen Selbstmord befürchtet.

Vom Alptraum des neun Monate andauernden Rettungsversuches und des damit verbundenen Angstzustands wird sie in ihren Briefen des folgenden Jahres sprechen... Die Arbeit und die Korrespondenz sind die einzigen Auswege aus der verrücktmachenden geschlossenen Gesellschaft der Villa Neuve. Der Absinth, den Augustin pur trinkt, macht ihn halb wahnsinnig.

Um ihre Arabisch-Kenntnisse zu verbessern, sucht und findet Isabelle Eberhardt in der Person des Scheich Abou Naddara einen Ratgeber: «Ich werde alle Kräfte darauf richten, die orientalischen Länder zu sehen und zu durchstreifen. Ich habe meine Studien alleine betrieben; ich habe nicht viel gelernt und ohne Lehrer», schreibt sie ihm am 19. Oktober.

James Sanua, genannt Abou Naddara, «der Mann mit der Brille», ein alter Gelehrter, der von den Engländern aus Ägypten verjagt worden war, verstand es, zum Liebling von Tout-Paris zu werden, das für den Orient schwärmte. Kein Bankett von Wissenschaftlern oder Literaten, bei dem er keine Rede hält, kein Salon, in dem man nicht seine mit Orden behängte Brust bemerkt. Er hatte, darin seiner Zeit voraus, ein Talent für die Werbung und gab unter seinem Namen eine Zeitschrift heraus, auf deren Titelseite sein Porträt vor einem Hintergrund von Pyramiden, Feluken und Minaretten abgebildet war, begleitet von einer ihm geltenden Lobrede. An erster Stelle seiner ruhmreichen Titel: «Ehrendolmetscher des Post- und Telegraphenministeriums»...

Nichtsdestoweniger erweist er sich als treuer, aufmerksamer Förderer seiner jungen Briefpartnerin, berührt durch das Vertrauen, das sie ihm schenkt. Ende Dezember ersucht sie ihn in einem dritten Brief, zur Hälfte arabisch, zur Hälfte französisch abgefaßt, um Folgendes: «...Es wäre mir sehr angenehm, eine gut unterrichtete und intelligente Briefpartnerin unter meinen Schwestern im Orient zu haben. Ich glaube, daß Sie dies durchaus nicht schlecht fänden, da Sie jetzt wissen, daß der junge Mann, der mit N. Podolinsky unterzeichnet, zwar eine sehr junge (arme) Russin ist, die aber den Islam zutiefst respektiert und sich den Orientstudien widmen wird...»

An Stelle von Augustin findet Isabelle Eberhardt am 28. November einen anderen Briefpartner in Algerien. An diesem Tag entdeckt sie in der Rubrik der kleinen Anzeigen im *Journal*, «Tageszeitung für Literatur, Kunst und Politik», die sie abonniert hat, eine Mitteilung, auf die sie sogleich reagiert: «Militärarzt, von Schwermut gezeichnet. Zur Zeit im südlichen Algerien exiliert, wünscht intellektuellen Briefwechsel mit einer Person von Welt, heiter und geistreich. (Diskretion selbstverständlich.) Schreiben Sie F. R. 102. Poste Restante. Constantine.» Isabelle findet sofort ein passendes Pseudonym und unterzeichnet mit «Nadia» den ersten Brief, der einen Briefwechsel mit dem Leutnant Letord eröffnen wird, Offizier des Führungsstabes im arabischen Büro von Touggourt, der im Laufe der Jahre zum «Freund Eugène» wird. Episodisch und unregelmäßig, ist diese Korrespondenz zum größten Teil verschwunden.

Das Jahr geht nicht zu Ende, ohne daß Augustin einen Rückfall erleidet: am 9. Dezember 1896 verschwindet er aufs neue. Für die «Alten» erhöht sich die Rechnung, die zu begleichen ist, er läßt siebentausend Francs mitgehen.

Isabelle Eberhardt hatte es ihn vorher wissen lassen: sie hat sich verändert. Schluß mit dem Träumen; von nun an ergreift sie alleine die Initiative. Durch die wiederholten Prüfungen des Verlassenwerdens und der Trennung hat sie die Adoleszenz überwunden und war gezwungen, auf eine gemeinsame Zukunft mit ihrem «Spiegelbruder» zu verzichten.

Was bleibt, ist die Sehnsucht nach der Fremde und die aufkeimende Gewißheit, ihr Schicksal allein auf sich nehmen zu müssen...

Drittes Kapitel

1897

Der erste Brief, den sie im Januar erhielt, hätte verhängnisvolle Folgen haben können. Abgestempelt am 2. Januar in Marseille, teilte er folgende Neuigkeiten mit: Seit kurzem verlobt, kündigte Augustin der Auserwählten seines Herzens seinen bevorstehenden Selbstmord mit und bat sie, seine Schwester davon zu unterrichten. Und so wurden die beiden brieflich miteinander bekannt. «Ein Mädchen aus dem Volke, Schwester und Freundin der Matrosen», wird Isabelle Eberhardt später über Hélène Long sagen. Der Einfluß von Pierre Loti. Podolinsky geht noch immer gern spazieren und läßt sich sogar als Matrose photographieren...

Nach dieser tragischen schriftlichen Mitteilung kehrt wieder Schweigen ein. Trotzdem verfällt Isabelle Eberhardt nicht der Hoffnungslosigkeit: Sie kennt den morbiden Geschmack Augustins für das Theatralische, wenn er sie um Hilfe ruft. Und außerdem ist die Villa Neuve im Januar wegen eines geplanten Umzugs in Aufregung. Nichts weniger als ein Aufbruch nach... Algerien!

Aber kann man aufbrechen und Augustin im Stich lassen? Isabelle Eberhardt nimmt ihre Nachforschungen wieder auf. Keine Spur von ihrem Bruder in Marseille, weder in Toulon noch in Sidi-bel-Abbès, wohin sie schreibt, um zu erfahren, ob ein gewisser Fortunato Raphael sich verpflichtet hat... Die Angelegenheit bleibt bis zum 9. März in der Schwebe: ein Weiß-Käppi erscheint vor dem Gitter des Parks. Es ist ein Fremdenlegionär des 2. Regiments, auf Genesungsurlaub in Genf, der eine verblüffende Botschaft überbringt: Augustin hat sich seit dem 5. Januar erneut auf fünf Jahre verpflichtet. Er befindet sich in Saida, am äußersten Ende vom südlichen Oran. Eine andere Art von Selbstmord.

Niemand ist mehr dagegen, daß man Genf verläßt, man stimmt vielmehr darin überein, daß man dem «verlorenen Schaf» näher sein wird.

«Algerien bietet Kranken unter einem bewunderungswürdigen Himmel Gesundheit, Touristen noch nie erlebte Empfindungen, Arbeitern Wohlgefühl und häufig Reichtum...» rühmte überschwenglich eine Reklame der Epoche. Die Sonne wie eine Arznei gegen das Unglück. Gleichwohl überrascht dieser Aufbruch der «Alten», nach mehr als fünfundzwanzig Jahren in Genf. Der beharrliche Wunsch Isabelle Eberhardts, «die schillernde, geheimnisvolle Welt» zu entdecken, wird nicht der einzige Grund dafür gewesen sein. Die zarte Gesundheit der Mutter Nathalie de Moerder? Auch die erneuten Belästigungen durch die Ältesten. Zum Beispiel versucht der Deserteur Nicolas, der einen einträglichen offiziellen Posten in Sankt Petersburg innehat, sich an Trophimowsky zu rächen, der angeblich seine Mutter «vom rechten Weg abgebracht» hat, und geht soweit, ihn des Mordes an seinem Vater, dem General, zu beschuldigen...

Man wird nach Bône ziehen, in ein von einem Photographenpaar gemietetes Haus, von Augustins Freunden Cécile und Louis David. Der Aufbruch ist für Mai vorgesehen. Die Vorbereitungen haben schon begonnen, als Isabelle Eberhardt vom «verehrten» Abou Naddara diese kurze Nachricht erhält: «Liebe Freundin, Dank für die leidenschaftlichen, dem Islam geltenden Gefühle, die Sie mir gegenüber ausgedrückt haben. Als ich Ihren Brief erhielt, hatte ich Besuch vom Sohn (jung und gutaussehend) des Gouverneurs von Mahdia in Tunesien, und als er sah, wie sehr mich Ihr Brief entzückte, bat er mich, ihm zu sagen, wer mir geschrieben habe; ich erlaubte mir, ihm Ihren Brief zu zeigen und auch die farbenprächtigen anderen, die ich sorgfältig aufbewahre. Ihnen seine Begeisterung zu schildern übersteigt meine Redegabe. Ich habe ihm die *Revue moderne* gegeben, wo er Ihre ‹Vision› lesen konnte. Er hat sich die Erlaubnis erbeten, Ihnen einen ehrerbietigen Brief schreiben zu dürfen, und ich habe ihm gesagt, daß Sie so wohlwollend seien, daß Sie ihm sogar die Ehre geben werden zu antworten.»

Der angekündigte Brief läßt nicht lange auf sich warten. Isabelle Eberhardt antwortet einem gewissen Ali Abdul Wahab, indem sie ihm eine Visitenkarte schickt, die den Namen Nicolas Podolinsky trägt, «Publizist», (schon) wohnhaft in Bône, Algerien, und auf die sie arabisch folgende Zeilen geschrieben hat: «Dank sei dem einzigen Gott gesagt. Vom 20. Mai an werde ich in Bône sein, unter folgender Adresse: bei M. L. David, Photograph, Maison Carrus, 10 rue Moreau. Ich erwarte nun Ihre Antwort mit Ungeduld. Es freut mich, einen Freund in Tunis zu haben, nicht weit von meiner Stadt, einen mohammedanischen und arabischen Freund. Auf daß der Friede mit Ihnen sei, und die Barmherzigkeit Gottes Sie selig mache. Mériem Bent Yahyia. Im Jahr 1897, den 15. Mai. Im Jahr 1314 der Hidschra.»

Sie haben beinahe das gleiche Alter. Isabelle Eberhardt ist in ihrem zwanzigsten Jahr, Ali Abdul Wahab ein Jahr älter. Einer der ältesten aristokratischen Familien Tunesiens entstammend, ältester Sohn von Salah Abdul Wahab, Erster Sekretär im Außenministerium, und nacheinander Kaid von Gabès und von Mahdia, hat Ali die Studien betrieben, die typisch für die moderne tunesische Elite sind: Unterricht in einer Schule der Maristen, Collège Sadiki, Gymnasium Carnot und Universität der großen Moschee Zitouna.

Auch er ist nicht ohne Phantasie. Hier ein Beispiel, wie er sieben Jahre später, nach dem Tod von Isabelle Eberhardt, die Entdeckung derjenigen schildern wird, die ihn so lange begeistert hat: «Es geschah in Paris gegen Ende 1896. Ich befand mich bei meinem ehrwürdigen Freund Scheich Abou Naddara, als ich auf seinem Schreibtisch das Porträt eines russischen Matrosen bemerkte. Meine Neugier war durch die Photographie eines jungen Epheben geweckt, die sich inmitten so vieler ehrenwerter Köpfe alter Männer befand, zum größten Teil Minister, Paschas, Prinzen oder hohe Würdenträger des osmanischen Hofes, und ich wagte eine, sicher verzeihliche, Indiskretion bei meinem freundlichen und sympathischen Gastgeber Abou Naddara.

‹Das ist›, gab er mir zu verstehen, ‹ein junger slawischer Schriftsteller, der sich dem muselmanischen Glauben zugewandt und in Algerien niedergelassen hat, um die arabische Sprache zu studieren.› Einen Monat darauf erhielt ich einen sehr freundlichen Brief von unserem slawischen Freund, der mit «Mahmoud» [Pseudonym von I. E.] unterzeichnet war und in dem er mich bat, ihm einige moslemische Fragen zu erhellen, die er nicht verstanden hatte. Ich tat das zu seiner Befriedigung, trotz der wenigen freien Zeit, die ich damals hatte. Bald darauf entwickelte sich ein regelmäßiger Briefwechsel zwischen uns.»

Zu der Zeit, in der sie sich in Bône niederläßt und immer öfter mit ihrem arabischen Namen Mériem unterzeichnet, schreibt Isabelle Eberhardt ihm einen flüchtigen Brief.

Isabelle Eberhardt an Ali Abdul Wahad

[Bône, 22. Juni 1897]

Lieber guter Freund,
Ihr Irrtum hat seine Ursache darin, daß ich Ihren Brief erst gestern morgen erhalten habe. In Anbetracht der stupiden Langsamkeit der Postverbindungen zwischen Algerien und Frankreich beeile ich mich, ihn sofort zu beantworten. Schreiben Sie mir, es bereitet mir großes Vergnügen. Darüber hinaus würden Sie mir eine große Freude bereiten, wenn Sie mir ein Photo von sich schicken würden. Sobald ich eines von mir in Landestracht habe, werde ich es Ihnen bestimmt schicken.

Ich bitte Sie, unserem lieben Scheich meine besten Grüße zu

übermitteln, ich grüße ihn tausendmal, und daß ich ihm an einem der nächsten Tage schreiben werde. Ich bin hier sehr beschäftigt. Ich habe einen guten Arabischprofessor gefunden, *Si Mohammed Abd-el-Kader* (A), ein alter Taleb, der kein Wort Französisch spricht oder versteht.

Das algerische Leben – das der Mohammedaner – gefällt mir sehr.

Was die Europäer in Algerien betrifft, ziehe ich es zu ihren Gunsten vor zu schweigen.

Sobald Sie wieder in Ihr Land zurückgekehrt sein werden, werde ich Sie ganz sicher besuchen kommen, da ich Tunesien kennenlernen möchte.

Wie gesagt, Ihre Briefe werden mit Freude entgegengenommen. Schreiben Sie mir!

Auf daß der Friede wie die Barmherzigkeit Gottes mit Ihnen sei. Ihre geliebte Freundin. Mériem. (A)

N. Podolinsky.

Isabelle Eberhardt an Ali Abdul Wahad

[Bône, 1. Juli 1897]

Dank sei dem einzigen Gott gesagt.

An meinen treuen geliebten Freund, dessen Herz so rein ist, an meinen Bruder aus Zuneigung. Si Ali Abdul Wahad.

Auf daß der Friede und die Barmherzigkeit Gottes mit Ihnen sei. (A)

Über den Erhalt Ihres Briefes und Ihres Porträts war ich sehr glücklich. Das Ganze ist vor ein paar Tagen bei mir angekommen, aber hier weht der Wind der Wüste, und die Hitze ist überwältigend. Gleichwohl kann ich Sie nicht länger ohne Antwort lassen.

Was den «Kopf des Türken» betrifft, kann ich Ihnen sagen, daß man tatsächlich sehr selten einen Kopf sieht, der so vortrefflich die physischen und moralischen Merkmale einer Rasse wiedergibt.

Und die türkischen Merkmale sind mir durchaus bekannt, das versichere ich Ihnen.

Intelligenz, Willenskraft und Sanftmut miteinander verquickt, von unbedingter Loyalität: das sind die grundlegenden Qualitäten der wahren Osmanen.

Die Bescheidenheit verbietet mir, anders zu sprechen, aber *ich gehöre zu denen, die verstehen können* (A) – und das genügt mir.

Falls Sie möchten, daß ich Ihnen von meinem Leben *im «Haus des Islam»* (A) berichte, haben Sie Geduld, bis es ein bißchen kühler wird in Bône. Dieses Leben lohnt die Mühe, es zu beschreiben, wenn man bedenkt, daß es in nichts dem Leben gleicht, das junge Damen normalerweise führen. Ich werde Ihnen nur sagen, daß mich die Mohammedaner mit offenen Armen empfangen haben und daß ich weder *einen einzigen Franzosen* noch eine *Französin* kennengelernt habe. Was mir hier zuwider ist, ist das unausstehliche Verhalten der Europäer gegenüber den Arabern, dem Volk, das ich liebe, *Inch'Allah** (A), wird dieses Volk meines werden. Ich bin seit einem Monat hier und beginne das algerische Arabisch zu sprechen und zu verstehen.

In einigen Tagen werden Sie einen längeren und weniger verworrenen Brief erhalten. Schreiben Sie mir, berichten Sie mir von sich und Ihrer Familie. Sie könnten mir darüber, falls Sie es möchten – es wäre meine Bitte – gelegentlich arabisch schreiben.

Der Friede sei mit Ihnen, Ihre geliebte (A),

Mériem. (A)

* *Inch'Allah:* Wenn Gott es will.

Der Augenblick der persönlichen Begegnungen rückt näher. Ali Abdul Wahad muß Paris verlassen und nach Tunis zurückkehren. Am 4. August sendet ihm Isabelle Eberhardt dieses Telegramm nach Paris, 41 boulevard Saint-Michel: «Versuchen Sie auf dem Weg nach Remis in Bône vorbeizukommen. Podolinsky.»

Remis – vielleicht Khemis Miliana, in der Ebene Chelif? Ali kommt dieser Aufforderung nach. In dem bereits zitierten Bericht beschreibt er die Begegnung:

«...Eingeladen von meinem neuen Freund, erreichte ich Bône, wo ich mich für drei Tage aufhielt, bevor ich nach Tunis weiterfuhr.

Ich werde nicht versuchen, das Erstaunen zu beschreiben, das mich am Landungssteg überfiel, als ich anstatt die Hand eines Mahmoud zu drücken, mich in Gegenwart einer jungen Frau befand, sehr elegant gekleidet, die ich mit der höchsten Ehrerbietung begrüßte.

Sie maß mich einen Moment mit ihrem Blick, wiegte den Kopf, lächelte und sagte mir in einem freien Ton, mit einer Andeutung von Spott: ‹Nach dem, was man mir über Sie erzählt hat, hätte ich Ihnen nicht so viel Respekt vor den vorgefaßten Meinungen zugetraut.›

Dennoch benötigte ich lange Zeit, um mich an dieses junge, hübsche Mädchen zu gewöhnen, das auf die süßen Vorrechte ihres Geschlechts verzichtete, um sich in Abenteuer zu stürzen, vor denen selbst die unerschrockensten Männer möglicherweise zurückgewichen wären; und dieses Abenteuer erschien mir so befremdlich, daß ich mich, nachdem ich in das Hotel Oriental, in dem ich wohnte, zurückgekehrt war, dabei überraschte, daß ich eine Kette lauter Ausrufe ausstieß.

Bône verließ ich mit unvergeßlichen Erinnerungen an den bezaubernden Empfang, den mir die Familie von Isabelle Eberhardt bereitet hatte.

Mein kurzer Aufenthalt in dieser Stadt hatte mir nicht erlaubt, in das Geheimnis einzudringen, das über dem Leben von Isabelle schwebte, obwohl ich das wünschte und es mir später auch gelang; nichtsdestoweniger glaubte ich zu verstehen, daß sie viele Unannehmlichkeiten hatte und daß sie litt.

Diese Vermutung wurde bestätigt durch eine Reihe langer Episteln, die sie mir nach Tunesien schrieb.»

Die Fortsetzung des Briefwechsels widerlegt diese verführerische, aber erfundene Version.

Isabelle Eberhardt an Ali Abdul Wahad

[Bône, 12. August 1897]

Dank sei dem einzigen Gott gesagt. Der Friede sei mit dem letzten der Propheten, seinem Sklaven, seinem Auserwählten. Amin. (A)

Liebster Freund,

von allen mehr oder weniger impulsiven Handlungen, die ich in meinem Leben begangen habe, war möglicherweise die Depesche, die Sie nach Bône rief, die allerbeste. Sie sind hier in einem Augenblick angekommen, in dem ich begann, den Boden unter den Füßen zu verlieren, und mich treiben ließ, was eingestandenermaßen lasch und Ihres Freundes Podolinsky unwürdig ist. Sie sind gekommen und haben mir durch Ihre aufrichtige Freundschaft und Ihr ehrliches Mitgefühl meinen Mut zurückgegeben, und Sie haben mich auch an die Pflicht erinnert, die ich mir selbst auferlegt hatte: diejenige zu arbeiten. Ich werde Sie gewiß niemals vergessen, so wenig wie ich die drei Tage vergessen werde, die ich mit Ihnen verbracht habe.

Am Vorabend Ihrer Abreise wollte ich Ihnen sagen, nur Ihnen, wie ich gelitten und was ich gedacht habe, damit Sie nicht allzu schlecht über mich urteilen. Ich habe Ihnen gleichzeitig ein Geständnis gemacht, das eine Frau normalerweise große Überwindung kostet, damit Sie genau wissen, warum ich mich in der Zeit, in der Sie meine Bekanntschaft gemacht haben, in solch einer Geistesverfassung befand – die sehr wenig mit meiner wahren Natur gemein hat, was Sie übrigens selbst gut erraten haben. Gewiß sind in den Stunden der Traurigkeit und der Entmutigung jetzt Sie es, an den ich mich wenden werde, denn ich glaube in Ihnen ein wirklich brüderliches Herz gefunden zu haben, mit der Fähigkeit, den Schmerz eines anderen Herzens zu spüren. Ebenso sollten Sie wissen, daß Sie, wenn Sie Kummer haben, alles Ihrem slawischen Freund sagen können, der alle menschlichen Leiden *aus Erfahrung* kennt. Ich weiß auch sehr gut, daß Sie, wenn Sie sich unter den «Glücklichen dieser Welt» befunden hätten oder durch das Leben und seine Schändlichkeiten ein wenig mehr abgehärtet gewesen wären, meine Vertraulichkeiten niemals so aufgenommen hätten, wie Sie es getan haben – und Sie hätten zu mir niemals in ähnlichen Worten gesprochen... Wir haben beide gegen die Gegebenheiten um uns herum zu kämpfen, die genauso – oder beinahe – ungünstig bei dem einen wie beim anderen sind... Wir haben darüber hinaus ein sehr ernstes gemeinsames Interesse – die Ehrfurcht und Liebe, die wir beide dem Islam entgegenbringen. Zweifellos wissen Sie, daß ich, *Inch'Allah* (A), d. h. wenn mich die Umstände nicht erdrücken und ich siegreich aus diesem Kampf für das Leben hervorgehe, die Absicht habe, für immer in *den Ländern Mohammeds* (A) zu bleiben, und mich, falls es sich machen läßt, seinem Dienst widmen werde. Ich werde gewiß nicht in Algerien bleiben, wo es tatsächlich unmöglich ist, irgend etwas zu tun – zumindest derzeit. Ich werde nach Tunis oder in den Orient gehen – nach Ägypten vielleicht, um mein Bestes für die zu tun, die ich eines Tages meine Brüder nennen möchte – was geschehen wird. Hier unternehme ich nichts, stelle nichts in Frage. Ich betreibe meine Studien und schreibe. Ich frequentiere selbstverständlich nicht die öffentlichen Plätze, um auf die Franzosen zu schimpfen, was nur dazu führen würde, daß ich mich gänzlich hineinziehen und in meinen Plänen für die Zukunft behindern lassen würde.

Was den hitzigen El Khoudja Abdallah betrifft, will ich ganz sicher nicht wieder zu der werden, die ich unglücklicherweise zwei Monate lang war: Sklavin dieses gewalttätigen und despotischen Mannes, der glaubt, daß eine Frau nur seinem Vergnügen dient und ihm gegenüber alle nur erdenklichen Aufgaben hat, ohne sich einzugestehen, daß er auch ihr gegenüber welche hätte. Auch das ist nichts als eine Fessel in bezug auf die Zukunft, und ich will meine ganze Freiheit. Beunruhigen Sie sich nicht, Ihre Schwester wird sich nicht zu dieser stupiden Rolle einer Sklavin erniedrigen lassen. Was meine derzeitigen Arbeiten angeht, bin ich gerade dabei, einen Roman abzuschließen, den ich vor anderthalb Jahren begonnen habe und der ungefähr alles enthält, was ich über mein eigenes Leben und auch über den russischen Nationalcharakter herausfinden konnte.* Ein anderes Mal, wenn ich mehr Zeit zur Verfügung habe, werde ich Ihnen die Analyse des Romans schicken, der ohne jeglichen Anspruch ist.

Außerdem veröffentliche ich in *Athénée* (ein Käseblatt, das die *Revue moderne* ersetzt hat) einen Artikel über das Leben des französischen Seemanns. Sobald er erschienen ist, werde ich Ihnen eine Ausgabe zukommen lassen. Wenn Sie mir antworten, vergessen Sie nicht die Adresse Ihres Freundes, des Philosophen. Seine Ratschläge könnten mir von großem Nutzen sein, und ich gewinne eine weitere Versorgungsquelle gegen die innere Einsamkeit in *Annaba* (A).

Von nun an werde ich Ihnen alle vier oder fünf Tage einen Brief schicken, in dem meine Eindrücke und Gedanken, wie sie mir kommen, festgehalten sind. Tun Sie das gleiche: so verlieren Sie weniger Zeit, und für mich wäre es ein Trost.

Noch heute schreibe ich an unsere kleine Schwester (ich sage unsere, in meiner Eigenschaft als *Schwester* (A), und ich hoffe, daß ich mich ihr verständlich machen kann.** Versuchen Sie unter den Zeitschriften die *Revue d'Art* zu finden – darin «Erostrate»***, von Pod.

Ich drücke Ihnen beide Hände und sende die brüderlichste Akkolade.

Empfange die Grüße Deiner Liebsten. (A)

Podol

* Anfänge eines Romans, der später den Titel «Trimadeur» erhält. Sie wird davon mehrere Versionen schreiben, aber er bleibt unvollendet.

** Aicha, die Schwester von Ali Abdul Wahab, damals siebzehn Jahre alt.

*** «Erostrate»: Beitrag von Isabelle Eberhardt.

«Warum bist Du so traurig?»

«Weil ich Zweifel habe, weil eine neue Welt in meinem Herzen knospt und mir den Atem nimmt... ich möchte wie Prometheus dem Himmel das Feuer entreißen und es als wohltuendes Geschenk der leidgeprüften Menschheit überreichen.» Das ist ein kurzes aber bedeutungsvolles Zitat aus «Erostrate», wahrscheinlich im März 1897 veröffentlicht, wovon wir das Manuskript im Überseearchiv in Aix-en-Provence wiedergefunden haben.

Aber wie wir gesehen haben, hat die Traurigkeit von Isabelle Eberhardt noch andere Gründe. Sie beginnt, nicht ganz ohne Niedertracht, von der unglücklichen Liebe zu erzählen, die sie mit Khoudja ben Abdallah erlebt.

Wir haben keinerlei Hinweise auf den Artikel über den französischen Seemann gefunden, aber bei Durchsicht der *Athénée* einen verschlüsselten Briefwechsel mit Bonneval, dem Verleger, gefunden, der sie mit ihrer Abonnentennummer – 169 – anspricht: «Juli 97. Nr. 169. Läßt Sie der schöne Himmel Afrikas *Athénée* vergessen?» – «August 97. Nr. 169. Habe Ihren Brief mit Freuden erhalten. Großes Bedauern, daß ‹Deserteur› wegen zu grober Ausdrücke in der Redaktionssitzung keine Gnade findet. Können Sie es nicht überarbeiten?»

«September 97. Nr. 169. Sie haben recht. Man kann Ihren Personen keine andere Sprache geben. Die Worte gegen... auszutauschen, würde bedeuten, der Erzählung ihren ganzen Reiz zu nehmen und sie in einen unmöglichen Zusammenhang zu bringen. Ich werde Ihnen die Bücher schicken, um die Sie baten (...)»

Leider wurde das Manuskript von «Deserteur» nie wiedergefunden. Man hätte möglicherweise eine Darstellung der Geschichte ihrer Brüder, Nicolas und Augustin, lesen können.

Man wird in ihren Briefen den unterschiedlichen Ton zwischen dem französischen Text und den arabischen Grußzeilen bemerken, in denen sich zärtliche Worte verdichten, deren Übersetzung ihre Bedeutung leicht entstellt.

Isabelle Eberhardt an Ali Abdul Wahab

[Bône, 22. August 1897]

Dank sei dem einzigen Gott gesagt. Der Friede sei mit unserem Propheten Mohammed.

An meinen inniggeliebten Bruder, die Freude meines Herzens, das Licht meiner Augen, Geschmeide des Daseins, Laterne in meiner Finsternis, der Stolz meines Lebens, Si Ali Abdul Wahab, auf daß Gott ihn hienieden und im Jenseits überglücklich macht.

In Annaba, im Land der Freidenker, den 16 Rabia al Awwal 1315 der Hidschra. (A)

Vielleicht werden auch Sie lächerlich finden, was ich Ihnen weiter unten sagen werde, so wie ich es mehr denn je empfinde: gleichwohl... Diese Befürchtung wird mich nicht davon abhalten, Ihnen meine Gedanken mitzuteilen.

Es gab eine Zeit, in der ich den leidenschaftlichsten Kult um die *Freundschaft* pflegte... Der wahren, welche vollkommene Offenheit und absolute Ehrlichkeit vereinigt. Mit fortschreitender Desillusionierung hat diese Fähigkeit, meine Freunde *zu lieben*, nicht nur sehr abgenommen, sondern sie ist mir sogar abhanden gekommen... Und als ich Sie dann sah – Sie –, habe ich verstanden, daß bedingungslose Freundschaft, so wie ich sie verstehe, in der Tat ein großes Glück ist...

Sie haben mich durch Ihre brüderliche Umgangsweise davon abgehalten, die schlimmsten Verrücktheiten zu begehen – die verhängnisvollsten Dinge, die man tun kann.

Sie kamen in einer Stunde der vollständigen Hoffnungslosigkeit und großen Traurigkeit, um mir auf immer die Hand zu reichen, um zu mir im Namen der Vernunft und der Pflicht zu sprechen – mir davon zu sprechen, was ich niemals hätte vergessen dürfen: *die Arbeit*. Nur die allein kann mich vor dieser Sorte schlimmer Apathie retten, die mich heimgesucht hatte und meine ganze Lebensenergie abtötete, meine Lust zu leben und alles Denken...

Bône ist jetzt kein Gefängnis mehr für mich.

den 20 Rabia al Awwal. (A)

Der Anfang dieses Briefes – obgleich er die Wahrheit ausdrückte – war geschmacklos...

Nun, lassen Sie mich Ihnen sagen, daß ich verstanden habe, und es jetzt noch besser verstehe, daß über die mehr oder weniger materiellen Unannehmlichkeiten hinaus, die Sie peinigen und von welchen Sie mir erzählt haben, Sie einen viel größeren und tieferen Kummer im Herzen haben müssen – es ist etwas Undefinierbares, das uns so überraschend schnell zusammengeführt hat, uns beide, die wir der Welt gegenüber – aus Argwohn wie aus Furcht vor banalem Trost, mit dem man uns unfehlbar überschüttet – eine undurchdringliche Maske tragen, für die immense Mehrheit der Menschen, die uns gar nicht ähneln. Bei Ihnen ist es die Maske der Unbewegtheit und beinahe der Gleichgültigkeit. Bei mir ist es die des «ich-scher-mich-einen-Dreck-darum» à la Diogenes, die Ursache meiner ständigen

Witze und neckischer Späße. Beide, der eine wie der andere, sind wir krank – sehr krank. Teilweise leiden wir grausam, aber wir wollen keineswegs das Mitgefühl der Pseudo-Unseresgleichen, die uns so unähnlich sind.

Ich habe Ihnen erzählt, was mir mein Leben vergiftet, was meinen Charakter gänzlich verändert und die wenigen Talente, die ich von der Natur bekommen habe, an dem Tag furchtbar geschwächt hat, an dem sie mich in das ungeheuere Chaos des Lebens warf...

Heute werde ich Ihnen noch mehr sagen – ich werde es von jetzt ab übrigens immer tun. Im Augenblick lassen Sie mich Ihnen ein etwas ausführliches «Bild» meines Lebens skizzieren, des letzten Jahres, das ich in Genf verbracht habe, und der drei Monate in Bône. Seit 1879 hat meine Familie immer auf dem Land gewohnt – in vier Kilometer Entfernung von Genf, in einem sehr abgelegenen Flecken. Seit damals, bis zu meiner Abreise nach Algerien, am 21. Mai 1897, war ich dort im wahrsten Sinne eingesperrt, inmitten grauenhafter Familienstreitigkeiten, von Verfolgungen geplagt, wovon ich Ihnen an jenem denkwürdigen Abend andeutungsweise gesprochen habe – die die Vorhersehung mir bestimmt hat – und die ich niemals in meinem Leben vergessen werde. Ich befand mich – schon von klein an – zwischen meiner ständig kranken Mutter und meinem Vater – um dessen Vorzüge ich nicht wußte (d. h. ich kannte meine Herkunft nicht und sah ihn irgendwie als «Tutor» an) und der ständig abwesend oder damit beschäftigt war, die Intrigen des Hauses aufzuklären. Wie ich aufwuchs und wie ich mir mein Wissen aneignete, sehr unzusammenhängend und daher recht weit gespannt, das werde ich Ihnen an einem anderen Tag berichten. Am Rande erwähnen möchte ich nur, daß die einzige Person meiner ganzen Familie, die ich seit jeher wahnsinnig geliebt habe, mit meiner ganzen leidenschaftlichen Seele – vor allem früher – mein jüngster Bruder ist, Augustin, derjenige, der in der Fremdenlegion ist.

Nun, da meine beiden viel älteren Brüder und meine Schwester das Haus in einen Ort der wüstesten Ausschweifung verwandelt und Augustin mit seiner schwachen Gesundheit, vor allem was seine Nerven angeht, im Alter von *zehn Jahren* zum Trinken verführt hatten, ging es mit ihm seit 1887, also seit zehn Jahren bergab. Später werden Sie mehr über das alles erfahren. Unter diesen Umständen – am *21. Dezember 87* wurde ich gerade erst zehn Jahre alt – sah ich mich andauernd in tragische Vorkommnisse verwickelt – *aktiv teilnehmend*. Kurz, während dieser zehn Jahre hat mein Lieblingsbruder – unter Einfluß von Getränken und unter Mitnahme großer Geldbeträge – sechsmal das Haus verlassen, immer heimlich und ohne uns für Wochen oder Monate eine Nachricht zukommen zu lassen, so daß er uns in unvorstellbarer Verzweiflung zurückließ. Schließlich floh er am 13. Oktober 95 mit 500 Francs nach Marseille. Nachdem er – in einem Monat – dieses Geld ausgegeben hatte, verpflichtete er sich beim 1. Regiment der Fremdenlegion in Sidi-bel-Abbès im Département Oran. Den ganzen Winter über mußte ich ihn finanziell und moralisch unterstützen. Als er zuletzt krank wurde, erreichten meine Eltern seine Ausmusterung, und am 23. Februar 96 kam er nach Hause zurück, krank und beinahe nicht wiederzuerkennen. An diesem Tag begann für mich das schlimmste der Martyrien. Im Lauf des Jahres 95 habe ich für drei Monate die übermenschliche Anstrengung auf mich genommen, ihn dazu zu bewegen, arabisch und kabylisch zu lernen und die Prüfungen als Dolmetscher in Algerien abzulegen – alles, um ihn zu beschäftigen und ihn davon abzuhalten, völlig vom Weg abzukommen. Was mich das gekostet hat – das kann nur Gott allein wissen – *das kann nur Gott allein wissen*. (A) Natürlich schlug mein Versuch fehl, da er sich im August in die Legion rettete. Nach seiner Rückkehr 1896 begann ich meine Bemühungen aufs neue. Aber dieses Mal ging alles von Anfang an schief: Er wollte überhaupt nicht mehr arbeiten, er war griesgrämlich und streitsüchtig geworden. Kein Tag verging ohne die fürchterlichsten Szenen... Er tat nichts mehr und hatte angefangen *kontinuierlich Absinth* pur zu trinken. Und der Absinth macht ihn zum Tobsüchtigen oder stürzt ihn in die dunkelste Verzweiflung. Zwischen dem 23. Februar und dem 9. Dezember 96 tat ich ebenfalls nichts anderes, als über ihn zu wachen, da ich einen Selbstmord befürchtete, und versuchte ihn mit allen Mitteln vom Trinken abzuhalten, da ich ohne Unterlaß ein Unglück voraussah. Ich weiß nicht, wie ich Ihnen verdeutlichen kann, was ich damals gelitten habe, selbst seit langem krank und höchst empfindlich. Trotz all seinen Fehlern habe ich diesem Bruder immer verziehen und liebe ihn weiterhin mit ganzer Seele, obgleich er sich, wenn wir zusammen sind (während der letzten Jahre), nicht so verhält, wie er es sollte. Und so war ich ständig in Angst, und heute scheint mir, daß dieses Jahr der grauenhafteste Alptraum gewesen war, den ich jemals gehabt hatte. Dennoch habe ich 1896 viel gearbeitet – ich betrieb meine Studien und setzte mein Schreiben fort, erstellte die ersten Entwürfe meines Buchs – dessen, welches ich gerade abschließe.

Am 9. Dezember 96 verließ mein Bruder, unter dem Vorwand, einen Besuch bei einem Arzt in unserer Nachbarschaft zu machen, ohne den geringsten Hinweis das Haus, unter Mitnahme von 1700 Francs. Wir blieben bis ungefähr zum 20. ohne Nachricht. Am 20. kündigte er mir an, *um mich zu sehen*, komme er nach Genf (von Marseille, wo er sich mit einem Mädchen aus dem Volk, Schwester und Tochter von Matrosen, verlobt hatte). Er verabredete sich mit mir auf *der großen Landstraße*, nicht einmal einen Kilometer von unserem Haus entfernt. Ich bin im Schnee dorthin gerannt. Die Unterredung dauerte *kaum fünf Minuten*: er erzählte mir verschwommen von seiner Verlobten und redete ungereimtes Zeug. Nachdem wir uns umarmt hatten, ging er fort. Ich hatte die schreckliche Gewißheit, daß er betrunken war, sogar an diesem Tag.

Danach, Brief auf Brief, und Beschwerden auf Beschwerden seitens dieser Marseiller Familie: Am 2. Februar schrieb er einen in Marseille datierten Brief an seine Verlobte, um ihr *seinen Selbstmord* anzukündigen. Die Unglückliche hat ihn mir unverzüglich zukommen lassen. Von da an, bis zum 9. März, also beinahe drei Monate – keine Nachricht. Können Sie sich mein Leiden während dieser Zeit vorstellen, mein Bestreben, ihn wiederzufinden, und meine Hoffnung, daß dieser Brief nur ein makaberer Scherz war? Seit seinem Verschwinden war ich krank geworden, litt ständig an nervösen Erstickungsanfällen und einer morbiden Angst, der nichts an Schrecken hätte gleichkommen können.

Bereits im Januar sprach man davon, das Haus aufzugeben und sich in Algerien niederzulassen. Da ich aber um die Bindung meiner Eltern an das Haus wußte und ihren enormen Widerwillen gegen Ortswechsel kannte, da ich mich noch an ähnliche, nie ausgeführte Pläne erinnerte, wagte ich nicht, auf das zu hoffen, was das Glück gewesen wäre: endlich dieser Einsamkeit zu entkommen – die ich dennoch liebe – und sich *ins Land Mohammeds* (A) zu begeben, um endlich die schillernde, geheimnisvolle Welt zu sehen …

Bis zum Tag der Abreise lebte ich in einer unbeschreiblichen Beklemmung, in der Furcht, auch diesen Plan wie die anderen mißlingen zu sehen. Aber ich will nicht vorgreifen. Im März überbrachte mir ein Soldat des 2. Regiments der Fremdenlegion, stationiert in Saida (Oran), auf Genesungsurlaub in Genf, die Nachricht, daß sich mein Bruder am 11. Januar für *fünf Jahre* wiederverpflichtet habe. Seither erhalte ich glücklicherweise befriedigende Nachrichten.

Am Abend des 21. Mai verließen wir schließlich das Haus, in dem ich meine ganze Kindheit und frühe Jugend verbracht hatte – merkwürdiger Traum: einerseits alle Schrecken eines mehr als unglücklichen Lebens, andererseits alle Wunschträume und Hoffnungen, alle Gedanken der sonderbarsten Adoleszenz, die man sich vorstellen kann … Das alles in einer poetischen Einsamkeit, die ohne all das sie umgebende Unglück ein wohltuender Rahmen für ein Geschöpf wie mich gewesen wäre... und all das in *Schweigen*: niemals habe ich jemandem von dieser ganzen Welt der Träume und der Gedanken, die in mir gärte, erzählt.

In Algerien angekommen und kaum in Bône niedergelassen, machte sich mein Vater auf die Suche nach einem Arabisch-Lehrer für mich. Zufällig betrat er die *mahakma* des Kadi und fragte dort jemanden, der gut französisch plauderte und fähig war, ihm Auskunft zu geben: Man verwies ihn auf Si Mohammed El Khoudja ben Abdallah Hamidi, gerichtlicher *oukil*. Der bedauernswerte Alte, fasziniert von den Manieren des wahren Edelmannes und der sehr sichtbaren Bildung, brachte ihn mit zu uns nach Hause. In diesem Zusammenhang lassen Sie mich sagen, daß er bei David sehr schlecht Modell saß und daß er in Wirklichkeit ein ganz anderer ist als auf seiner Photographie. Er hinterließ keinen starken Eindruck bei mir, obwohl die Liebe eine der Fragen ist, die mich schon immer am meisten beschäftigt haben und ich ein sehr leidenschaftliches (im übrigen sehr rationales) Temperament habe. Aber kaum war eine Woche vergangen (das schwöre ich Ihnen), ohne daß er versucht hätte meine Zuneigung zu gewinnen, als ich mich von einer stürmischen, traurigen Liebe ergriffen fühlte – wie alles, das aus meiner Seele für diesen Mann strömt, der etwas besitzt, das seine Vorfahren, die spanischen Mauren, ausgezeichnet haben muß: ein Talent für die schöne Rede, etwas Poetisches und Melancholisches. Als gutem Freund gestehe ich Ihnen, daß er noch über etwas verfügt, das bestimmte Frauen anzieht (die Intellektuellen), die sehr starke Virilität seiner Natur und seine Art, entschlossen und verächtlich den Schmerzen des Lebens zu begegnen... Was mich vollends in Bann schlug, ist seine eindeutig große Intelligenz. Urteilen Sie selbst: Erzogen, so gut wie es eben ging, in einem französischen Collège und der Koranschule von Constantine, aufgewachsen in einer fast völlig verarmten Familie, ohne Vater (1871 in Deutschland gefallen), hatte er es verstanden, sich eine Bildung anzueignen, die ohne Vergleich nicht nur unter den Arabern in Algerien, sondern auch unter allen hier lebenden Franzosen ist. Eine literarische wie philosophische Bildung... Und ein Schliff, der ihm ein sicheres Auftreten in der besten europäischen Gesellschaft ermöglichte. Dazu die ein wenig katzenhafte Anmut und der Charme des Arabers... Aber all das ist dumm: *noch niemals konnte jemand sagen, warum er geliebt hat.* Ich auch nicht, ich weiß es nicht. Wäre Khoudja ein analphabetischer Bettler gewesen, hätte ich ihn wahrscheinlich genauso geliebt...

Mektoub (A), oder besser ein unbekanntes Gesetz, ein Gesetz der sexuellen Anziehung, das noch schlecht formuliert ist, das aber will, daß eben jener und eben jene (A) sich vereinigen... Unvermittelt überschüttete mich El Khoudja mit Beweisen – äußerst respektvollen und durchaus nicht alltäglichen – seiner Liebe. Und ich, überglücklich (wenigstens einmal, was bedeutet, daß ich es nicht bereuen muß), überließ mich *bewußt* dieser Wonne, dieser Zauberei. Bald darauf machte er mir die glühendste und unbefangenste Erklärung. Ich sagte ihm die Wahrheit... ebenfalls (???), und wie es meine Gewohnheit ist, ganz schlicht, ohne dabei in Ohnmacht zu fallen oder in Tränen auszubrechen. «Ich schwöre dir, ich werde keine Gewalt anwenden, aber ich flehe dich an, mich nicht unnötig zu quälen»... Tatsächlich, trotz der Unvorsichtigkeiten, die meine Mutter, immer verständnisvoll und diesen Mann wie ihren Sohn liebend, tolerierte: nächtliche Spaziergänge an gänzlich menschenleeren Orten, brach er nie sein Versprechen, fuhr jedoch fort, mich zu bedrängen. Zwei Wochen lang währten diese Beziehungen, sehr unterschieden von solchen eines Bruders zu seiner Schwester und genauso unterschieden von denen eines Ehemannes zu seiner Frau oder eines Liebhabers zu seiner Geliebten.

Von Beginn an hatte er mir, *in Anwesenheit meiner Mutter*, die Heirat angeboten, da ich aber seinen despotischen Charakter und das zurückgezogene Leben der Mauren kannte, lehnte ich ab und zog eine illegale Vereinigung der Aufgabe jeglicher Freiheit und Zukunft vor.

Am Morgen des 18. Juni letzten Jahres schließlich, als ich mich allein mit ihm befand, bat er mich so inständig, daß ich ihm ein entschiedenes Versprechen für denselbigen Tag gab. Er gab sich alle Mühe, so daß er um 2 Uhr nachmittags ein hübsches kleines Häuschen auf dem Land in der Nähe des Marabu von Sidi Ben Kerim, am Strand, gemietet hatte. (Der Ort, den wir an einem Vormittag mit dem Auto besucht haben und wo wir arabische Frauen ohne Schleier sahen. Ich habe Ihnen auch gesagt, daß mir dieser Ort *kein Glück gebracht hat*.)

Gewiß, ich löste mein Versprechen ein: Ich bin dorthin gegangen, um ihn zu treffen, und wir blieben bis 7 Uhr abends... Was diese fünf Stunden für mich bedeutet haben, werde ich Ihnen eines Tages sagen... Nicht jetzt: es ist noch zu frisch... Seitdem sah ich ihn zweimal in der Woche bei mir. Meine Mutter ließ uns alle Freiheit, um uns keinen Kummer zu bereiten. Diese beinahe eheähnlichen Beziehungen dauerten zwei Monate: Und plötzlich brach ein entsetzlicher Streit zwischen uns aus, weil ich das Ungeschick besaß, seiner Schwägerin zu helfen, sich vom Joch seines Schwagers zu befreien. Seitdem hatten wir uns wieder ausgesöhnt – am Tag nach Ihrer Abreise nach Tunis. Wir indessen sind hier geblieben, und seit einem Monat sind wir de facto geschieden...

Mein guter, mein lieber Ali, vergeben Sie mir meine Schwäche: wenn Sie selbst verzaubert sein werden, werden Sie erfahren, wie das ist; gestern abend wurde mir – während er in dieser arabischen Sprache zu mir sprach, die ich bewundere, ohne zu wissen warum – traurig bewußt, daß ich ihn noch immer liebe und daß ich, nach all den Schmerzen, die er mir bereits zugefügt hat, verrückt genug sein werde, ihm weiter zuzuhören, jetzt wo er wieder beginnt, von so verführerischen und gefährlichen Dingen zu sprechen, wie sie die Erinnerungen an die Liebe sind. Im übrigen, *mein Bruder*! (A), besteht mein Leben nur aus Gegensätzen und Widersprüchen. Doch das wichtigste ist jetzt, zu arbeiten und sich nicht dem verführerischen und tödlichen Müßiggang hinzugeben, dem ich leider schon zu sehr erlegen bin. Und selbst wenn ich in diesem Kampf gegen mich und mit dem gefährlichen Betörer unterliegen werde, wird mich das nicht davon abhalten, das Werk, das ich vor zwei Jahren in meiner damals furchtbaren Finsternis jenseits des azurblauen Meeres begonnen habe, hartnäckig und unermüdlich fortzusetzen... Vielleicht haben Sie schon erraten, daß dieser Ehrgeiz, «mir einen Namen und eine Position» mit meiner Feder zu schaffen (eine Sache übrigens, in die ich kaum Vertrauen habe und auf die ich keine Hoffnungen setze), daß dieser Ehrgeiz an zweiter Stelle steht. Ich schreibe, weil ich den Prozeß des *literarischen Erschaffens* liebe. Ich schreibe, wie ich liebe, weil dies wahrscheinlich meine Bestimmung ist. Und das ist mein einziger wahrer Trost. Außerdem ist es das einzige, Ali, was mich in meiner düsteren Vergangenheit davor bewahrt hat, vollständig unterzugehen... Sie sehen, mit welch absoluter Offenheit ich zu Ihnen gesprochen habe, Ihnen von Dingen erzählte, die ich mit Sicherheit nie einem anderen Menschen sagen würde.

Wenn Sie sich zu mir ebenso verhalten, wird uns das ein Trost sein, und wir können danach unsere freundschaftlich verbundenen Herzen von allzu bitterer Traurigkeit und auch von süßen Hoffnungen befreien. Haben Sie Vertrauen in mich, wie ich Ihnen vertraue, und verzeihen Sie mir vor allem, wenn ich anstelle dessen, was ich Ihnen in Hinblick auf diese sonderbare Liebesepisode zu tun beinahe versprochen habe... Was soll ich machen? Vielleicht wird es mir dazu dienen, das Leben besser zu verstehen, da ja die Liebe einer der stärksten Hebel ist? *Mektoub, Ali* (A).

Sie haben die Adresse Ihres Freundes, des Philosophen vergessen. Geben Sie sie mir. Schreiben Sie mir schnell und vor allem ausführlich, sehr ausführlich. Mama drückt Ihnen von ganzem Herzen die Hand, und ich, ich nenne mich noch einmal Ihr aufrichtiger Freund für das Leben.

N. Podolinsky.

Der Friede, die Barmherzigkeit und der Segen Gottes sei mit Ihnen. Amen. (A)

Dieser Brief, der durch seine große Offenheit besticht, ist das aussagekräftigste biographische Dokument über Isabelle Eberhardt.

Auch sonst wimmelt es in ihren Briefen an Ali Abdul Wahab von Hinweisen, die Licht auf zwei ihrer entscheidenden Jahre werfen.

Von Ali sind nur einige Antwortbriefe erhalten geblieben. Der hier folgende ist postwendend als Antwort abgefaßt. Man wird feststellen, daß er seine Briefpartnerin in männlicher Form anspricht und mit Kheireddine unterzeichnet.

Ali Abdul Wahab an Isabelle Eberhardt

[Tunis, 25. August 1897]

Lieber Podolinsky,
die Lektüre der zwölf Seiten haben bei mir andere finstere Punkte geklärt und helfen mir, Sie zu verstehen und zu kennen (wie ich es verstehe), und das ist keine leichte Aufgabe, denn um *mich selbst* (ein merkwürdiges Ding) zu verstehen, habe ich viel Zeit aufgewendet, und es ist mir erst ganz kürzlich gelungen, das heißt vor gerade einem Jahr.

Wie? In bezug auf was? Durch was?

Ich weiß es nicht, ich kann Ihnen nur sagen, daß ich seit meiner Kindheit eine sehr unglückliche Natur besaß, ich meine damit eine Veranlagung, die alles in Schwarz sah, die nichts aufmuntern konnte, und daß ich für die Zukunft mehr als düstere Befürchtungen hegte. Und ich war so ruhig, so gelassen und schweigsam, daß ich mich nicht daran erinnere, jemals noch so erlaubte Streiche begangen zu haben, und manchmal zitierte mich mein Vater als Vorbild für meinen jungen Bruder und sagte zu ihm: Ich erinnere mich nicht, daß ich je Veranlassung hatte, deinem Bruder Ali die geringste Strafe aufzuerlegen.

Worauf könnte ich diese Tatsache zurückführen, die sowohl sehr selten als auch an sich schon außerordentlich ist (stets meiner Meinung nach) – auf die physische Ausbildung meines Körpers?

Offen gesagt, nein. Und ich überlasse es denen, die mit Intelligenz und Erfahrung besser versehen sind, dieses Geheimnis zu lüften.

Gleichwohl ist es eine Tatsache, daß ich, wie schon gesagt, seit einem Jahr fähig bin, mich zu verstehen und mich von der düsteren Wirkung, die ich auf andere hatte, zu befreien. Welchem Umstand ist diese Veränderung zu verdanken? In diesem Falle weiß ich es. Meinem unbegrenzten Glauben an den Islam. Meiner blinden Verehrung seiner heiligen und weisen Prinzipien, die in Wirklichkeit, einmal bewußt ausgeübt, nicht nur zum Glück der Menschheit beitragen, sondern es ausmachen.

Eine ähnliche Erklärung, gäbe sie ein junger Mann ab, der in einem zivilisierten (europäischen) Milieu eine moderne Erziehung erhalten hat, würde manchem ein wenig pathologisch erscheinen, und möglicherweise würde er sagen, hier haben wir einen Jungen, der verrückt ist oder es früher oder später werden wird. Aber mir und vor allem Ihnen gegenüber (denn ich habe bisher noch niemals zu jemandem davon gesprochen) bekenne ich, daß das einzige Heilmittel, das heißt: das wirkungsvollste, das ich gegen meine moralische Krankheit finden konnte, diese islamische Inbrunst war. Und seit dieser wundervollen Entdekkung oder, richtiger gesagt, seit ich mit diesem göttlichen Geschenkgesegnet bin, drängen sich unwiderstehlich zwei Prinzipien auf, zwei Prinzipien, die Sie in Ihrem Brief erwähnt haben – die Undurchdringlichkeit, die sich aus dem vollständigen Glauben an das Schicksal herleitet – Gleichgültigkeit oder Schicksalsergebenheit, *Mektoub* (A), anders gesagt.

Seit ich diese beiden Prinzipien angenommen habe, bin ich – und lebe ich als – der glücklichste Mensch auf der Welt. *Gott sei Lob und Dank.* (A)

Und jedesmal, wenn ich jetzt sich nähernde Vorzeichen irgendeiner obskuren Idee auftauchen sehe, wende ich mich rasch dieser undefinierbaren Sache zu, die den Menschen mit seinem Gott vereint – dem Gebet –, und ich bin mir schon im voraus des Erfolges sicher, weil ich den Einzigen Gott anrufe, den Gnädigen, den Starken und Fähigen, der seiner schwachen Kreatur Trost spendet und ihr die süße Sache, die man «Schicksalsergebenheit» nennt, erträglich macht. Offen gesagt, was gibt es Lieblicheres als einen Mohammedaner, der schwer an einem Verlust zu tragen hat, sagen zu hören:

Gott hat es so gewollt (A)

Verzeihen Sie mir, lieber Freund, wenn ich mich vom Strom meiner verworrenen Ideen fortreißen lasse – das erlaube ich mir einzig vor Ihnen. Ich werde aufhören, weil dieses Thema mich durcheinanderbringen kann und möglicherweise lästige Folgen haben könnte.

Aufrichtig der Ihre und auf bald

Kheireddine

Mittwoch, den 25., 3 Uhr morgens, an der Seite des Bettes unserer kleinen Schwester.

Isabelle Eberhardt an Ali Abdul Wahab

[Bône, 28. August 1897]

[Grüße auf arabisch]

An meinen inniggeliebten Si Ali Abdul Wahab. (A) = [Komplimente auf Arabisch]

Mein lieber Ali,

Ihr leider viel zu kurzer Brief vom 25. ist angekommen und hat mir große Freude bereitet: Sie haben die Übersicht meines traurigen Lebens von zwanzig Jahren gelesen, und obwohl ich Ihnen meine Fehler durchaus nicht verheimlicht habe – selbst die nicht, die ich in *Annaba* (A) begangen habe –, haben Sie mich nicht verurteilt. Das stellt Sie vollends – nicht außerhalb, denn das ist schon vor langem geschehen – sondern weit über alle anderen Männer, die ich jemals getroffen habe. Und ich werde Ihnen dafür ewig dankbar sein, weil man in der Tat den armen Podolinsky, der sehr inkohärent erscheint, verstehen muß, um ihn nicht gänzlich zu verurteilen...

Es gibt in mir Dinge, die ich noch nicht verstehe oder gerade erst beginne zu verstehen. Und diese Geheimnisse sind sehr zahlreich. Ich studiere mich jedoch mit ganzer Kraft, ich wende meine ganze Energie auf, um den stoischen Satz «Erkenne dich selbst» zu verwirklichen. Dies ist ein mühseliges Unterfangen, verlockend und schmerzhaft. Was mir am meisten Schwierigkeiten bereitet, ist die enorme *Beweglichkeit* meiner Natur und die wirklich mich zur Verzweiflung treibende Instabilität meiner geistigen Zustände, die sich mit beispielloser Geschwindigkeit jagen. Ich leide sehr darunter und kenne kein anderes Heilmittel als die schweigende Versenkung in die Natur, weit ab von den Menschen, Angesicht zu Angesicht mit Ihm, *der nichts Böses erschaffen hat* (A) und der das einzig wahre Refugium für Seelen in Not ist. Das, mein lieber Ali, *Ali, mein Lieber* (A), weiß ich schon seit langem. Es gibt kein Heil auf der Erde, ohne daß man auf jene große Sphinx vorausschaut, die uns dort, *hinter dem Grabstein* (A) erwartet. Auch ich, die nie Christin gewesen ist oder sein wird, wandte mich hilfesuchend an das Gebet in den schrecklichen Stunden, in denen ich ohne Stütze und Hilfe war, in den Stunden des moralischen Schiffbruchs...

Sie sagen, es sei merkwürdig, daß ein junger Mann wie Sie ein Gläubiger sei... Aber Sie gehören einer Rasse von Gläubigen an, Sie befinden sich mitten unter den Glücklichen, *den Gläubigen im Land Mohammeds.* (A) Was würden Sie sagen, wenn Sie von mir hören würden, daß ich, Tochter des Zufalls und im Milieu von Ungläubigkeit und Unglück aufgewachsen, das bißchen Glück, das mir auf der Erde zugefallen ist, auf das Erbarmen des *Gnädigen und Barmherzigen Gottes* (A) zurückführe, und mein ganzes Unglück auf dieses rätselhafte *Mektoub* (A), gegen das sich aufzulehnen völlig zwecklos und unsinnig ist?

Und vielleicht ist dies einer der Gründe für die Achtung und tiefe Anhänglichkeit, die ich für den Islam verspüre – wenn nicht der wesentliche Grund.

Der einzige französische Schriftsteller, der den Islam verstanden und geliebt hat, Pierre Loti, hat in seiner *Aziyade* gesagt:

«Wenn mir nur jemand den mohammedanischen Glauben geben könnte, wie würde ich vor Freude weinend die grüne Fahne des Propheten küssen!»

Ich muß mir diese Worte wiederholen und sie abwandeln – «den vollständigen mohammedanischen Glauben» –, da ich ja schon begonnen habe, Mohammedaner zu werden... Nun, ich glaube mich in keiner Weise verpflichtet, eine *gandoura* und eine *mléya* anzuziehen und von der Außenwelt abgeschnitten zu leben. Dies wurde den Mohammedanerinnen auferlegt, um sie vor einem möglichen Fall zu schützen und ihnen die Reinheit zu bewahren. Es reicht somit, diese Reinheit zu praktizieren.

Ich weiß, daß Sie das Recht haben, mir zu antworten: Und El Khoudja? Darauf würde ich Ihnen das antworten: Von der Liebe, aufrichtig und ehrlich, wie es die meine war und vielleicht noch ist, bis zum schändlichsten Sturz einer Frau ist es ein langer Weg, und wenn mein Opfer, das ich diesem Mann mit voller Überzeugung dargebracht habe, ein Vergehen ist, ist es keineswegs eine Schande. Es ist vielleicht ein großes Unglück für mich, aber gewiß keine schändliche Handlung. Ich habe diesem Mann weitaus mehr geschenkt, als eine andere Frau es getan hätte... Und wenn er es nicht zu schätzen wußte oder schätzen wollte, sei es so... Das ist nicht mein Fehler, und ich bin nahe daran, ihm zu vergeben, wenn ich bedenke, daß ich vorsichtiger hätte sein sollen.

Um auf den Islam zurückzukommen, sagen Sie mir ganz ehrlich: Ist es notwendig oder nicht, daß ich die Rolle eines weiblichen Doktor Grenier spiele, der offensichtlich annahm, daß die Kleidung den Mönch macht und daß Mohammedaner zu sein bedeutet, einen Burnus oder eine *ferrachia* zu tragen? Sie selbst haben gesagt, daß er sich nicht als Araber verkleiden mußte, um Mohammedaner zu sein. Gibt es zwei Gewichte und zwei Maße? Für mich wird der Islam, die am hellsten strahlende und so überwältigend einfache Religion, nie aus «Komödianten» à la Grenier und Gesellschaft bestehen.

Pflichten Sie mir bei, *mein lieber Freund* (A), antworten Sie mir unbedingt auf diese Frage. Eine weitere Frage, die ich Sie *auffordere*, mir zu beantworten, *mein schalkhaftes Kind* (A), Sie sagen, daß Sie glauben, den *wahren Grund* meiner Verbindung mit *El Khoudja* (A) zu kennen. Sie bereiten mir viel Kummer dadurch, daß Sie mir nicht direkt und offen antworten.

Mein Gott, mein Gott, sollte es möglich sein, daß Sie nicht verstanden haben, *wie* ich mich, ungebunden und die Freiheit liebend, als *Sklave* eines Mauren aus Sétif gefühlt habe! Bedeutet Sklave sein nicht, endlos sagen zu hören: *Ich will nicht, daß du das machst – wenn du nur gingest – Sprich – Sei still – Geh – Komm her.* (A) Warum bin ich solchen Befehlen nachgekommen? Jedesmal, wenn ich aufmuckte, bekam *El Khoudja* (A) schreckliche Wutanfälle und schrie mir Worte zu, die, wie ich meine, in seinem Mund durchaus keinen Sinn machten: *Warum gehorchst du mir nicht? Ich bin dein Mann, dein Herr. Tu, was ich dir sage, und verhalte dich still*, oder [darin *hat er recht* (A)] er sagte mir: *Wenn du dir einen anderen Mann nehmen willst, werde ich dich erwürgen.* (A) Das wird Sie davon überzeugen, daß er sich angewöhnt hatte, mich so zu behandeln, als wäre ich seine legitime Frau, und zwar auf die arabische Art und Weise. Als ich ihm das einmal gesagt habe, antwortete er mir: *Schätze dich glücklich, daß ich dich nicht schlage, wie es mein Recht ist.* (A)

Sie werden mich wahrscheinlich fragen, wie es kommt, daß ich keine Scham empfinde, Ihnen zu gestehen, daß ich solch ein Leben ertragen konnte und mich von einem Mann nicht abgewendet habe, der von mir nicht nur ein Opfer forderte, das sehr wenige junge Mädchen akzeptiert hätten, sondern obendrein die Verpflichtung, ihn als meinen Herrn zu betrachten... Und verhindert solch eine Situation nicht das, was ich für meine Zukunft halte, diese Literatur, die ich bewundere und die mein einziger materieller Trost in der Nacht meines Daseins ist? Was die Wiederversöhnung mit ihm anbelangt, die scheinbar nach Ihrer Abreise stattgefunden hat, die es aber in Wirklichkeit gar nicht gegeben hat, werde ich Ihnen, schonungslos mit mir selbst, die Wahrheit darüber und den Rest sagen: Falls *El Khoudja* (A) so zurückkommen würde, wie er in den ersten Tagen zu mir war, hätte ich nicht genügend Kraft, zu ihm nein zu sagen und ihn zu weitaus Dümmeren und viel Gehorsameren, als ich es bin, zurückzuschicken. Und das wird solange dauern, wie die Obsession, die er über mich ausübt, anhalten wird, solange er für mich diesen Charme behalten wird, der mich entgleisen und wie eine Schlafwandlerin handeln ließ.

Darauf bezogen, Ali, ist es an der Zeit, *Mektoub* (A) zu sagen – dies ist das unerbittliche Schicksal des Podolinsky, im Leeren zu lieben und zu leiden, ohne daß dadurch das Wissen um die Nutzlosigkeit aller Empörung und lachhaft machtlosen Wut abnehmen würde. Und ich weiß selbst am besten, daß, wenn dies wiederbeginnt, ich auf einen Schlag meine Freiheit verlieren werde – nicht den Frieden meines Herzens, weil dieser bereits an jenem Tag verloren war, als ich begann, ihn zu lieben. Ich bin *niemals* glücklich gewesen, *lieber Bruder* (A), niemals – außer während einiger Stunden der vollständigen Vergessenheit, die ich in der felsigen Landschaft von *Annaba* (A) im Mondschein verbracht habe, gemeinsam mit *El Khoudja* (A), der, bevor er zu meinem Peiniger wurde, sich den Anschein gab, mein Arzt zu werden. Diese Stunden der Vergessenheit waren nicht befleckt von Sinnlichkeit, da die ersten, die schönsten Stunden, den Verrücktheiten, die ich später begangen habe, vorausgingen... Wissen Sie warum? *Um ihn nicht zu verlieren!*

Ungefähr zehn Tage lang hat *El Khoudja* (A) mich geliebt (er bildete sich das ein). Diese Zärtlichkeiten haben mir die schönsten Stunden meines Lebens verschafft, mir, die so begierig darauf war, geliebt zu werden, so krank von meiner inneren Einsamkeit, und ich werde diesem Verrückten auf ewig dankbar sein, ihm, der mir mehr Schlechtes zugefügt hat als irgend jemand sonst. Warum hat er mich ausgesucht, mich, die ich weder schön noch heiter oder anziehend bin, die wie ein Mann aussieht und außerdem traurig und oft trübsinnig ist?

Gott allein kann es wissen (A). Aber der Anfang läßt mich beinahe das Ende verzeihen, und das ist der Grund, warum ein Wiederbeginnen unausweichlich ist, *wenn Gott es will* (A). Ich merke, daß ich Unsinn rede. Verzeihung, *Liebling* (A).

Ihre Briefe sind gesegnetes Brot in meiner Einsamkeit. Weder Mama noch, aus verständlicheren Gründen, *Mohammed Ben Abdelkader* (A) können Sie, in dem was Sie für mich sind, ersetzen. Allerdings schmerzt mich die Kürze Ihrer Episteln. Nun gut! Beinahe hätte ich einen sehr witzigen Auftrag vergessen. Mein Vater hat mich gebeten, ihm ein lebendes *tunesisches* Taubenpärchen zu schicken. Folglich wende ich mich also an meinen tunesischen Bruder. Würden Sie mir helfen, indem Sie ein Pärchen beflügelter Landsleute der *größten Rasse* finden und es in einem Käfig an beiliegende Adresse senden? Danach habe ich nur eine Forderung, eine absolute Bedingung: daß Sie mir den Stand Ihrer Unkosten mitteilen, den Preis der Tiere und des Versands. Wenn Sie das nicht tun, werde ich Sie nicht mehr lieben, *im Namen Gottes* (A). Es ist mein völliger Ernst. Aber Sie werden mir einen Dienst dadurch erweisen, daß Sie sich gleich darum kümmern. Das ist ein *«außerordentlicher Auftrag»* und ein ornithologischer obendrein... Aber Ihrem Bruder werden Sie das verzeihen.

Ich werde an einem der nächsten Tage unserer guten Schwester antworten. Sagen Sie ihr immer, daß ich von ihrem Brief sehr gerührt bin und sie mit ganzem Herzen umarme. Jetzt bleibt mir nur noch übrig, Ihnen zu sagen, daß ich Ihnen nicht einmal ein Viertel meiner Gedanken mitgeteilt habe, und daran anzufügen:

Der Friede sei mit Ihnen, Ihr Bruder und Liebster (A).

N. Podolinsky.

Die Tauben werden nach Genf reisen, wohin Trophimowsky zurückgekehrt ist. Nirgendwo findet sich eine Erklärung dafür, warum er mit Wladimir, dem ältesten Bruder, wieder in der Villa Neuve lebt und die beiden Frauen in Annaba läßt.

Isabelle Eberhardt an Ali Abdul Wahab

[Bône, den 10. September 1897]

[Grüße und Komplimente auf arabisch]

Lassen Sie mich ein wenig von all den neuerlichen Unannehmlichkeiten erzählen, die mich bedrohen. Zunächst, wir werden am 15. Oktober unsere Hausgötter transportieren – wahrscheinlich in einen Vorort. Bei David ist das Leben unmöglich geworden. Stellen Sie sich also die ganze materielle Plackerei vor, die auf mich zukommt, *da ich ja ein Mann bin* (A), auf mich, die einen Widerwillen gegen alles hat, das «Geschäfte» betrifft. Sich Wohnungen anschauen, mit einem Haufen langweiliger Leute sprechen, idiotisches Feilschen *um ein paar Dirhams* (A) und mit Schritten diese kleine Stadt zu durchmessen, die zu mögen ich weit entfernt bin und wo man mich ebenfalls nicht liebt.

Fügen Sie noch endlose Debatten zum Thema *El Khoudja* (A) hinzu, und Sie bekommen mehr oder weniger eine Vorstellung von all dem, was mich von den drei Dingen, die ich einzig liebe und die es wert sind, abhalten: denken, schreiben (oder lesen) und auf einem guten Pferd im Trab die Ebene zu durchreiten, weit fort von den Menschen und unserem Zeitalter, inmitten jahrhundertalter Unbewegtheit, wo man in blühenden Asphodelien nur die Stimme des Windes in dieser arabischen Sprache hört, welche die schönste und die passende ist, um diese religiöse Melancholie der afrikanischen Erde auszudrücken... Kinderei, werden Sie sagen? Nein, überhaupt nicht. Manchmal, in den Stunden, in denen ich leide, oder wenn das ungewöhnliche Leben dieser Stadt, die Laster und Niedertracht ausschwitzt, mich tötet, gehe ich mit Beduinen – *Freunden* – in weit abgelegene Zeltdörfer, wo alles aus der Zeit von Isaak und Jakob zu stammen scheint und wo der *Friede* herrscht, den man in der Stadt schon seit langem nicht mehr kennt – den Europäern ist er seit Tausenden von Jahren unbekannt.

Und wenn ich dann in einen weißen Burnus gekleidet bin und mich auf ein feuriges, starkes und schnelles Pferd geschwungen habe und es aufs Geratewohl durch die riesige Ebene reite, scheint mir, daß ich mich schließlich von mir befreit und den ganzen atavistischen Ballast der nutzlosen Konventionen und Geschäftigkeit abgeworfen habe.

Und dort, Ali (A), ich schwöre es Ihnen, spüre ich *endlich die wirkliche Anwesenheit des Ewigen*, und ich verstehe sie so, wie sie im Koran beschrieben wird, leidenschaftslos und weit, ich, die ihn niemals so wahrnehmen konnte wie in der Bibel – mißgünstig und arglistig – und wie im Evangelium – unnütz grausam und weinerlich. Und das sind die Stunden des Heils, die ich auf dem Rücken des Pferdes mitten in der Wüste verbringe...

Die Stadt bringt mich zum Ersticken und quält mich. Der ewige Lärm und das dumme Kommen und Gehen in der Straße bereiten mir Schmerz und Unwohlsein.

Ich ziehe mich, soweit es möglich ist, in das Leben meiner Gedanken zurück, aber der Lärm erreicht mich trotzdem und bereitet mir Pein...

In einem Ihrer Briefe sprechen Sie mir von einer Versöhnung

mit *El Khoudja* (A). Das ist jetzt vorüber, beendet für immer. Es gibt kein Zurück, und natürlich werde ich den gleichen Fehler *nie wieder* begehen...

Ich werde allein bleiben, ich meine es wirklich... Und das ist eine schlimme Sache. Aber ich ziehe das bei weitem der Vergeudung meines Lebens und seiner kostbaren Stunden vor...

Nun, was meinen komischen Auftrag angeht, er ist sehr leicht auszuführen: Sie bringen die Viecher in einem *Käfig für Hühner* unter, mit Körnern für ungefähr drei Tage und etwas Wasser. Dann senden Sie sie per Eilpost direkt an die Adresse. Ich werde es mit den maltesischen Tauben genauso machen.

Noch einmal, verzeihen Sie mir die Belästigung, die ich Ihnen damit zumute.

Der Friede sei mit Ihnen und unserer liebsten Schwester Aïcha. Ihre Schwester (A)

Mériem (A)

P. S. Glauben Sie, daß die *Revue de L'Islam* Beiträge von N. P., literarischer und anderer Art, annehmen würde? Sagen Sie es mir, ich bitte Sie.

Mama läßt Sie sehr freundschaftlich grüßen, da sie gesehen hat, daß ich Ihnen geschrieben habe.

Podolinsky.

Isabelle Eberhardt an Ali Abdul Wahab

[Bône, 23. September 1897]

[Grüße und Komplimente auf arabisch]
Ich war sehr traurig festzustellen – einmal mehr –, daß ich offenbar nicht die einzige bin, die leidet und die nervtötende Kugel des Galeerensträflings hinter sich herschleppt, die für Sie so schwer wiegt wie für mich, besonders zu bestimmten Stunden.

Was kann ich Ihnen sagen, *Ali* (A), um Sie zu trösten? Wo Sie zur Stärkung über diesen bewunderungswürdigen *Glauben der Leute des Islam* (A) verfügen, der Ihnen in einem gewissen Maße Kräfte geben muß...

Wohingegen ich nur Geringschätzung für das allzu gewohnte Leiden besitze, die beginnt, mich bis zum erwünschten Grad abzuhärten – fast! –, und außerdem eine gewiß entschuldbare Neugier auf die tausend Schimären des Daseins... Ich habe die Hoffnung, noch weitere Ansichten vom Leben zu bekommen, um so eben diese Neugier zu befriedigen...

Zur Zeit setze ich die Arbeit am Aufbau meines Buches, von dem ich Ihnen schon erzählt habe, fort, in das ich meine ganze schillernde und unsichere Seele gelegt habe – die vor allem zutiefst und unheilbar traurig ist.

Im Verlauf des Buches wird der Islam zweimal erscheinen – vielleicht dreimal. Ich hoffe, dort alles über unsere versklavte Seele unterbringen zu können, was ich begreifen konnte... Man könnte es «Die Geschichte einer Seele» nennen, weil die Tatsachen und die Szenerie in direkter Verbindung mit den Gefühlen des Helden stehen. Aber lassen wir das im Augenblick. Ich wollte mit Ihnen über etwas sprechen, das mir sehr am Herzen liegt. Wenn Sie es möchten, können Sie mir wirklich einen brüderlichen Dienst erweisen. Um folgendes handelt es sich. Ich habe Ihnen von meinem Bruder, dem Soldaten berichtet. Nun, er benötigt womöglich noch mehr als ich freundschaftlichen Rat in den Stunden, in denen er leidet. Ich möchte Sie also bitten, einen Briefwechsel mit ihm zu beginnen. Sprechen Sie ihm von Ihrem Aufenthalt in Bône, von seiner Mutter, von Podolinsky, und zusammen mit dem, was ich ihm über Sie geschrieben habe, wird es genügen, Ihnen seine Sympathie zu gewinnen. Ihre guten Worte werden eine positive Wirkung auf ihn haben, das versichere ich Ihnen, und ich werde meinem immer treuen *Ali* (A) zutiefst dankbar sein... Sprechen Sie ihm vom Islam, den er wie ich verehrt, und raten Sie ihm, sich ernsthaft dem Studium der arabischen Sprache zu widmen. Tun Sie das für mich, Ali, und ich werde Ihnen ohne Zweifel zu verdanken haben, daß Sie dazu beitrugen, einen Menschen, der mir sehr wichtig ist, wieder aufzurichten und ihm die notwendige Kraft und den Mut für das Leben zurückzugeben. Ich gebe Ihnen beiliegend, auf meiner Karte, die Adresse meines Bruders, der *Inch'Allah* (A) der Ihrige wird, wie Aïcha meine Schwester geworden ist. Ich habe nicht die Zeit, Ihnen ausführlich zu schreiben: Am Sonntag breche ich zu Pferde zu einer Expedition ins Beduinenland auf. Außerdem werde ich die Wohnung wechseln. Ich werde im arabischen Stadtteil wohnen. Wir werden keine Mitmieter haben und allein mit einem kleinen Kabylen leben – den ich adoptiert habe. Jetzt bin ich doch noch gezwungen, schnell ein paar Sachen hinzuschreiben, wie Sie sich vorstellen können. Wie lange werden Sie in Tunis bleiben? Und wann kann ich hoffen, Sie wieder zu sehen? Dieses Mal, da wir unter ganz anderen Bedingungen wohnen, werden wir Sie auf arabische Weise empfangen – bei uns, so wie wir es für unseren Bruder machen werden, wenn Gott ihn uns eines Tages zurückgeben wird, *Inch'Allah* (A) – wann können Sie also mit ein bißchen mehr Zeit kommen? Es gibt so viele Dinge, auf beiden Seiten, für die wir nie die Geduld haben werden, sie einander zu schreiben, und die gesagt werden *müßten*.

Der Friede, die Barmherzigkeit und die Gnade Gottes sei mit Ihnen. Ihre Schwester (A).

Mériem (A)

[Auf Visitenkarte:]
P.S. Vielleicht wird die Antwort mit einer kleinen Verzögerung eintreffen: Ich glaube zu wissen, daß mein Bruder dem Sonderkommando von Géryville zugeteilt ist, verlieren Sie also nicht die Geduld. Grüße!

Und die Tauben? (A)

De Moerder, Augustin, Soldat im 2. Regiment der Fremdenlegion, 5. Kompanie Nr. 16155, in *Saida* Dépt. *Oran, nötigenfalls nachzusenden.*

Die Verbindung zwischen Ali und Augustin herzustellen: Isabelle Eberhardt besteht darauf, die beiden Männer, die sie liebt, zusammenzuführen. Offenbar hat Alis Briefwechsel mit ihrem Bruder begonnen, aber alle Hinweise darauf sind verlorengegangen.

Der Umzug von Nathalie de Moerder und ihrer Tochter Ende September wurde durch ein Zerwürfnis mit ihren Vermietern, den Davids, notwendig. Der Lebenswandel der beiden Frauen gibt im europäischen Viertel Anlaß zu Klatsch: Sie verkehren nur mit «Eingeborenen»...

Isabelle Eberhardt an Ali Abdul Wahab

[Bône, den 13. Oktober 1897]

[Grüße auf arabisch]
Mein lieber Ali,
Ihr Brief erreicht mich mitten in einer «Filiale von Sodom und Gomorrha» (bildlich gesprochen, wohlbemerkt). Hier, nach Wichtigkeit geordnet, der Bericht über mein Leben in den letzten Tagen.

Am letzten Freitag holte mich mein Professor ab, um bereits am Vormittag mit mir zu der Einweihung einer privaten mohammedanischen Schule zu gehen, neunzehn Kilometer von Bône entfernt, im Gebiet eines Beduinenstamms, bei den *Kharesi*. Wir sind in einer ganz gewöhnlichen Mietdroschke losgefahren und gegen zehn Uhr in der Siedlung angekommen, die aus sehr sauberen Steinhäusern und vielen schlichten Hütten bestand. Das Dorf liegt am Fuße der großen Berge, die Sie rechts von der Eisenbahnlinie Bône-Guelma bemerkt haben müssen. Es ist der Dschebel Idou, der von Panthern und den *djebailis* Plünderern bewohnt ist. Der Scheich des Dorfes, Si Tahar ben Mohammed, ist ein reicher Viehhändler, ein gemächlicher, schweigsamer Mann, der großen Eindruck macht. Sofort nach unserer Ankunft stellten wir die Anwesenheit von mehr als fünfhundert Personen fest, ausschließlich Mohammedaner. Ich tauschte zunächst nach meiner Gewohnheit meine blödsinnige europäische Kleidung gegen die bequeme und stattliche Beduinenkleidung, die es mir immer erlaubt, die langweilige Gesellschaft arabischer Frauen zu meiden und mich unter die Männer zu mischen, bei denen ich die bewunderungswürdige Ruhe und die große islamische Intelligenz zu schätzen weiß.

Wir bestiegen also, zu hundertfünfzig oder zweihundert Männern, die schönen Beduinenpferde und schossen im Galopp in die Ebene hinein, unter Abfeuern der Gewehre und großem Geschrei. Wir ritten so mindestens dreißig Kilometer dahin, und unsere Gruppe vergrößerte sich um die jugendlichen Reiter aller anderen Dörfer, die auf den Hängen des düsteren, in Wolken gehüllten, großen Idou liegen.

Unsere Schar mußte sehr den Karawanen geähnelt haben, die von den vorislamischen Propheten in der *Tora* beschrieben werden... Was mich am islamischen Leben verzaubert, zu recht oder zu unrecht, ist genau dieser Anschein von Unbewegtheit, der Vertrauen in die Ewigkeit gibt und das Schwindelgefühl vor dem Nichts, das uns im Abendland quält, ein wenig mildert...

Nach unserer Rückkehr erwartete uns die *diffa*, die Gesänge und die Tänze der Frauen, und das ganze Spektakel arabischer Feste. Ich aß mit den Männern im Schulgebäude, auf dem Ehrenplatz. Danach haben wir bis zum Abend den Koran gelesen und im Chor arabische Verse zitiert... Ich konnte nicht umhin, die Beharrlichkeit zu bemerken, mit der Khoudja, der anwesend war, mich beobachtete, und daß er sich dicht bei mir hielt und auf mich einredete, was mich – wie ich eingestehen muß, da ich Ihnen gegenüber unter keinen Umständen, unter keinem Vorwand lügen möchte – in große Unruhe versetzte: Trotz allen empörten Einspruchs, den mir mein übrigens legitimer Stolz diktiert hat, liebe ich ihn weiterhin, und zu diesem Thema werde ich Ihnen weiter unten die Wahrheit sagen, damit Sie mich verstehen...

Kurz, bis in die Nacht schwelgten wir besonnen in der Erinnerung an vergangene Zeiten, die ruhmreichen Jahrhunderte des Islam. Spät am Abend begann dann wieder das Fest, noch lauter und fröhlicher als zuvor. Schließlich, gegen Mitternacht, trennten sich alle, und da der Gastgeber wußte, daß ich eine Frau bin, mußte ich mich wohl oder übel in den Raum zurückziehen, in dem mehr als achtzig Frauen auf Matratzen auf dem Boden schliefen. Das war nicht gerade, was ich suchte: Luft zum Erstikken, plärrende Kinder, törichtes Geschnatter von Frauen. Nach dem vergeblichen Versuch einzuschlafen zog ich mich dann auch wieder an und ging hinaus, trotz der Proteste der Frauen, die mir von den «r'oulémin» und den Hunden (eine viel ernstere Sache) erzählten. Ich ging also in die schwarze Nacht hinaus, in die grenzenlose Stille, die das Besondere dieser afrikanischen Erde ausmacht. Ich ging zur Tränke für die Tiere, wo die jungen Männer Wache standen. Dort streckte ich mich, in einen Burnus gewickelt, auf der Erde aus, und wir verbrachten zwei Stunden mit ruhiger, heiterer Unterhaltung. Die jungen Talebs des Stammes, die mich umgaben, erwiesen mir den sanften brüderlichen, großen Respekt, den Araber vor gebildeten Frauen haben, und im Chor begannen wir wieder die Suren des Korans aufzusagen, in der unendlichen Stille der Landschaft... Von Zeit zu Zeit hallten die dünnen Stimmen der Schakale aus der Richtung des Friedhofes, der auf einem Hang des Idou lag, durch den verschwenderischen Klangraum der reinen Nacht. Und die freundlicheren Stimmen der Hunde antworteten ihnen... Und schließlich klang aus der Richtung der Moschee von Si Mohammed Chebbi vor Tagesanbruch die Stimme des *Muezzin* zu uns herüber. Wir erhoben uns also und begannen das mohammedanische Gebet, das schöner ist als die Gebete anderer Völker der Erde...

Da du den Islam studierst, verrichte deine Gebete mit uns anstatt mit den Frauen (A), hatte mir der Sohn des Scheichs, Si Mahmoud gesagt. Wie kann ich Ihnen den geheimnisvollen und nachhaltigen Eindruck schildern, den diese sonderbare Nacht im dichten Frieden der afrikanischen Ebene bei mir hinterlassen hat?... Beim ersten Hahnenschrei brachen wir mit den Pferden in die Berge auf...

Erst am Sonntagabend kehrten wir ermattet nach Bône zurück. Und am Montag haben wir mit dem Umzug begonnen.

[Hier fehlen zwei Seiten des Briefes.]

Mein ganzes Leben werde ich mich an diese fluchbeladene Phase meines traurigen Lebens erinnern... Eine Epoche, die bis heute anhält... auch wenn mein Leiden erträglich ist. Und ich muß Ihnen gestehen warum. Einzig aus dem Grund, weil Khoudja geruhte, sich wieder mit mir auszusöhnen – vorläufig brüderlich. *Bequemlichkeit*, werden Sie sagen... Ja, und Sie haben damit recht. Es ist eine Schande, und ich leide darunter, eingestehen zu müssen, daß ich den unsinnigen Kampf, den ich gegen die Bestimmung aufnahm, verloren habe... Die Christen und die Philosophen mögen mir sagen, was sie wollen: Vorgänge wie diese ereignen sich *nicht zufällig*! Um mich von diesem Übel, das an mir nagt, zu heilen, habe ich alles ausprobiert: zu arbeiten, zu lesen, mich abzulenken und niemals alleine zu bleiben, indem ich wie eine Verrückte Tag und Nacht durch die Stadt und ihre Umgebung rannte und als allerletztes Mittel die Aufmerksamkeit anderer Männer auf mich zog. Umsonst! Ich liebe Khoudja, und ich liebe ihn so, wie ich nie glaubte fähig zu sein zu lieben. Es ist richtig, daß es zum ersten Mal ist! Und ich leide, *mein Bruder* (A), mehr als während meiner schrecklichen Kindheit, mehr als jemals zuvor!

Sagen Sie mir, Sie, der Sie der einzige sind, zu dem ich offen spreche, sagen Sie mir, wie ich gesunden kann, ohne mich blind in die Arme dieses Mannes zurückzuwerfen, der mich nicht liebt, der entsetzlich hart zu mir gewesen ist und der, falls er die Güte haben sollte, mein Klagen zu erhören, sich wieder als mein Herr aufspielen und von mir die Opferung meiner Freiheit verlangen wird. Sagen Sie es mir, *Liebster* (A), und wenn ich es schaffe, werde ich nicht wieder damit anfangen, meinem Willen zu entsagen, um zu gehorchen, ich, die ich Anspruch darauf habe, *niemanden als meinen Gott* (A) zu fürchten und über mich selbst zu bestimmen, was ich übrigens schon immer getan habe. Sagen Sie mir auch, ob es Ihre Überzeugung ist, daß die Frau notwendigerweise sich dem Willen ihres Ehemannes oder Geliebten unterzuordnen hat, nur weil die Verbindung zwischen ihnen besteht. Ich verstehe das nicht und werde es nie zulassen. Das ist der einzige Punkt, in dem ich eine Ungläubige bin! Leider weiß ich nur zu gut, und durch welch bittere Prüfung, was eine solche Unterwerfung bedeutet, und lassen Sie mich Ihnen sagen, daß ich sie ungerecht finde, wenn, wie in meinem Fall, intellektuelle Gleichheit zwischen Mann und Frau besteht!

Ich weiß, *Ali* (A), daß ich Sie mit diesen Klagen, die unaufhörlich um dasselbe Thema kreisen, langweilen muß. Aber wem soll ich meine Gedanken anvertrauen? Meine Mutter versteht mich nicht. «Wenn du ihn liebst, gehorche ihm in allem, und er wird dich lieben.» Leicht zu sagen. Leicht vor allem bei der blinden Bewunderung, die sie für Khoudja und seine Vorstellungen von Leben und Moral hegt…

Aber lassen wir das. Sie berichten mir von Si Abou Naddara. Ich bedauere unendlich, daß ich Ihnen nicht die Kopie des Briefes schicken kann, den er zu meiner großen Ehre dem *Prinz der Gläubigen* (A) zeigte: ich habe keine mehr. Bitten Sie Si Abou Naddara darum, und Sie würden mir eine große Freude machen, wenn Sie mir diesen Brief zukommen lassen, da ich seinen Inhalt vergessen habe.

Sehen Sie, wie ausführlich ich Ihnen schreibe. Es ist richtig, daß meine Briefe kaum erfreulich sind und daß sie Sie durchaus nicht aufmuntern, da Sie ja mein *Bruder* (A) sind und Sie notwendigerweise Mitleid für Ihren armen Bruder Podolinsky aufbringen.

Schreiben Sie mir also unverzüglich, und haben Sie die Freundlichkeit, mir die religiöse Frage, die ich Ihnen weiter oben gestellt habe, zu erhellen.

Verzeihen Sie mir mein trauriges Geständnis zu diesem Thema.

[Grüße auf arabisch an Ali und Aïcha]

Ihre Schwester (A)

Mériem (A)

Es ist mehr und mehr die Rede von einem zweiten Besuch Ali Abdul Wahabs in Bône. Aber eine Depesche vom 25. Oktober von Isabelle Eberhardt verzögert seine Ankunft: «Bin sehr krank, bettlägerig, unmöglich zu kommen, schreibe Brief – Podolinsky.» Zwei Tage später ein Widerruf, ebenfalls per Telegramm, folgenden Inhalts: «Mama krank, bettlägerig, bin verzweifelt, versuchen Sie sofort zu kommen – Podolinsky.»

Der «immer treue Ali» eilt herbei, zweifellos mit einem Hintergedanken: sich nicht mit der Rolle des Freundes und des Vertrauten zufriedenzugeben, aber greifen wir nicht vor...

Anfang November gelangen auch Nachrichten von Augustin nach Bône. Merkwürdigerweise wählt er einen Waffengefährten zum Vermittler, der an Podolinsky einen sorgfältig handgeschriebenen Brief schickt.

Saida (Dépt. Oran), 30. Oktober 1897

Sehr geehrter Monsieur Nicolas,

unser gemeinsamer Freund de Moerder bittet mich, diese Zeilen zu schreiben, um Ihnen mitzuteilen, daß er sehr beunruhigt ist, weil er seit langem keine Nachricht mehr von Ihnen erhalten hat. Er bittet Sie, ihn postwendend wissen zu lassen, ob Sie seinerzeit die beiden Briefe bekommen haben, die den ersten Teil unserer Aufzeichnungen über das Leben als Fremdenlegionär zum Inhalt hatten, Briefe, die wir um den 26. September herum abgeschickt haben.

Seien Sie so liebenswürdig und lassen Sie uns gleichzeitig wissen, ob unsere kurze Darstellung Ihren Wünschen entspricht, und teilen Sie uns Ihre Beobachtungen mit, damit wir sie bei der Fortführung unserer Aufzeichnungen berücksichtigen können. De Moerder hätte Ihnen gerne ausführlich geschrieben, aber er fühlt sich schon seit einigen Tagen indisponibel und sehr erschöpft. Es handelt sich jedoch um nichts Schlimmes, und in ein paar Tagen wird er Ihnen in allen Einzelheiten schreiben. Er bittet Sie, ihm auf dem schnellsten Wege die drei folgenden Medikamente zu schicken, die er auf das dringendste benötigt, 1. eine kleine Schachtel der Pillen gegen Gelbsucht, die Sie ihm schon einmal nach Ain-el-Hadjar geschickt haben (Pillen Nr. 45867 bei der Apotheke Mellini), 2. einige Tabletten (oder Pillen) Chininsulfat, 3. ein kleines Bündel von ungefähr 100 gr. Chinarinde.

Ich werde Ihnen sagen, geehrter Herr Nicolas, daß im Regiment seit einiger Zeit eine heimtückische Epidemie von Typhusfieber wütet, die jeden Tag solche Opfer forderte und noch fordert, daß das 5. Bataillon aus Tiaret, das gekommen war, um unser nach Géryville abkommandiertes Bataillon abzulösen, den Befehl erhielt, sechzehn Kilometer von Saida entfernt zu lagern.

Wie Ihnen unser Freund schon geschrieben hat, gehen alle an uns adressierten Briefe durch sechsunddreißig Hände, bevor sie zu uns gelangen, weshalb Ihnen Moerder inständig nahelegt, ihm alle Ihre Briefe als Einschreiben zu schicken.

Erlauben Sie mir, sehr geehrter Monsieur Nicolas, diesen Brief mit der Bitte zu beenden, uns die Briefmarken, die unser Freund bei Ihnen für unsere Sammlung erbeten hat, zu schicken. Ich bedanke mich im voraus für Ihre Liebenswürdigkeit und versichere Ihnen, daß Sie uns eine große Freude bereiten werden.

Ich drücke Ihnen freundschaftlich die Hand, in der Hoffnung, eines Tages Ihre Bekanntschaft zu machen, was mir Vergnügen bereiten würde, da mir Moerder ausführlich von Ihnen erzählt hat.

Hyacinthe Delastre

Nr. 14303, Soldat der 5. Kompanie, unter dem Kommando der 21. Munitionskompanie.

2. Regiment der Fremdenlegion in Saida (Oran).

Undenkbar, Augustin im Stich zu lassen. Isabelle Eberhardt antwortet und schickt eine Postanweisung. Einen Monat darauf spielt Hyacinthe Delastre aufs neue den Boten: Augustin ist im Lazarett, sehr anämisch, mit ruiniertem Magen – «er kann als Nahrung nur Milch zu sich nehmen, ein wenig Brühe und zwei Eier am Tag» –, aber er gibt die Hoffnung nicht auf.

Die Aufzeichnungen über das Leben im 2. Regiment der Legion werden bei der Erfindung von Orschanow, dem Helden des Romans, von dem schon in den Briefen an Ali die Rede ist, von Nutzen sein. Aber bevor «Trimardeur» in seiner letzten Fassung entsteht, wird Isabelle Eberhardt selbst Gelegenheit haben, viele Legionäre kennenzulernen.

Der Ton des Briefes, der auf den kurzen Besuch Alis folgt, ist von neuem verzweifelt. Die Anwesenheit ihres Vertrauten hatte nicht ausgereicht, sie den Liebeskummer vergessen zu lassen.

Isabelle Eberhardt an Ali Abdul Wahab

[Bône, 8. November 1897]

Was für eine trübselige Verzweiflung, *mein Bruder* (A), angesichts meines vertanen Lebens, unwiderruflich und für immer düster zu Ende. Das Glück, das kenne ich, aber es wird mir hartnäckig von diesem unbekannten und zermalmenden *Mektoub* (A), das auf uns allen lastet, verweigert. Das Glück, relativ gesehen wohlbemerkt, wäre für mich, mich von dem Mann, den ich liebe, geliebt zu wissen, ihn hier bei mir zu haben, nicht jeden Tag, aber in Reichweite, so wie es einmal in den ersten Tagen war. Dann würde mir dieses Land der Sonne nicht so trostlos traurig und so tiefbetrübt vorkommen, und ich könnte arbeiten und leben, d. h. ich könnte mit etwas Ausgeglichenheit den Tag erwarten, von dem geschrieben steht, daß ich in die Ewigkeit verschwinden muß. Wenn Sie wüßten, in welchem Stadium ich mich befinde, *Ali* (A), wären Sie entsetzt, denn Sie haben Podolinsky gern, glaube ich wenigstens... Ja, jetzt, hier unter diesem afrikanischen Himmel, habe ich eine Sache verstanden, die ich schon immer vermutet habe, deren gräßliches Phantombild ich jedoch ständig verdrängt habe: daß es mit der ganzen Jugend zu Ende ist, mit aller Illusion und jeglicher Freude, auch...

Die einzige Zuflucht, die sich mir anbietet, ist der Selbstmord, das wahrscheinliche Nichts.

Aber es gibt etwas, das mich davon abhält. Nein, es ist nicht die Feigheit, nein, den Grund wissen Sie sehr gut... In den allzu schmerzlichen Stunden schweige ich und ziehe mich in die stumme, unbeteiligte Natur zurück, weit fort von jeglicher Banalität. Und dann bleibe ich dort, ohne jemals zu versuchen mich *zu trösten*, und verhalte mich still. Weder weine ich, noch jammere ich über mein Elend, noch beklage ich mich.

Ich fliehe nur jeden Kontakt mit den Menschen, sogar den mit meiner Mutter.

Ach, gewiß haben Sie mein Leiden verstanden, wenn Sie sagen: «Das, was Ihnen fehlt, ist die *Zuneigung*.» Vielleicht haben Sie sogar verstanden, welche Art von Liebe ich bräuchte, um wenigstens zum Teil von meinem entsetzlichen Unglück geheilt zu werden: diejenige, die mir ein Mann geben könnte, der gleichzeitig mein Geliebter und mein Freund wäre, da *Gott mich sinnlich erschaffen* (A) hat, wenngleich rein intellektuell, ich fände in dieser absoluten Verbindung zwischen Menschen das Glück, das aus den gesegneten Stunden der Vergessenheit entsteht, in denen man vor demselben Schauer der Sinneslust erbebt und von der gleichen Trunkenheit berauscht ist.

Bis heute war Khoudja der einzige Mann, der mir diesen

Schauer und diese Trunkenheit zu geben wußte, und ich gäbe zwanzig Jahre meines Lebens dafür, mich von ihm geliebt zu wissen, von ihm allein, weil er der einzige ist, den ich mit dem ganzen Feuer meiner glühenden und immer schon maßlosen Natur begehre...

Was kann ich noch tun, *mein Bruder*? (A) Den geistesabwesenden oder teilnahmslosen Ohren der Welt auf dem Wege über die Literatur, die ich liebe, mein unheilbares Leid zu singen? Was für ein bitterer Trost, wenn es der einer Verletzten ist, die sich ihre Wunde aufreißt, um mit schmerzlichem Stolz dem unbekannten Vorübergehenden deren Tiefe zu zeigen.

Das werde ich gewiß tun. Aber trotz dieses Vorhabens ist für mich alles aus.

Ja, ich muß mir das sagen und die Situation so wie sie ist akzeptieren.

Es war mir wichtig, Ihnen das zu sagen... Warum? *Gott allein kann das wissen* (A). Lesen Sie es, und richten Sie über mich. Schreiben Sie mir Ihre Überlegungen zu diesen verrückten Seiten, auf welchen ich, ich schwöre es Ihnen, meine Gedanken und zumindest den Schatten meines Leidens ausgebreitet habe.

Ich umarme Sie.

[Grüße auf arabisch an Aïcha]

[nicht signiert]

Ali muß beim Lesen dieser Zeilen verstimmt gewesen sein, vielleicht sogar gedemütigt, da nicht er dieser Mann, der gleichzeitig Geliebter und Freund ist, sein konnte... In Bône hatte er sein Glück als Liebhaber versucht. Abgewiesen, hatte er nicht alle Hoffnung aufgegeben und wartete auf seine Stunde. In seinem Antwortbrief fragt er Isabelle Eberhardt, was für eine Meinung sie jetzt über ihn hat.

Isabelle Eberhardt an Ali Abdul Wahab

[Bône, 13. November 1897]

Mein lieber Freund, verzeihen Sie mir zunächst meinen unsinnigen Brief, den ich Ihnen vor ein paar Tagen in einem Augenblick wirklicher Angst geschickt habe, einem dieser unheilvollen Momente, die in zunehmendem Maße mein Leben vergiften...

Verzeihen Sie mir außerdem, daß ich Ihnen nicht früher geantwortet habe. Ich bin wieder krank geworden, wahrscheinlich als Folge der Unannehmlichkeiten der letzten Tage.

Sie bitten mich darum, Ihnen in aller Offenheit meine Meinung über Sie zu sagen, wie ich über Sie gedacht habe und wie ich jetzt über Sie denke.

Die Ermahnung zur Aufrichtigkeit ist für mich höchst überflüssig. Ich werde aufrichtig sein, machen Sie sich keine Sorge.

Zuviel Bitternis hat sich in meinem Herzen angesammelt, als daß mir Komplimente und unnütze Phrasen in den Sinn kämen. Erinnern Sie sich aber daran, daß Sie es gewollt haben und daß Sie kein Recht mehr haben werden, auf mich ärgerlich zu sein, nachdem ich Ihnen die ganze Wahrheit gesagt habe. Außerdem ist eine Bedingung damit verknüpft: Sobald Sie diesen Brief erhalten haben, sind Sie verpflichtet, mir einen gleichen mit derselben Offenheit zu schreiben.

Anderenfalls werde ich der Fortführung des Briefwechsels nicht zustimmen.

Ich glaube (weil ich mir in nichts je sicher bin), daß ich Sie im großen und ganzen seit Ihrer ersten Reise nach Bône richtig beurteilt habe. Aber jetzt glaube ich, Sie *vollkommen* zu kennen, abgesehen von *Einzelheiten*, deren Kenntnis man nur mit der Zeit erwerben kann und durch ständigen Umgang.

Schon beim ersten Mal habe ich bei Ihnen als *hauptsächlichen Charakterzug* einen allumfassenden und *andauernden* SKEPTIZISMUS festgestellt hinsichtlich aller Dinge, sogar der intimsten Phänomene Ihres *Ichs*.

Der Skeptizismus – der Ihrige – muß *zwangsläufig* (und das ohne Ausnahme immer) zu einer starken Veränderung des *moralischen Gefühls* führen, d. h., das Individuum, das von diesem Skeptizismus betroffen ist, wird begreifen, daß letztlich ALLES UNWESENTLICH IST; es wird notwendigerweise große Handlungsfreiheit gewinnen und eine ungeheuere Verachtung für alle Konventionen und üblicherweise akzeptierten moralischen Prinzipien.

Hier also zwei elementare Punkte: *Skeptizismus* und ein Standort *absolut außerhalb der moralischen Prinzipien*, welche die übrige Menschheit in Ehren (oder angeblich in Ehren) hält.

Aus der ersten Tatsache ergibt sich die totale Abwesenheit religiöser oder anderer *Überzeugungen.*

Aus der zweiten ergeben sich Handlungen, die in den Augen der Welt *abscheulich* und zutiefst *unmoralisch* erscheinen müssen.

Ich werde Ihnen hier noch ein weiteres fundamentales Merkmal nennen: den *Dualismus* Ihrer Natur. Der Skeptiker, der universale *Nihilist* ist notwendigerweise gierig nach Sicherheit und Glauben. Daraus ergibt sich Ihre Liebe zum Islam, eine Liebe, von der ich glaube, daß sie wahrhaft ist, und für die es noch weitere Gründe gibt.

Der endlose Dualismus erzeugt zwangsläufig *Melancholie* und jenes bittere Gefühl der absoluten *Nutzlosigkeit* all unserer Anstrengungen, unserer Hoffnungen und unserer ganzen Empörung. Daher resultiert auch die entsetzliche Leere unserer Leben, die uns so sehr von den anderen Menschen unterscheidet.

Fahren wir fort: So ist jede gute Handlung, die Sie begehen, nichts anderes als das Ergebnis eines unbewußten Gefühls: *Das Mitleid mit leidenden Geschöpfen*, ein Gefühl zudem, das sich jeden Tag und jede Stunde durch das entsetzliche persönliche Leiden verstärkt... Denn das Leben eines Skeptikers ist nichts als ständige Agonie.

Moral oder Überzeugungen, ob nun religiöse oder andere, haben also mit dem «Guten», um das sich der Skeptiker bemüht, nichts zu tun.

Und er tut notwendigerweise weit mehr als jemand, der ein Überzeugter ist: aus den Gründen, die ich weiter oben dargelegt habe.

Das sind also die drei erläuterten Punkte.

Die hervorragende Qualität des Skeptikers ist eine äußerst große und *subtile* Intelligenz, eine subtile vor allem, und große *Intuition*, fast würde ich sagen *Hellsehergabe*. Aber zwischen dieser Sorte von Intelligenz und der gewöhnlicher Menschen klafft ein Abgrund. Der Skeptiker ist weder je *maßvoll* noch *vernünftig*... Außerdem ist festzuhalten, daß der Skeptiker sich in seinen Beurteilungen sehr oft irrt, wenn sie *andere Menschen als ihn selbst* betreffen. Das rührt wahrscheinlich von seiner Art zu analysieren und seinem ausgeprägten Individualismus her, die ihn dazu bringen, analogisch vorzugehen.

Der Skeptizismus, der im einzelnen und um ihn her *Leere* erzeugt, schafft gleichzeitig das zwingende Bedürfnis, die Leere aufzufüllen, und zwar mittels eines hemmungslosen Dursts nach immer neuen und zunehmend gewalttätigeren Sensationen, andauernder Sinnenlust. Das Individuum erwirbt also die eigenartige Fähigkeit, Leid zu genießen, sein eigenes Leiden.

Die gleiche Dynamik kann unseren Skeptiker zur Ausschweifung und sogar zum Laster führen.

Das alles hindert ihn jedoch nicht, *gelegentlich* außerordentlich reine und erhabene Gefühle zu haben. Er betreibt übrigens notwendigerweise einen Kult um das, was rein und erhaben ist. Und das Außergewöhnliche daran ist, daß er, je weiter er sich von diesem Ideal entfernt, es um so mehr liebt und verehrt, bis diese Liebe zum Schönen zu einer wahren *Zärtlichkeit* wird, unendlich traurig und schmerzlich.

Nachdem wir vom Typ gesprochen haben, werden wir uns dem lebenden Subjekt zuwenden. Als ich Sie zum ersten Mal sah, habe ich mir eine Meinung über Sie gebildet, die dem, was ich weiter oben dargelegt habe, weitgehend entsprach, aber auf Grund Ihrer großen Zurückhaltung und auch weil inzwischen vier Monate vergangen sind, hielt ich Sie für weniger vom allgemeinen Unglück erschüttert, als ich es selbst bin, und wie es vor allem Augustin ist. Ich erstellte also die folgende Abstufung: an erster Stelle Augustin, ganz und für immer unheilbar befallen, danach ich, auf dem Wege es zu werden, langsamer zwar, dank einer viel stärkeren Willenskraft und eines stärkeren Stolzes. Dann Sie, der Sie mir erst am Beginn der Entwicklung zu stehen schienen.

Aber nach Ihren letzten Briefen und nach dem Tag und den beiden Abenden, die ich Sie in meiner Nähe hatte, habe ich bemerkt, daß wir beide auf der gleichen Stufe stehen, wohlbemerkt, wenn man die Unterschiede der Erziehung berücksichtigt. Es ist mir sogar aufgefallen, daß Sie mich in bestimmter Hinsicht überholt haben und sich bereits auf dem Weg von Augustin befinden. Nun, vielleicht ist es Ihnen, unbewußt, gelungen, mich beim ersten Mal zu täuschen, oder das Übel konnte während der vier Monate so schnell fortschreiten. Das *kann nur Gott wissen* (A).

Hier also, mein Lieber, die Meinung, die ich über Sie habe. Möglicherweise habe ich mich aber völlig getäuscht. (Beachten Sie meine Bemerkung über die Fähigkeit des Skeptikers, durch Analogieschlüsse zu urteilen, was oft zu Fehlurteilen führt.)

Jetzt ist es an Ihnen, mir die ganze Wahrheit zu sagen. Habe ich versucht, Sie zu täuschen?

Ich habe Ihnen sehr harte Dinge gesagt, die sehr wenig Ähnlichkeit mit Verharmlosungen haben.

Für mich gehören Sie, wie Augustin und ich selbst, zu der Kategorie der *erledigten Leute*, um es klar auszudrücken.

Davon bin ich überzeugt, und wenn Sie mir keine offensichtlichen *Fakten* anführen, die dagegen sprechen, werden Sie mich nicht davon abbringen können. Jetzt lassen Sie mich Ihnen abschließend sagen, daß für mich die *erledigten Leute* den anderen unendlich überlegen sind, denen, die sich *auf dem rechten Weg* (A) glauben und die genauso herumirren wie wir, aber im dunkeln und auf viel dümmere Weise.

Ich erwarte mit fiebernder Ungeduld Ihre Antwort.

Vergessen Sie nicht die *Revue de l'Islam* von Khoudja, der sich jüngst als einer der Unvernünftigsten unter den Männern erwiesen hat und der genauso erledigt ist wie ich, falls das möglich ist...

[Grüße auf arabisch]

Mériem (A).

Eine gewisse Dosis von Dreistigkeit, ein erstaunlich treffsicherer Blick und eine feine Analyse für eine junge Frau von zwanzig... Es ist richtig, daß dieses Porträt genausogut ein Selbstporträt sein könnte.

Sich in der Kategorie der «erledigten Typen» wiederzufinden scheint die Moral von Ali nicht zu heben, der sich in seinem Antwortbrief einer Verzweiflungstat nahe zeigt.

Isabelle Eberhardt an Ali Abdul Wahab

[Bône, 19. November 1897]

[Grüße auf arabisch]
Mein Liebling (A),
Ihr Brief hat mich unendlich beunruhigt.

Zunächst kann ich nicht verstehen, auf welchen meiner beiden letzten Briefe Sie sich beziehen, und außerdem sagen Sie mir Dinge, die ich Ihnen nicht näher charakterisieren möchte. Wie kommen Sie dazu, von mir zu verlangen, daß ich eine Entscheidung mittrage, deren Konsequenzen ich nicht kenne?

Falls Sie von meinem unsinnigen Brief, dem ersten nach meiner Abreise, sprechen, werde ich mir immer vorwerfen, den zweiten geschrieben zu haben, in dem ich, ohne mich der Frage zu entziehen, Ihnen meine Art zu denken mitgeteilt habe. Ich wiederhole es, ich kann mich getäuscht haben, aber Ihr letzter Brief (der, den ich gerade erhalten habe) bestätigt meine Überlegungen zu diesem Thema.

Ich verstehe sehr gut, daß Sie mir nicht sagen wollen, von welcher Entscheidung Sie sprechen, aber lassen Sie mich Ihnen folgendes sagen: Falls Sie mit diesen rätselhaften Worten von einer Handlung sprechen, die Sie selbst früher einmal zu recht als Feigheit bezeichnet haben, begehen Sie einen Fehler. Tun Sie das nicht.

Trotz der ganzen trostlosen Nichtigkeit des Lebens, tun Sie dies nicht. Leben Sie wie ich aufs Geratewohl, und versuchen Sie dem, was Sie umgibt, nicht allzuviel Wichtigkeit beizumessen. Das ist schwierig, aber man kann sich daran gewöhnen. Ich werde Ihnen in meinem anderen Brief genau sagen, wie ich gewisse Dinge erraten habe, von denen Sie mir gar nicht gesprochen haben... Das dürfte einmal mehr zeigen, daß wir einander ohne Worte verstehen. Ich wiederhole es Ihnen noch einmal, wenn Sie das meinen, wenn Sie von einer definitiven Lösung sprechen, denken Sie wenigstens daran, daß es in der Welt jemanden gibt, der Sie ernsthaft liebt und ein solches Ereignis bitterlich bedauern würde. Hören Sie auf Ihren Kameraden Podolinsky, der hundertmal kurz davor stand – vor kurzem noch, nach Ihrer Abreise, am Tag des unsinnigen Briefes –, der bereit war, genau das zu tun, und der aus *Stolz* vorgezogen hat, es nicht zu tun. *Mein Bruder* (A), hören Sie auf die Stimme Ihres slawischen Freundes! Sie legen ihm unnötigerweise eine zusätzliche Last auf. Schreiben Sie mir *sofort* und *deutlich*. Können Sie mir denn nicht alles sagen, mir, der Ihnen so vieles gesagt hat? Ich umarme Sie herzlich, *mein geliebter Bruder* (A). Überdenken Sie alles noch einmal, bevor Sie etwas Unwiderrufliches tun.

Podolinsky.

[P.S., auf den Rand des ersten Blattes, quer geschrieben:] Ihr Brief hat mir unendlich viele Schmerzen bereitet, und ich weiß nicht, wie ich die Last, die Sie mir durch Ihre rätselhaften Andeutungen auf das Herz gelegt haben, abwerfen kann.

Visitenkarte von Nicolas Podolinsky an Ali Abdul Wahab

[Bône, den 1. oder den 2. Dezember 1897]

Am Sonntag abend um 23 Uhr ist meine Mutter gestorben. Sie war sehr krank gewesen. Ich werde deswegen am Samstag nach Genf abreisen (A).

[Auf der Rückseite, auf französisch:] Da meine Mutter tot ist, werde ich das Land verlassen. Sie ist in der Nähe der Eingangspforte des mohammedanischen Friedhofes nach den islamischen Riten beerdigt. Sie hat ihr Glaubensbekenntnis ausgesprochen.

Ali Abdul Wahab an Isabelle Eberhardt (A)

[Brief auf arabisch]

[Tunis, 4. Dezember 1897]

Meine liebe Schwester,
auf daß der Friede, die Barmherzigkeit und die Gnade Gottes mit Ihnen sei.

Ich habe den Brief, durch den ich mit großer Anteilnahme vom Tod Ihrer Frau Mutter erfahren habe, erhalten.

Dank sei Gott erwiesen, daß sie im islamischen Glauben gestorben ist.

Auf daß Gott Ihnen zu der Geduld verhilft, die Trennung zu ertragen; auf daß er sie mit seiner Barmherzigkeit auffüllt und sie im Garten Eden, wo die Flüsse strömen, aufnimmt.

Meine liebe Schwester, ohne jeden Zweifel ist sie glücklich und von Gott erfüllt, dessen Edelmut keinen Vergleich kennt.

Der Tod ist eine Pforte, durch die jeder Mensch hindurchschreiten muß.

Ich bitte Sie, nicht zu vergessen, uns zu schreiben. Auf daß der Friede mit Ihnen sei.

Ihr alleiniger Bruder.

Kheireddine.

Samstag, den 4. Dezember, vormittags.

Isabelle Eberhardt an Ali Abdul Wahab

[Genf, 13. Dezember 1897]

[Grüße auf arabisch]
Mein lieber Freund,
hier also der Schluß allen Endes, für mich... Am Samstag, den 21. November ist Mama an einer Rippenfellentzündung erkrankt... Während der neun Tage, die ich mich – wie Sie wissen, selbst krank – um sie gekümmert habe, durchlitt ich innere Qualen, da ich von Anfang an die düstere Vorahnung dieses Todes hatte.

Am darauffolgenden Donnerstag schließlich telegraphierte ich meinem Vormund, er möge so schnell wie möglich kommen. Und am Sonntag, den 28. November um 10 Uhr abends, kam er an. Sie, die bis dahin, während neun Tagen, wirres Zeug geredet hatte (bedingt durch ein nervöses Leiden und nicht durch das Fieber), begann eine Unterhaltung mit ihm – mühevoll. Gegen zehn Uhr dreißig begann ihr Todeskampf, und gegen zehn Uhr fünfundvierzig war sie tot.

Ich werde Ihnen nichts von meiner Verzweiflung sagen. Ich kann darüber nicht schreiben. Sie werden mich auch so verstehen. Ein wirkliches Wunder geschah nämlich. In ihren Briefen an meinen Vormund hatte meine Mutter oft voller Begeisterung von der Schönheit des mohammedanischen Friedhofs gesprochen. Und er fragte mich, ob wir Mama dort beerdigen könnten. Da ich wußte, daß es Zeugen dafür gab, daß sie sich zum islamischen Glauben bekannt hatte, sagte ich ja. Und am Morgen, als der Arzt kam, ein französischer Araber, der aber seinen mohammedanischen Glauben beibehalten hat – ein Mann von hoher Intelligenz und mit weitem Herzen –, bat ich ihn, ins Rathaus zu gehen und das Notwendige zu veranlassen. Bis zwei Uhr gab es Gänge und ein ständiges Kommen und Gehen. Um drei Uhr schließlich kamen die *talebs* in das Sterbezimmer. Ich nahm an den Gesängen teil... Aber weder mein Vormund, niedergedrückt vom Schmerz, noch ich, krank, konnte auf den Friedhof gehen, wo die rituelle Waschung stattfand.

Und Khoudja begleitete sie mit einer Gruppe Mohammedaner dorthin, auf den Hügel, wo sie ihre letzte Ruhe haben wird... für die Zeiten und alle Ewigkeit.

Ach, Ali, dieser Moment, als die Tragbahre in eine kleine Seitenstraße einbog, begleitet von Gesängen aus dem Koran! Ich stand am Fenster und habe diesen herzzerreißenden Augenblick gesehen... Wir blieben eine Woche in diesem trostlosen Haus...

Wir werden für sie auf einem auf Lebenszeit gekauften Gelände ein mohammedanisches Grab aus weißen und blauen Fayencen kaufen...

Und das ist mein afrikanisches Leben, dieser kurze Traum von sechs Monaten, dahingerafft, vereitelt, für immer zu Ende!

Der Mensch kann sich nicht von der Stunde seines Schicksals befreien (A).

Das war das Schicksal, daß sie sich in der heiligen Erde zur Ruhe legte und daß ich nun aufs neue in dieses düstere Haus verbannt bin, in dem ich soviel gelitten habe.

Ich muß in der Nähe dieses unglücklichen Alten bleiben, dessen Leiden alles übersteigt.

Wir werden sicherlich nicht hier bleiben... Vielleicht könnte ich zu der Entscheidung gelangen, daß wir nach Ägypten gehen. Ach, jetzt werde ich mich von dem trüben Strom des unergründlichen Schicksals *treiben lassen*.

Was mich rettet, ist die islamische *Ergebenheit* (A), in die einzudringen ich die Zeit hatte…

Anderenfalls gäbe es für mich nur den Selbstmord oder den Wahnsinn, und zwar sehr schnell.

Kurz gesagt, *mein Bruder* (A), schreiben Sie mir, lassen Sie mich jetzt nicht im Stich.

Der kleine Ahmed, das Waisenkind, das ich bei mir hatte, habe ich bei dem Arzt untergebracht. Er wird die Schule besuchen, und ich werde ihn unterstützen.

Mein Vormund begleicht für mich wie für meinen ältesten Bruder den Unterhalt; ich habe nicht das geringste Einkommen und kein Geld…

Mit einem Wort, die Zukunft ist düster und ungewisser als je zuvor…

Ich werde Ihnen von einer Angelegenheit erzählen, die, wenn Sie mir helfen können, die gesegnete Stunde näherbringen wird, in der wir dieses Haus verlassen können, das mein Vormund um jeden Preis verkaufen möchte.

Rühren Sie sich ein wenig, und helfen Sie mir. Vielleicht gelingt Ihnen das. Wir müssen um jeden Preis von hier fort. Hier lauert der Wahnsinn auf mich. Schreiben Sie, aber ausführlich. Ihr getreuer

Podolinsky.

«…Dieser Moment, als die Tragbahre in eine kleine Seitenstraße einbog…» Die Literatur als Trost. Einige Tage später schreibt Isabelle Eberhardt «Die Abdrift», ein Text, in dem die Hauptfigur, Mahmoud, als Ich-Erzähler den Tod einer geliebten Frau erlebt.

Auf dem Friedhof von Annaba ist noch das Grab aus weißen und blauen Fayencen von Nathalie de Moerder zu sehen, gestorben im Alter von neunundfünfzig Jahren, Fatma Manoubia für die Mohammedaner.

Viertes Kapitel

1898

Isabelle Eberhardt an Ali Abdul Wahab

[Genf, 1. Januar 1898]

[Grüße auf arabisch]
Mein Bruder, mein Liebling (A),
verzeihen Sie die Verwirrung in meinem ersten in Genf datierten Brief, aber wenn Sie meine gegenwärtige Situation kennen würden, verstünden Sie, warum ich Ihnen so geschrieben habe. *Gott sei gelobt* (A) hat niemand Ihren letzten gelesen!

Jetzt werde ich Ihnen meine Lage schildern. Warum ich Ihnen von Ägypten gesprochen habe? Das ist ganz einfach: Der Ort unseres zukünftigen Aufenthaltes hängt, solange er am Leben sein wird, von unserem Vormund ab. Und von allen islamischen Ländern, von denen ich ihm in bezug auf unseren Aufenthalt gesprochen habe, wollte er nur etwas von Ägypten wissen. Aber anzunehmen, daß es *wegen Ihnen* ist, daß ich *nicht nach Tunis kommen will*, ist ganz einfach dumm.

Sie sind drei, denen ich mein Vertrauen schenke: Ihnen, Augustin und dem Arzt, der mich in Bône gepflegt hat und Mamas Tod beiwohnte, Dr. Amor, ein sehr gelehrter und zivilisierter Araber, der um nichts in der Welt dem hübschen «Nachkommen der spanischen Mauren» ähnelt – und schon über vierzig ist.

Hören Sie also auf zu vermuten, daß es wegen Ihnen ist, daß ich – im Augenblick – nicht die Absicht habe, mich in Tunesien niederzulassen, wo ich vielleicht eines unheilvollen Tages, wenn ich allein sein werde, mein Hauptquartier aufschlage. Was Ihr

Verhalten in Bône anbelangt... paßt es sehr gut zu dem Typus, von dem Sie, Augustin und Podolinsky die drei Stadien sind, oder – wer weiß – lediglich drei Steigerungsformen! *Ich beschuldige Sie dessen durchaus nicht.*

Aber zu diesem Thema möchte ich Ihnen *bei Gott* (A) schwören, daß ich von nun an in diesen schweren Zeiten das allerkeuscheste Leben führen werde, um nicht wieder wie in *Annaba* (A) in niederdrückende Untätigkeit zurückzufallen. Meine finanzielle und moralische Lage ist furchterregend. Mama war für mich die einzige moralische Stütze, der einzige aufrichtige und wahrhaftige Freund... Sie ist nicht mehr da. Und zu dem entsetzlichen Schmerz und furchtbaren Leiden über die ewige Trennung kommt eine in jeder Hinsicht bittere Situation. Sie hat ein ordnungsgemäßes, also unanfechtbares, Testament hinterlassen, in dem sie ihr Kapital dem Kaiserreich für eine wissenschaftliche Stiftung überläßt, es aber verpflichtet, alle Erträge daraus zwischen meinen beiden jüngeren Brüdern, Wladimir und Augustin, meiner ältesten, in Rußland verheirateten Schwester (die ich nicht kenne), und mir, ihrer natürlichen Tochter Isabelle Marie-Wilhelmine, Tochter des Nicolas (!!) *d'Eberhardt*, zu teilen.

Diese russische Redeweise «Tochter des Nicolas» ist die Entsprechung von «Tochter des Sowieso» bei den Arabern. Ich trage also den Familiennamen meines *Großvaters*, als sei ich die *Schwester meiner Mutter*, so wie ich ihren Mädchennamen d'Eberhardt de Liesen trage.

In diesem Zusammenhang glaubte – und sagte – ich Ihnen, unglücklicherweise, ich sei die außereheliche Tochter meines Vormundes... Ich habe durch triftige Dokumente erfahren, daß ich das traurige Ergebnis einer vom Arzt meiner Mutter begangenen Vergewaltigung bin, von dem ich, wenn er nicht mittlerweile verstorben wäre, mit Sicherheit Genugtuung für sein Verbrechen fordern würde, das mich auf immer in die traurigste aller Lagen versetzt hat.

Aber in Rußland in den Genuß einer Erbschaft zu kommen dauert manchmal Jahre, vor allem wenn man im Ausland lebt... Und Mama hat kein Bargeld hinterlassen.

Mein ältester Bruder, Augustin und ich sind also alle drei ohne das geringste Einkommen, und Wladimir und ich werden von unserem Vormund beherbergt, dem Wohltäter meiner Mutter und von uns allen.

Ich bin verschuldet und verfüge über kein Geld für meine persönlichen Ausgaben, auch über keine Möglichkeit zu arbeiten oder zu veröffentlichen, da ich die Abonnements nicht bezahlen kann, und Sie werden leicht verstehen, daß ich trotz der entsetzlichen Situation unter keinen Umständen meinen Vormund um etwas bitten möchte, der bereits unsere Schulden in Bône und Mamas Bestattung bezahlen mußte sowie ihren Arzt und jetzt meinen, da ich, kaum genesen, an einer beginnenden Rippenfellentzündung leide.

Ich suche also, unter welchen Bedingungen auch immer, literarische Arbeit, die mir ein wenig Geld einbringt. Ich habe Schulden, keine hohen, aber ich muß sie bezahlen. Ich habe schon an den Scheich geschrieben, um seinen *Rat* einzuholen. Wenn Sie mich lieben, helfen Sie mir, Arbeit zu finden, ich bitte Sie. Erkundigen Sie sich deswegen in Paris, weil ich dort außer dem Scheich niemanden kenne.

Ich weiß sehr gut, daß es lästig ist, Freunde in einer bejammernswerten Lage zu haben, und ich schwöre Ihnen *auf den Koran* (A), daß es mir keine Freude bereitet, mich über solche Dinge zu beklagen. Ich hätte Ihnen nicht einmal davon gesprochen, wenn Sie mich in Ihrem Brief nicht dazu gedrängt hätten, Ihnen zu sagen, «worüber man mit niemandem sprechen sollte». Also, verzeihen Sie mir. Sie haben es so gewollt!

Antworten Sie mir schnell, und ich bitte Sie ernsthaft darum, mir dabei zu helfen, eine kleine einträgliche Beschäftigung zu finden, sei sie noch so gering. Sie würden mir einen *riesigen* Dienst erweisen.

Für heute umarme ich Sie und Aïcha ganz herzlich, und ich sende Ihnen [Grüße auf arabisch].

Mériem (A)

N. B. Schreiben Sie nicht mehr *de Moerder*, sondern N. Podolinsky und *«Mademoiselle»* in Großbuchstaben statt «Monsieur». Wegen dem Briefträger.

Es gibt keine Hinweise auf Dokumente, welche die verwirrenden Enthüllungen von «Mériem», ihre Abstammung betreffend, stützen könnten. Warum dieses Eingeständnis Ali gegenüber? Ist sie ehrlich? Isabelle Eberhardt wird nie wieder Trophimowsky als ihren Vater bezeichnen (vorher hat sie es sehr selten getan). Später wird sie öffentlich erklären, sie sei die Tochter eines Mohammedaners, eines türkischen Arztes. Warum diese Geheimnistuerei und diese unterschiedlichen Versionen? Solange Nathalie de Moerder noch lebte, konnte sie damit allenfalls ihre «Mesalliance» mit dem Hauslehrer ihrer Kinder verdecken, der selbst verheiratet und Vater von Kindern war. Nach ihrem Tod half es möglicherweise, eine Erbschaft abzuwickeln, die zu unaufhörlichen Streitigkeiten Anlaß gab.

Die meisten Biographen schenken gerade diesem Brief keine Beachtung. Sie gehen lieber davon aus, daß Alexandre Trophimowsky Isabelle Eberhardts Vater war. Nichts beweist das. Ihre Geschichte läßt uns eher vermuten, daß sie im Gegenteil sehr wohl die Tochter eines «Sowieso» war, auch wenn die Episode von der Vergewaltigung der Mutter schwer zu glauben ist. Man wird die Allgegenwart von Medizinern im Leben und im Werk von Isabelle Eberhardt feststellen. Woher kommt diese Faszination? Sollte sie in einem Zusammenhang mit ihrer Geburt stehen?

Zu Beginn des Jahres 1898 finden wir sie aufs neue in der Villa Neuve eingeschlossen, und sofort kehrt ihr Geschmack für das

Geheimnis und die List zurück. Zu vermuten ist, daß der «Vormund» Überwachung und eine tyrannische Zensur ausübt.

Ali bleibt seiner Freundin in ihrem Unglück treu, er sorgt sich in seinen Antwortbriefen allerdings hauptsächlich um die Wirkung «seines Benehmens in Bône»...

Ali Abdul Wahab an Isabelle Eberhardt

[Tunis, 5. Januar 1898]

Mein lieber Freund,
obgleich ich das allergrößte Vertrauen in alles habe, was Sie mir sagen, bleiben mir – unglücklicherweise – einige Zweifel – um nicht zu sagen sehr viele –, was den folgenden Satz angeht: «Ich beschuldige Sie dessen durchaus nicht.» Wenn Sie den Grad meiner Empfindlichkeit kennen würden, verstünden Sie vielleicht, daß ich mit dem größten Bedauern an diese letzte verhängnisvolle Reise denke, die Ihnen – obwohl Sie mir das Gegenteil versichern – eine ganz andere Meinung von mir gegeben haben muß als diejenige, deren ich mich zuvor erfreuen durfte.

Mein Gott! Was müßte ich tun? Was könnte ich opfern? um die wahre Sympathie von einst zurückzuerobern?

Sie werden gewiß nie wieder so zu mir sprechen, und da ich zugebe, daß Sie gute Gründe haben, wünschte ich, ich könnte alles nur Erdenkliche anführen, um Sie davon zu überzeugen, daß ich zwar einen Fehler begangen habe, aber un-be-ab-sich-tigt...

Ich schwöre Ihnen das!!

Es ist richtig, daß ich mich im Vergleich zu Ihrer vollkommenen und wahrhaftigen Offenheit ein wenig reserviert verhielt und daß Sie mir wahrscheinlich bereits einen – töricht extremen – Skeptizismus zugeschrieben haben – weil ich Ihnen nicht ausführlich über die Situation meiner Familie und über die Gründe des Kummers, den Sie an mir bemerkt haben, erzählt habe, von dem ich aber nicht versäumte, Ihnen in fast jedem meiner Briefe zu sprechen. Ich wünschte, ich hätte Ihnen davon berichten können, nur wären die Gründe des Kummers allein – dessen unaufhaltsames Herannahen ich voraussah – nicht verständlich gewesen, bevor ich Ihnen nicht die vollständige Geschichte meiner Familie erzählt hätte. Eine Geschichte, die zu erzählen, weil sie mit vielen politischen Vorfällen verknüpft ist, sehr lange Zeit in Anspruch nimmt und die ich unter keinen Umständen der Neugier des örtlichen Volkes preisgeben würde, das in keiner Weise mein Vertrauen genießt und dem zu mißtrauen ich recht hatte.

Ihre beiden letzten Briefe haben ernstlich meine notwendigen – und unnützen – Sorgen vermehrt, die zu meiner überraschenden Rückkehr aus Europa führten, die mich zur Zeit beherrschen und so peinigen, daß ich wie blind eine feige Dummheit in Erwägung ziehe – und die ich mit Sicherheit schon längst begangen hätte, hätte ich nicht vor mir diese wohltuende und unüberschreitbare Barriere gesehen – den Islam – und die Furcht, der ewigen Marter anheimzufallen, weil ich den vorübergehenden und vergänglichen Leiden nicht standhalten konnte. *Der Gehenna* (A)!!!

Ich habe eben einem meiner Bekannten in Paris wegen Ihrer Arbeitssuche geschrieben, und wenn Sie mir bitte auf einem separaten Blatt notieren, zu welcher Art von Arbeit Sie sich fähig fühlen, werde ich es an ihn weiterleiten und Ihnen seine Antwort zukommen lassen.

Antworten Sie mir auf dem schnellsten Wege und so ausführlich wie möglich. Und während Sie an mich schreiben, bemühen Sie sich zu glauben, daß es ein aufrichtiger Bruder ist, an den Sie sich wenden. Sagen Sie mir all das, was Sie sonst niemandem sagen. Sie werden es *bei der Ehre von Aïcha* (A) nie bereuen. Fordern Sie von mir alles das, was Sie sich von Augustin zu fordern erlauben, und alles, was Aicha wagt, mich zu bitten. Und vor allem versuchen Sie auf die sanfteste und brüderlichste Art, durch die wirkungsvollsten Mittel, mich diesen zu harten, ungerechten Satz vergessen zu machen: «Ihr seid alle gleich.»

Was Ihr aufopferungsbereiter und aufrichtiger Bruder wirklich nicht verdient hat.

Kheireddine.

Tunis, 5. Januar 98.

Isabelle Eberhardt an Ali Abdul Wahab

[Genf, 9. Januar 1898]

Mein Lieber, ich bin in der abscheulichsten Not. Ohne einen Sou, keine Freunde und das Herz von *zwei* Schmerzen zerrissen: dem Tod von Mama und der Lage meines unglücklichen Bruders Augustin. Mein Vormund möchte ihm nicht helfen, und er liegt sterbenskrank im Militärhospital von Mascara. Und ich habe nicht einmal das notwendige Geld, um Bittgesuche an den Kriegsminister und den Oberst des 2. Regimentes der Fremdenlegion zu schreiben. Was kann ich tun? Die Freunde, die ich habe, gewähren mir keine Hilfe, und ich habe Mama geschworen, Augustin zur Seite zu stehen. Leider wird es dazu bald zu spät sein, und auf einem der mohammedanischen Friedhöfe von Oran wird es in Kürze ein weiteres Grab geben, das meines inniggeliebten Bruders, den sie auf Erden am meisten geliebt hat, mehr als mich! Was kann ich tun, *mein Bruder* (A)?

Meine Lage ist furchtbar, entsetzlich, und ich setze meine ganze Hoffnung allein auf Sie. Wenn Sie wirklich *mein Bruder* sind, versuchen Sie mir eiligst ein paar hundert Francs zu verschaffen. Muß ich dafür ein Papier unterschreiben? Ich glaube es nicht, da Sie mich ja kennen. Ich nehme an, daß in Tunis Ihr Name für ein kleines Geschäft dieser Art ausreicht. Ärgern Sie sich nicht über mich, denn es ist aus Verzweiflung, daß ich Ihnen diese Zeilen schreibe. Antworten Sie *schnellstens*. Falls Sie es können, stecken Sie die Summe in *französischen Banknoten* in den Briefumschlag. *Keine telegraphische Anweisung*. Diskretion. Im Namen dessen, was das Heiligste auf der Welt ist, bemühen Sie sich, das für mich zu tun. Sie wissen sehr gut, daß ich, sobald ich besitzen werde, was mir zusteht, Ihnen alles zurückzahlen werde, oder nicht? Es geht um das Leben eines Mannes *Ihres Clans*, *Ihrer Art*! Es bereitet mir Qualen, Ihnen diese so wenig taktvolle Bitte zumuten zu müssen, aber an wen kann ich mich sonst wenden?

Doch nicht an *Khoudja* (A)!

Wenn wir darin erfolgreich sein werden, daß Augustin als dienstunfähig entlassen wird, wird es notwendig sein, daß er nach Tunis geht, denn hierher kann er unmöglich kommen. Er beherrscht vollkommen das Französische, das Deutsche, das Englische und ein wenig das Arabische, er verfügt über *brillante* geistige Fähigkeiten und kennt sich in der Chemie sowie den anderen Wissenschaften gründlich aus.

Ich glaube, daß er ohne große Schwierigkeiten irgendeine Arbeit finden wird, wenigstens um davon leben zu können, bis er an das Erbe herankommt, das ihm zusteht. Im Namen des Himmels, *im Namen des Himmels* (A), helfen Sie mir, ihn zu retten, Ali, und Sie werden den Segen derjenigen bekommen, die nicht mehr ist, und unsere Liebe *bis zu dem Tag, an dem Sie sterben werden* (A).

Erklären Sie Augustin in einem Brief den Schlachtplan: Ich werde ihn dienstuntauglich erklären lassen, ohne daß davon jemand hier im Haus erfährt.

Ich bemerke allerdings, *mein Bruder* (A), daß ich eigentümlich vorgehe: Ich spreche Ihnen von all dem, bevor ich Ihr Einverständnis habe, mir bei der Rettung von Augustin zu helfen. Sie werden mir aber verzeihen, da Sie gut wissen, daß Sie dieser Strohhalm sind, an dem sich festhält, wer am ertrinken ist.

Ich werde mit fiebernder Ungeduld auf Ihre Antwort warten, von der so viele und so furchtbare Dinge abhängen – *für mich*.

Kommen Sie mir zu Hilfe, *mein Liebling* (A)! Sagen Sie Aïcha, daß ihre Schwester Mériem untröstlich ist und sie ihr im Augenblick nicht schreiben kann, obwohl sie es so sehr möchte.

Auf daß Gott sie segne (A).

Und natürlich auch Sie, auf den ich meine ganze Hoffnung setze.

Ich umarme Sie freundschaftlich.

Mériem (A)

Sagen Sie Aug., daß ich an den *Oberst* geschrieben habe und daß er durchhalten soll. Es wird schnell gehen.

Isabelle Eberhardt an Ali Abdul Wahab

[Grüße auf arabisch:] *Gott herrscht über die Himmel und die Erde, und alles steht ihm zu.* (A)

[Genf, 11. Januar 1898]

Niemals, Ali (A), ist die gewohnte Formel *Dank sei Gott gesagt* (A) weniger eine Formel gewesen als in dieser Stunde. Mein Vormund ist schließlich zur Einsicht gelangt und schließt sich aufs wärmste meiner Meinung an, daß allein der Islam Augustin zu retten vermag.

Ich habe zwar Freunde in Bône, aber Sie wissen, ob das Leben in dieser Stadt für die moralische Wiederaufrichtung von Augustin günstig ist. Es bleibt also Tunis, wo er sich, während er auf seinen russischen Paß wartet, mit einer beglaubigten Geburtsurkunde und seinem französischen Wehrpaß aufhalten könnte. Erkundigen Sie sich. Als dann, helfen Sie mir im Namen des Himmels. Um folgendes bitte ich Sie: Sobald A. vom Dienst befreit ist, werden mein Vormund und ich ihn finanziell gewiß nicht im Stich lassen, *allein* allerdings wird er niemals etwas tun. Folgendes wird nötig sein:

1. Ihm zu schreiben, und zusätzlich zu den *Privatbriefen* einen offiziellen Brief, in dem Sie ihm deutlich von seiner Zukunft in Tunis und einem wahrscheinlichen Arbeitsverhältnis sprechen, weil man ihn sonst nicht dorthin gehen lassen und ihn

nach Marseille schicken wird, wo er sich verpflichtet hat; kann er hingegen einen Lebensunterhalt in Tunis nachweisen, wird man ihn wenigstens bis nach Ghardimaou* repatriieren.

Ihr Brief wird ihm also als Beweis dafür dienen, daß er nicht Stadtstreicher in Paris sein wird.

2. Mir *postwendend* mitzuteilen, was sein nach *rein arabischen Gesichtspunkten* und äußerst *bescheidener* Unterhalt pro Monat kosten würde: ein Zimmer, entweder bei irgendwelchen Alten oder in der Nähe einer Zaouiya oder einer Moschee, so wie das in Algerien üblich ist, auf jeden Fall aber in einem rein *mohammedanischen* Milieu. Raten Sie mir *weder zu einem Hotel noch zu einem nazarenischen oder jüdischen Haus.*

Seine Kost kann er dort, wo er leben wird, oder bei einem guten arabischen *markadjy* einnehmen.

Es ist notwendig, daß er *sehr einfach* lebt, *wie die Armen*, weil das allein ihm seine Entschlossenheit zurückgeben wird.

Er kann, wie ich es Ihnen bereits gesagt habe, gute Unterrichtsstunden geben, Übersetzungen aus und in fünf Sprachen bewerkstelligen, Nachhilfelehrer für Griechisch und Latein sein, für eine Zeitung arbeiten, etc., etc. Mit unserer finanziellen Unterstützung und Ihrer Protektion ist es unmöglich, daß er seinen Weg nicht machen kann. Er ist von der gleichen Liebe wie ich für den Islam beseelt und wird mit einer überraschenden Schnelligkeit ein gutes Arabisch lernen und kann in seinen freien Stunden irgendeine *Schule* (A) besuchen. Halten Sie ihn nur so weit wie möglich vom europäischen Leben fern, versuchen Sie ihn in das *mohammedanische* Milieu einzuführen, in das *begeisterungsfähigste*, das Sie finden, denn nur so wird er *auf dem rechten Weg* (A) gehen können. Ich weiß, was ich sage.

Und tun Sie das, um was ich Sie anflehe, zum Andenken an diejenigen, die nicht mehr sind und deren mütterliche Seelen für uns, ihre Kinder, vor der ewigen Quelle des Lichtes beten!
[Grüße auf arabisch]
Ich umarme Sie.

P.S. Signieren Sie Ihren Brief an Aug., mit Ihrem *richtigen Namen* und in *voller Länge*.

Mériem (A)

* Ghardimaou: Dorf an der Grenze zwischen Algerien und Tunesien.

Mit der Rückkehr in die Schweiz erscheinen die alten Zwangsvorstellungen wieder, und der Briefwechsel wird komplizierter.

Ali Abdul Wahab an Isabelle Eberhardt

[Tunis, zwischen dem 13. und dem 17. Januar 1898]

Liebste Freundin,
ich habe Ihnen von meinem Freund *Sidi Okba, dessen Vater Tunesier ist* (A), als dem fähigsten Mann, der uns bei der Rettung von Aug. helfen kann, erzählt. Wie Sie wissen, wird er Aug. bei sich aufnehmen, ihn als französischen Sekretär in Dienst nehmen und ihn arabisch lehren. Er wird ihn zum Landvermessungsassistenten ausbilden. Er wird auf dem Land logiert und verpflegt werden (in der Stadt wird es nur die Unterkunft geben, aber Sidi Okba lebt von zwölf Monaten zehn auf dem Lande), und er wird sechzig frs im Monat das ganze Jahr über verdienen, egal wo er ist. Sidi Okba ist ein strenger Mohammedaner und ein über die Maßen ernsthafter Mann.

Mein größter Wunsch ist, daß Aug. ein für allemal auf den Alkohol verzichtet, sich von Herzen islamisiert und vor allem unbedingtes Vertrauen in mich und in Sidi Okba hat, dem gegenüber er natürlich eine vernünftige Folgsamkeit bezeugen muß, denn mit der aus Faulheit resultierenden Anarchie und Unordnung gelangt man nirgendwo hin.

So wird er weit ab von jeglichem europäischen Einfluß und der Versuchung eines schädlichen Lebens sein.

Ich habe ihm ein wenig Geld geschickt und ihm geschrieben. Ich war auf Besuch bei meinem Bruder in Kairouan und habe deswegen mit meiner Antwort auf mich warten lassen. Man muß sich eilen, aber Aug. soll nicht vor den ersten Tagen des nächsten *Ramadan* (A) hier erscheinen, weil Sidi Okba vorher nicht hier sein wird, und ich möchte, daß sich Augustin sofort bei ihm einquartiert – hundert Meter von unserem Haus entfernt. Jetzt möchte ich Ihnen sagen, daß ich aus zwei Gründen mit Ihnen verärgert bin:

1. Wie konnten Sie mich so behandeln, wie Sie es hartnäckig tun: als Fremden, den Sie zu belästigen befürchten.

2. Warum wollen Sie sich nicht darauf vorbereiten – und das würde Ihnen sehr leicht fallen! –, die ernsthaften und freundschaftlichen Angebote von Aïcha zu akzeptieren, oder wenigstens hierherzukommen, um Ihre *Schule* (A) zu gründen, wie wir es in *Annaba* (A) geplant hatten? Woran liegt das? Geben Sie sich einen Ruck, ein wenig Mut und Energie!

Schreiben Sie also an Aïcha, daß Sie für die *Schule* (A) arbeiten und kommen werden. Sie könnten zugleich Ihren ältesten Bruder unterbringen, und ich werde Ihnen dabei, wie ich es für Augustin tun werde, helfen, wie immer sein Geschmack auch sein mag.

Schreiben Sie mir sehr ausführlich und ernsthaft. Beeilen Sie sich, mir zu schreiben, und arbeiten Sie auch an *Ihrer eigenen Zukunft*.

Glauben Sie an die unbedingte Ernsthaftigkeit desjenigen, der sich wieder Ihr *aufopferungsbereiter Bruder* nennt.

Ali Kheireddine.

Grüße Ihres Bruders Ali Abdul Wahab (A).

Isabelle Eberhardt an Ali Abdul Wahab

[Genf, 19. Januar 1898]

Dank sei dem einzigen Gott gesagt (A).

Liebling!

Mit meinem ganzen Herzen, danke! Ich wußte, daß es ein liebender und ernsthafter Bruder war, an den ich mich wandte! Danke vor allem für Augustin. Wahrscheinlich kennen Sie bereits seine Meinung, wenn Sie diesen Brief erhalten.

Was das Trinken anbelangt, habe ich die feste Hoffnung, daß er im mohammedanischen Milieu diese unheilvolle Verhaltensweise nicht wieder annimmt, die er übrigens, seit einem Jahr, seit er im Dienst ist, abgelegt hat. Es handelt sich bei seiner Krankheit um Anämie, die in der körperlichen Überanstrengung und durch die schlechte und nicht ausreichende Nahrung begründet ist. Seit ungefähr einem Monat ist er im Krankenhaus, und wir werden ihn kaum vor einem oder zwei Monaten dienstuntauglich erklären lassen können, Sie werden also die Zeit haben, das Notwendige zu tun.

Ich hoffe, daß unser Vormund in kürze unsere Angelegenheiten geregelt haben wird und wir die 1.712 frs bekommen werden, über die jeder von uns jährlich verfügen wird und die besonders für mich die einzige Quelle meines Lebensunterhaltes sein werden, d. h. das Allernotwendigste. Ich muß also daran denken zu arbeiten. Ohne Namen – denn der Name Eberhardt, den ich *offiziell* trage, verrät meine uneheliche Geburt –, ohne Vermögen, wird es nötig sein, daß ich mir ganz allein eine Position verschaffe oder einwillige, *El Khoudja* (A) zu heiraten, der dann mein Herr sein wird und mit mir machen wird, was er will... Ich konnte es gestatten, daß dieser Mann mein Liebhaber war, da er dazu ausersehen war, mir das zu geben, was ich suchte – die Sinnenlust – aber jetzt will ich ihm nicht den einzigen Schatz, den ich in der Welt habe, opfern: meine Freiheit.

Dieses Opfer werde ich für keinen Mann begehen, nicht einmal für den, den ich auf *das tiefste und das denkbar ernsthafteste* liebe – *und den Sie kennen.* (Das ist die Erklärung meines Verhaltens Ihnen gegenüber in Bône, als Sie in einem Augenblick von Verrücktheit für immer zerstören wollten, was den Zauber und die Achtbarkeit unserer Freundschaft ausmacht – ihre vollkommene Keuschheit, und weil ich wußte, daß Sie dieses nicht überleben würden...) Ich werde meine arabischen Studien im angemessenen Umfang beenden und werde anschließend nach Tunis kommen, wo ich versuchen werden zu gründen, was mir der Scheich Kadi von Bône geraten hat: eine Koran-Schule für kleine Mädchen, mit einer Elementarklasse für Französisch, Schreiben und Lesen des Arabischen und wo die Grundkenntnisse der mohammedanischen Geschichte vermittelt werden, das Ganze gewiß im inbrünstigsten islamischen Geist. Sagen Sie mir dazu, *in arabisch*, Ihre Meinung.

Ich umarme Sie tausendmal und bitte Sie, davon abzusehen, mich aller möglichen schlechten Gedanken über Sie zu verdächtigen – was geschehen ist, wird Ihnen in Kürze erklärt werden, und Sie werden bemerken, daß ich Sie, statt Groll gegen Sie zu hegen, trotz Ihrer ganzen Verrücktheit an jenem Abend, um so mehr liebe...

Ich verlange (A) allerdings von Ihnen, daß Sie mir deutlich – natürlich bleibt das vertraulich – die *Psychologie* Ihres Geisteszustandes an jenem Abend erklären. Tun Sie das in aller Offenheit für mich, da ich Ihnen mit der Post am Freitag noch weitaus delikatere Geständnisse machen werde...

[Grüße auf arabisch, an Ali und Aïcha]

Ich bitte Aïcha darum, mich zu entschuldigen, daß ich ihr nicht geantwortet habe, weil ich wegen meines Bruders sehr in Anspruch genommen war. Ich werde ihr am Freitag schreiben (A).

Das Schicksal hatte Isabelle Eberhardt nicht dazu bestimmt, Lehrerin zu werden. Aber alle Vorwände sind gut, sofern sie die

Rückkehr in den Maghreb beschleunigen. Sie hat unmittelbaren Erfolg damit, ihren Bruder und ihren Vertrauten einander näherzubringen und somit das gefühlsbetonte Trio zu formen, das ihr so am Herzen liegt.

Augustin legt große Eile an den Tag, Ali auf seine Einladung zu antworten. Keiner der Briefe an seine Schwester ist erhalten geblieben, aber in denen, die er an Ali geschrieben hat, lernen wir seinen Stil kennen. Seine schöne, regelmäßige Handschrift scheint im Gegensatz zu seinem Charakter zu stehen. Offenbar ist er zu dieser Zeit von den besten Absichten beseelt.

Augustin de Moerder an Ali Abdul Wahab

Fort du Nord, Arzew (Département Oran),
den 23. Januar 1898

Lieber Ali,
ich habe Ihren guten Brief vom 12. Januar mit großer Verspätung erhalten, da ich vom Krankenhaus in Mascara ins Rekonvaleszentenheim von Arzew geschickt worden bin.

Ich danke Ihnen von ganzem Herzen für die Hilfe und den brüderlichen Schutz, den Sie mir für die zukünftigen Tage, an denen ich, sollte es Gott gefallen, nach Tunis kommen kann, versprechen.

Beruhigen Sie unsere Schwester, und schreiben Sie ihr, daß ich vollkommen verstehe, daß es unmöglich für mich ist, nach Genf zurückzukehren, und daß für mich das einzige Heil darin besteht, nach Tunis, zu Ihnen zu kommen. Sagen Sie ihr, daß ich es hier so lange aushalten werde, wie es nötig sein wird, und das Ergebnis der Schritte, die man von zu Hause aus unternehmen möchte, abwarten werde.

Sie werden mich nicht nur materiell retten, indem Sie mir helfen, mein Überleben durch Arbeit zu garantieren, sondern Sie werden auch eine unglückliche und orientierungslose Seele retten, die ihr Heil nur noch von der Wohltat des islamischen Glaubens erhofft, und Sie werden mich hingebungsvoll dorthin geleiten.

Lieber Ali, Sie kennen also jetzt meine endgültige Entscheidung, die europäische Welt für immer zu vergessen, von der ich absolut nichts zu erwarten habe und für die ich immer ein Fremder geblieben bin, und mich unter Ihren Schutz zu begeben, in diesem tunesischen Land, ganz in der Nähe der heiligen Erde von Bône, wo unsere Heilige für die Ewigkeit ruht und deren außergewöhnliche Bestattung inmitten der Grabstätten der Gläubigen uns, mich und unsere Schwester Isabelle, für den Islam bestimmt hat.

Sobald ich meine Freistellung erhalten habe, wird sich der Rest leicht arrangieren lassen. Sie sollten mir nur bitte ein Dokument schicken, aus dem hervorgeht, daß es unter Ihrer Protektion garantiert ist, daß ich eine Arbeit finden werde, die mein unabhängiges, finanzielles Überleben absichert, daß ich die notwendigen Mittel erhalten werde, nach Tunis zu gelangen, wenn ich bei der Militärbehörde beantrage, mich nach *Tunis* zurückzuschicken. Aber Sie bitte ich, mir dieses Papier *ohne große Verzögerung* zu schicken, damit ich es für immer bereit habe. Sobald ich ausgemustert bin, werde ich meine ordentlichen Militärpapiere erhalten, und ich glaube, daß dies zusammen mit meiner beglaubigten Geburtsurkunde für einen Aufenthalt in Tunis ausreichen wird. Ich werde es mir zur Pflicht machen, Sie über das Ergebnis der Unternehmungen unserer lieben Schwester auf dem laufenden zu halten, und Ihnen den Tag mitteilen, wann ich ausgemustert sein werde.

Bis zum glücklichen Tag, lieber Ali, an dem *Inch 'Allah* (A) ich zu Ihnen kommen werde, drücke ich Ihnen sehr freundschaftlich und mit verbindlichstem Dank die Hand.

Augustin de Moerder

Soldat im 2. Regiment der Fremdenlegion
Nr. 16155, im Rekonvaleszenzlager in *Arzew* (Département Oran)

Isabelle Eberhardt an Ali Abdul Wahab

Dank sei dem einzigen Gott gesagt (A).

[Genf, 24. Januar 1898]

Lieber Freund!

Zwei Worte in aller Eile: Ich muß schnellstens zwei Artikel schreiben.

Haben Sie Nachricht von Augustin erhalten? Ich habe seit langem nichts mehr von ihm gehört, trotz dreier eingeschriebener Briefe.

Das Geld konnte ich ohne Papiere nicht erhalten, und ich schicke Ihnen den Scheck zurück mit der Bitte, ihn auf den Namen Mlle. W. Popow, Medizinstudentin in Genf, auszustellen, eine Freundin von mir, die über ihren Paß verfügt und die Angelegenheit regeln wird.

Ich bitte Sie, mir den Tag zu nennen, an dem der Junge beginnen wird – ich habe ernsthafte Gründe, das wissen zu wollen, und wie absichtlich ist der Himmel grau... Ich habe endlich eine kleine Botschaft auf arabisch von *El Khoudja* (A) erhalten – sehr liebevoll...

Asche der Vergangenheit! Ich habe ihn geliebt, und ich bedaure es... Eines Tages werde ich Ihnen alles erzählen – bald.

Sagen Sie mir, welche Grausamkeiten Sie mir noch zum Vorwurf machen, die ich nicht zu verdienen glaube.

Auf jeden Fall, *bei der Wahrheit des Korans* (A), hatte ich *keine* solche Absicht, wie immer.

Ich liebe Sie, *Ali* (A) – das muß Ihnen reichen. Ich liebe Sie, wie ich Augustin liebe – was immer Sie jetzt auch im Begriff sind zu tun. Ich bitte Sie aber, mir nicht mehr davon zu sprechen, Ihr Leben zu beenden. Ich flehe Sie *im Namen von Aïcha* (A) darum an, das niemals zu tun...

Im Namen von Aicha und im Namen von Mériem (A).

Sagen Sie mir, ob ich hoffen darf, meine kleine *djema** in Ihrer Nähe zu gründen. Entmutigen Sie mich nicht zu sehr. Ich kenne die Schwierigkeiten! Aber, «labor omnia vincit improbus», hat Virgil, der sanftmütige Lehrmeister meiner Kindheit gesagt!

Und ich hoffe...

Schreiben Sie mir zwei Briefe: einen, der Augustin anbelangt, den anderen persönlich, in den Sie viel von Ihrer teueren Seele legen werden, die ich so sehr liebe.

Mein Gott, schon bald sind es *zwei Monate*, daß *sie* sich in die Erde zur Ruhe gelegt hat!...

Zwei Monate, und vor uns liegt die ganze Ewigkeit.

O bitterer Schmerz, der mich für immer gebrochen hat!

[Grüße auf arabisch]

Schreiben Sie mir schnell und ausführlich (A).

Mériem (A).

* Djema: Schule.

«...Die Literatur, die ich bewundere und die mein einziger materieller Trost ist in der Nacht meines Daseins...» «Afrikanische Silhouetten: Die Oulémas» wird von März bis Juli in der Zeitschrift *l'Athénée* abgedruckt. Wahrscheinlich handelt es sich dabei um die Artikel, auf die Isabelle Eberhardt anspielt. Sie schildert darin ihren Übertritt zum Islam («...In jenen fernen Zeiten, als ich Student des seeligen Scheichs Abder-Rahmène in Annaba war...») unter dem Pseudonym «Si Mahmoud el Mouskouby»... Es ist ihre erste algerische Novelle.

Isabelle Eberhardt an Ali Abdul Wahab

[Genf, 5. Februar 1898 (?)]

[Grüße auf arabisch]

Mein Liebling (A)

Ihr guter Brief ist heute morgen als Trost angekommen: Ich

hatte bereits begonnen mich zu fragen, was die Gründe für Ihr anhaltendes Schweigen sind…

Ich werde Ihnen jetzt von außergewöhnlich ernsten Angelegenheiten sprechen, von denen meine ganze Zukunft, und zu einem großen Teil auch die von Augustin, abhängt.

Sie müssen denken, daß es merkwürdig ist, wenn nicht sogar unrecht, daß ich Sie, der Sie bereits ohnedies von allen möglichen und vorstellbaren Unannehmlichkeiten belastet sind, zum Beschützer für meinen Bruder und mich ausgewählt habe.

Falls Sie so denken, trösten Sie sich, indem Sie sich sagen, daß *ich Sie liebe* und daß Augustin Sie ebenfalls unweigerlich lieben wird…

Als ich Ihnen von Ägypten erzählte, war das ein letzter Ausweg.

Ganz gewiß ziehe ich es hundertmal vor, in Ihre und Aïchas Nähe zu kommen, als in ein Land zu gehen, wo ich weder Freunde noch Bekannte habe und dessen Sprache ich nicht einmal beherrsche…

Aber es gibt gewaltige Hindernisse: Mein Vormund wird mir sagen: «Was wirst du in Tunis machen?» Und was werde ich darauf antworten, ich, die ich mir mein Leben und das des kleinen Ahmed, an den Sie sich vielleicht noch erinnern werden, verdienen muß?

Ich habe deswegen beschlossen, um in der Nähe von Ihnen beiden, die ich liebe, zu sein und außerdem nicht fern von der Erde *des Islam* (A) und des heiligen Hügels, auf dem *sie* ruht, mein ganzes bescheidenes Hab und Gut aufs Spiel zu setzen und sogar zu *schwindeln*, um so einen Streit mit meinem Vormund zu vermeiden. Das ist sehr schlecht, was Sie getan haben, werden Sie mir sagen. Aber ist die Lüge etwas *wirklich* Böses, wenn sie niemandem schadet und nur das relative Glück von zwei entsetzlich unglücklichen Menschen sichert?

Folgendes habe ich getan: Gemäß der Ansicht der Mohammedaner von *Annaba* (A) denke ich, daß man mit viel Arbeit und Beharrlichkeit trotz aller Hindernisse vielleicht versuchen könnte, diese oft erwähnte *Schule* (A), von der ich Ihnen gesprochen habe, zu gründen. Ich habe meinem Vormund davon erzählt, und er hat mir gesagt: «Ja, wenn das so ist, kannst du nach Tunis gehen, wohin ich später nachkommen werde.» Und das in kurzer Zeit, in nur fünf bis sechs Monaten.

Wie immer, ich werde das Abenteuer versuchen, mit aller Umsicht. Ich glaube, daß wenn man zu Anfang nur vier oder fünf ganz junge Schülerinnen finden könnte, wenn die Eltern auf Grund der guten Ergebnisse mit der Zeit feststellen können, daß ich ihre Töchter, statt sie zu europäisieren, dem islamischen Glauben noch näher gebracht habe, dann werden sie vielleicht ermutigt, und man könnte das Unternehmen erweitern. Gewiß, ich kenne sehr gut die entsetzliche arabische *Trägheit* und die ganzen Schwierigkeiten von seiten der Eltern. Aber es gibt noch etwas anderes, das mich weit mehr beunruhigt: Wird es *offizielle* Schwierigkeiten geben, was viel ernster ist?!

Folgendes beabsichtige ich also zu tun. Während der wenigen Monate, die ich noch hier verbringen werde, werde ich mit allem mir zur Verfügung stehenden beharrlichen Fleiß meine Studien betreiben. Anschließend, nach meiner Ankunft in Tunis, werde ich entweder versuchen, die Bekanntschaft irgendeines *Gebildeten* (A), der einer Schule vorsteht, zu machen – ich denke, daß er mir gegen Bezahlung – wie der Scheich Rahmania von Bône, der allerdings um Gotteslohn – erlauben wird, die Kurse seiner Schule zu besuchen – oder die eines intelligenten Privatmannes. Auch dafür werden Sie mir eine wertvolle Hilfe sein.

Während dieser Zeit werde ich versuchen zu arrangieren, daß einige Familien mir ihre Töchterchen anvertrauen, und wenn nur für einen Versuch und zu dem lächerlichen Preis, der in Bône üblich ist: zwei frs im Monat.

Ich werde eine ältere Frau bei mir haben, die, obwohl Russin, sehr gut französisch spricht und sehr praktisch ist und die sich um meinen kleinen Haushalt kümmern wird und bei Bedarf den Kleinen Handarbeiten beibringen könnte, was meiner Meinung nach von den Müttern geschätzt würde.

Ganz sicher sind viel Arbeit, Geduld und auch Unkosten damit verbunden, um ein bescheidenes Ergebnis zu erhalten.

Aber ich verfüge, *mein Bruder* (A), über einen garantierten Lebensunterhalt; über ungefähr 1.712 frs jährlich (für Ahmed und mich, da der Unterhalt der Dame auf die Rechnung meines Vormundes gehen wird). Sagen Sie mir nur, ob ich Ihrer Meinung nach ein Examen ablegen muß, und wenn ja (bitte im Detail), was wird die Prüfung zum Gegenstand haben.

Wir werden versuchen ein kleines arabisches Häuschen zu mieten, das gerade die notwendige Größe für unsere Anfänge haben wird. Ich werde also Geld für mein Kind übrig haben.

Selbst wenn es einige Zeit dauern sollte, bis ich eine zufriedenstellende Lösung gefunden habe, macht das nichts. «Labor omnia vincit improbus»... Wenn ich mich aber vor meinem Vormund nicht auf diese Idee von der Schule stützen kann, wird er mir weder seine Einwilligung noch seine Unterstützung geben, und lieber verzichte ich auf meine Zukunft, als mich mit diesem heiligen Alten zu streiten.

Meine Entscheidung, *mein Bruder* (A), ist also klar: noch einmal dort auf afrikanischer Erde mein Glück zu versuchen – dieses Mal auf mein Risiko.

Ich habe meinem Vormund erzählt, daß es Aïcha war, die mich nach Tunis gerufen hat, damit er meine Unternehmung nicht als verrückt bezeichnet. (Leider könnte er damit recht haben.) Ärgern Sie sich nicht über mich, *mein Liebling*, daß ich den Namen unserer lieben kleinen Schwester benutzt habe.

Folgendes wird nun geschehen: Mein Vormund wird Ihnen in kürze selbst schreiben und Ihnen natürlich von der sogenannten Aufforderung Aïchas sprechen und Sie nach Ihrer Meinung zu meinem Plan fragen. Wenn Sie ihm sagen, wie es ist, werde ich nicht nach Tunis kommen, da er mir weder sein Einverständnis noch seine Hilfe gewährleisten wird, und ohne die ich verloren bin. Ich werde in der Folge dazu verurteilt sein, *im Land der Ungläubigen* (A), weit von Ihnen *und unserer Schwester* (A) und von Augustin zu leben. Hier werde ich weder eine Beschäftigung finden noch die Inspiration für meine literarischen Arbeiten. Die schlechte Atmosphäre des Zweifels und der Verneinung wird meinen noch schwankenden Glauben zerstören... Auch wird Augustin seine Pflicht nicht so erfüllen, als wenn ich in seiner Nähe wäre, wage ich zu behaupten...

Wenn Sie aber im Gegenteil meinem Vormund sagen, daß mit viel Arbeit und zähem Fleiß eine Chance besteht oder besser, *daß ich damit bestimmt erfolgreich sein werde*, dann wird er mich gehen lassen.

Es gibt im Leben der Menschen ausschlaggebende Stunden, die vorübergehen und nie wieder kommen.

Die, in welcher mein Vormund Ihnen schreiben wird, wird eine solche sein.

Was ich machen werde – das wird sich zeigen.

Vielleicht werde ich dem Werk mein Leben widmen, aber wenigstens werde ich wie meine geliebte Mama in islamischer Erde begraben werden. Das Leben an sich hat für mich keinen Reiz, und ich hänge nicht daran.

Unser Schicksal liegt also in Ihren Freundeshänden, und ich habe die beständige Hoffnung, daß Sie uns zu Hilfe kommen werden, Sie, die das mit einem Federstrich können.

Sie sind verrückt (A), werden Sie sagen. Sicher, *ich bin verrückt* (A), das weiß ich sehr gut, aber es wird immer so bleiben, und erinnern Sie sich daran, daß genau dies der Grund war, warum wir uns kennengelernt haben und Sie mir Ihre Zuneigung gaben...

Im Namen des Himmels, schreiben Sie mir *sofort* zu dem neuen Plan für Augustin. Ich brenne darauf, ihn zu erfahren. Haben Sie ihn schon Augustin mitgeteilt? Danke für die Hinweise, was den Scheck anbelangt: ich werde morgen zum Schalter gehen. Was die Arbeit betrifft, die ich suche, muß ich gestehen, daß ich völlig vergessen habe, Ihnen das Blatt zu schicken, um das Sie mich baten. Sie werden es nun in diesem Brief finden. Ich denke daran, in kürze mein Buch zu veröffentlichen. Falls El Khoudja nicht idiotischerweise meine Bücher in Bône zurückhält, wird das bald geschehen sein. Aber das wird erst später etwas einbringen, und ich müßte jetzt gewisse Einkünfte haben.

Was den «Brief vom Freitag» anbelangt, tausend Entschuldigungen: Er ist durchaus nicht vergessen worden, aber eine ganz außergewöhnliche Geschichte ist damit verbunden: Fertiggeschrieben lag er in einem Schmuckkästchen, als der fürchterliche Apparat der Justiz, vertreten durch den Friedensrichter, den Gerichtsschreiber, den Advokaten meiner lieben Schwester und den Landgendarmen, in Erscheinung trat: Sie haben auf das Möbelstück, das den unglücklichen Brief enthielt, das Siegel geklebt...

Ich muß ihn also noch einmal schreiben!

Schreiben Sie mir schnell, und sagen Sie mir *im Namen von Aïcha* (A) Ihre Meinung über meine fürchterliche Situation. Sagen Sie *unserer Schwester* (A), sie möge mir ebenfalls ihre Meinung schreiben.

[Grüße auf arabisch]

Mériem (A).

[Als Anlage die von Isabelle Eberhardt gesuchten Arbeiten:] Übersetzungen (aus dem Russischen, aus dem Deutschen). Literarische, bibliographische Artikel. Besonders über slawische Literatur.

Dies also, mein lieber Bruder, was ich zur Zeit suche.

Ich wäre Ihnen sehr zu Dank verpflichtet, wenn Sie etwas in dieser Richtung für mich finden könnten.

Ihr hingebungsvoller Bruder

N. Podolinsky.

Ali hat den «Brief vom Freitag», der vor dem vorausgegangenen geschrieben worden war, nie gelesen. Erstaunlicherweise ist er jedoch erhalten geblieben. Isabelle Eberhardt hat ihn nach dem Entfernen der Siegel wiedererlangt und ihn mit den Manuskripten aufbewahrt, die später ins Übersee-Archiv von Aix-en-Provence gelangten.

Isabelle Eberhardt an Ali Abdul Wahab

[«Brief vom Freitag»]

[Grüße auf arabisch]
Mein Liebling (A),
mein lieber kleiner Bruder! Es ist jetzt schon eine Ewigkeit her – ungefähr vierzehn Tage –, daß ich nichts von Ihnen bekommen habe, und das bereitet mir einen Kummer, dessen Tiefe Sie gar nicht abschätzen können, da Sie sich, was mich anbelangt, noch immer im Irrtum befinden: Sie haben den Verdacht, daß ich Sie nicht mehr liebe.

Von Tag zu Tag nimmt meine Traurigkeit zu, und ich spüre immer schmerzlicher die fürchterliche Leere, die durch den Tod von Mama in mein Leben gekommen ist.

Und das wird stets so bleiben. Sicher, die Art meines Schmerzes wird sich unmerklich verändern, aber das Wesentliche wird bleiben.

Und, *bei Gott* (A), ich bräuchte jetzt mehr denn je Nachricht von Ihnen, damit ich mich nicht ganz allein auf der Erde fühle. Nur Sie verstehen mich noch besser als Augustin, der kränker ist als wir beide.

Mir scheint, ich hätte Ihnen einen klärenden Brief geschrieben, um ein für allemal die lästige Frage Ihres Verhaltens in *Annaba* (A) abzutun – aber ich weiß absolut nicht mehr, ob ich ihn Ihnen abgeschickt habe oder nicht: mein Gedächtnis ist seit meiner Unglücksserie enorm geschwächt; das ist durchaus kein

Scherz, denn nach fünf Minuten habe ich alles vergessen. Damit Sie also aufhören, sich wegen jenes Benehmens Vorwürfe zu machen, will ich Ihnen folgendes sagen:

1. Ich habe sehr genau verstanden, daß Sie sich in diesem Augenblick nicht sehr wohl befanden und Sie von einer außerordentlichen Seelenkrise, deren Gründe ich nicht kannte – und noch immer nicht kenne –, aufgewühlt waren, die ich sehr stark empfunden habe.

2. Eine sehr heikle Frage – die Motive der Antwort, die ich Ihnen gab, waren die große Achtung und der große Sonderfall, zu dem ich unsere überaus kostbare Freundschaft erklärt habe, und meine absolute Gewißheit, daß meine Schwachheit in diesem besonderen Fall *für immer* zerstört hätte, was das Schicksal und die Affinität unserer beiden Seelen geschaffen haben... Stellen Sie sich *den Morgen* nach diesem Abend vor, wenn ich eingewilligt hätte, und Sie werden meine Gedanken sehr gut verstehen.

Es wäre nur ein wirkliches Desaster für uns beide gewesen, zumal wir, *bei der Wahrheit Gottes* (A), nicht einmal die einfache Lust der Sinne gefunden hätten – was weniger einfach zu erreichen ist, als es den Anschein hat.

Sie werden mir vielleicht entgegenhalten (nein, Sie werden es nicht tun!), daß Khoudja meilenweit von meiner Intellektualität entfernt ist, während Sie darin mein Bruder sind... Aber das eben ist ein Grund mehr.

In *El Khoudja* (A) habe ich den Mann geliebt, schonungslos gesagt, das männliche Wesen, und *früher – auch ein wenig – die Seele...*

Das ist alles. Was ich nun an Ihnen liebe, das ist Ihr Geist... Denken Sie darüber nach. Sie wissen, daß man darüber nicht in Einzelheiten schreiben soll. Wir werden eines Tages darüber sprechen.

Vielleicht *in sechs Monaten*, da ich alles dafür vorbereite.

Ich meine, daß ich, sobald ich in Tunis angekommen sein

werde, für einige Zeit eine arabische *Schule* (A) besuchen könnte, wie ich es in Bône getan habe. Jedenfalls werde ich bis dahin große Fortschritte gemacht haben, ich will es, und es wird so sein, oder ich werde mich ganz meinem literarischen Werk widmen.

In einigen Tagen werde ich Ihnen zwei Artikel schicken, von denen ich einen in *l'Athénée* und den anderen in der *Revue moderne* veröffentlichen werde.

Es ist jetzt schon drei Wochen her, daß ich keinen Brief mehr von *El Khoudja* (A) erhalten habe, und ich bin überzeugt, daß er nach seiner noblen Gewohnheit schmollt.

Wo ist die Zeit geblieben, in der wir Stunden über Stunden in der Nacht, in den Gärten nebeneinander liegend damit verbrachten, «das Paradies in den Augen des anderen zu suchen»!

Das alles ist dorthin entschwunden, was der große Goethe «die Friedhöfe vergangener Tage» genannt hat.

Dreifach verrückt sind indessen die, welche die sinnliche Lust der Liebe geringschätzen, diesen unerklärlichen Rausch, der für leider zu kurze Augenblicke – viel zu kurze – alle Schmerzen und Ängste vergessen läßt. Es sind alte glücklose Spieler, Eunuchen oder üble Pharisäer – vor allem diese.

Denken Sie an den Tag, an dem Sie mir im Zusammenhang mit einer Sache, welche die *liebe Aïcha* (A) wahrscheinlich nicht gutgeheißen hätte, sagten: *im Namen von Aïcha* (A). In jenem Augenblick glichen Sie sehr einem Kind, das alle Heiligen des Paradieses anruft, um ein Stückchen Zucker zu erhalten. Ich werde Ihnen ebenfalls sagen:

«*Im Namen von Aïcha* (A), beschuldigen Sie diese harmlose Spötterin nicht der Grausamkeit, denn Gott behütet mich davor. Aber mein Brief war nichts weniger als lustig, und ich erlaubte mir den kleinen Scherz einzig, um Sie aufzuheitern.

Weit eher könnte ich Sie der Grausamkeit beschuldigen, oder wenigstens einem offenkundigen Mangel an Vertrauen in mich: An einem nun schon weit zurückliegenden Tag (denn ich war noch dort, jenseits des großen azurblauen Meeres, und Mama war noch von dieser Welt) haben Sie von mir ein Bild Ihres intellektuellen Charakters gefordert, indem Sie mir sagten: Das wird mir helfen, einen Entschluß zu fassen, *welchen, das werde ich Ihnen nicht sagen, das geht nur mich etwas an.»*

Und es war Ihr kleiner Bruder Podolinsky, an den Sie diese Grausamkeit geschrieben haben!

Mein Gott! Warum habe ich das verdient, ich, der ich Ihnen drei Tage nach jenem Abend auf dem Quai von Annaba – Sie waren auf der Brücke der *Stadt Madrid* vor mir aufgetaucht – bei unserem nächtlichen Spaziergang auf der Straße nach *l'Oued Dheheb* (A) von dieser sehr ernsten Sache, meiner unehelichen Verbindung mit *El Khoudja* (A) erzählt habe?

Ach, *mein Bruder* (A)...

Bei der Wahrheit des großen Koran (A), falls jener Entschluß darin besteht, vorzeitig aus dem Leben zu treten, dann schwöre ich Ihnen, daß es auf der Erde ein Geschöpf geben wird, das sich noch tausendmal mehr als Waise vorkommen und bitterlich um Sie weinen wird...

Und *Aïcha* (A)?

[Grüße auf arabisch]

Ihr N. Podolinsky

P. S. Wie lautet die Antwort von Sidi Okba? Hat Ihnen Augustin geschrieben?

Isabelle Eberhardt an Ali Abdul Wahab

[Genf, 10. Februar 1898]

[Grüße auf arabisch]

Mein Liebling (A),

ich habe den im Prinzip unwiderruflichen Entschluß gefaßt, nach Tunis zu gehen, sobald meine Angelegenheiten geregelt sein werden.

Aber je mehr ich darüber nachdenke, desto klarer wird mir, daß ich für einige Monate eine entsprechende arabische Schule besuchen muß, die zum Studium des Korans, der Grammatik und des Stils anleitet.

Sie werden mir wahrscheinlich sagen, es sei besser, einen Privatlehrer zu nehmen, aber die Erfahrung, die ich in Bône gemacht habe, veranlaßt mich eher nicht dazu, da die Herren das größte Interesse daran haben, ihren Unterricht soweit wie möglich zu verlängern, wohingegen ich in der *zaouiya* der *Rahmania* von Bône, die ich zu frequentieren begann, sehen konnte, wie ich den allergrößten Fortschritt machte.

Im übrigen könnte ich mich dadurch mit der mohammedanischen Unterrichtsweise vertraut machen, was mir später sehr nützen wird.

Ich hätte überdies die Zeit, *gebildete* (A) Persönlichkeiten kennenzulernen und mich gründlich in das Bildungssystem einführen zu lassen, das sicherlich – im Augenblick – ganz auf die Fähigkeiten arabischer Kinder eingestellt ist.

Sagen Sie mir doch, lieber Freund, ob Sie nicht eine Schule wüßten, deren *Lehrer* (A) mich aufnehmen würde. Machen Sie mir einen ausfindig, und sagen Sie ihm, daß ich zu lesen und zu schreiben verstehe, daß ich verständlich arabisch spreche, islamisch denke (ohne von Konversion zu sprechen) und ihm in seiner *Schule* (A) keine Skandale machen, sondern mich sehr bescheiden verhalten werde. Sagen Sie ihm vor allem, daß ich die Absicht hätte, ihn besser zu bezahlen, als es die anderen tun, allerdings unter der Bedingung, daß er sich nicht herausnimmt, mich wie die kleinen Jungen zu behandeln.

Natürlich sollten Sie nach einem älteren Mann Ausschau halten, mit einem weiten und fähigen Geist.

Würden Sie mir auch bitte mitteilen, wieviel die Miete eines mohammedanischen Hauses betragen würde, mit einem Hof und mindestens einem großen Zimmer, das künftig zur *Schule* (A) werden könnte. Solange ich zur Schule gehe, wird es wohl möglich sein, ein sauberes Zimmer im Haus einer mohammedanischen Familie zu finden, wie das in Algerien üblich ist.

Kurz gesagt, ich verlasse mich darauf, daß Sie mich über alle diese Punkte, die für meine Zukunft sehr wichtig sind, aufklären.

Selbstverständlich werde ich hier mein möglichstes tun zu arbeiten, aber ich glaube nicht, daß ich es ganz allein schaffe, wie Sie es mir schon gesagt haben. Neben den Unannehmlichkeiten, von denen ich Ihnen bereits berichtet habe, wird mir – immer noch auf Veranlassung unseres älteren, enterbten Bruders hin – offiziell nachgestellt: Heute morgen kam ein Agent der Sicherheitspolizei in Begleitung des örtlichen Gendarmen, um mich ohne Angabe von Gründen bei uns zu Hause zu verhören und meine Papiere zu überprüfen, obwohl ich erst in sieben Tagen volljährig werde.

Polizisten durchstreifen unser Gelände etc. etc.

Sie sehen, wie lustig das Leben für mich ist! Am 1. März wird man mit größter Wahrscheinlichkeit meinen älteren Bruder des Landes verweisen...

Was für Lebensbedingungen! Und wie kann ich meinen Vormund allein lassen, der sich tief in die endlose Geschichte der Einkünfte aus seinem Besitz verstrickt hat! Ich versichere Ihnen, daß ich mich über die Maßen belästigt fühle.

Ich setze meine ganze Hoffnung auf Sie, *mein Bruder* (A), denn ich bin so traurig und moralisch so krank, daß ich mich unversehens schwach fühle – nicht unfähig, mich zu wehren, denn das könnte mir bei meiner Kämpfernatur nicht passieren, aber ich fühle mich entmutigt und frage mich nach dem Sinn diesen ganzen Leidens und der Kämpfe gegen Schwachköpfe und Halunken, da doch alles einmal in einem stillen Grab auf irgendeinem mohammedanischen Friedhof enden wird.

Im Frieden eines mohammedanischen Friedhofes (A).

Ja, cui bono?!

Beinahe hätte ich vergessen, Ihnen zu sagen, daß man wegen des Schecks tatsächlich keine Schwierigkeiten gemacht hat.

Auf daß Gott Sie belohnt (A).
Mein Lieber, schnell eine lange und ausführliche Antwort.
[Grüße auf arabisch]

Mériem (A)

Ali Abdul Wahab an Isabelle Eberhardt

[Tunis, Mitte Februar 1898]

Liebling,
Sie beauftragen mich damit, Ihnen einen Lehrer ausfindig zu machen, der Sie in seine Schule aufnehmen würde und den Sie großzügig bezahlen würden, wenn er Ihnen bereitwillig eine gewisse Aufmerksamkeit einräumen würde. Ich habe das nicht getan, weil ich gern hätte, daß Sie an den gleichen Kursen wie Aïcha teilnehmen. So müssen Sie überhaupt nichts bezahlen. Sie werden vielleicht einen Vorsprung vor Aïcha haben, die nicht soviel weiß wie Sie, aber mit ein bißchen gutem Willen können Sie sie in kurzer Zeit auf Ihren Stand bringen. Unser Lehrer erfüllt alle Ihre Anforderungen.

Jetzt zu dem Haus, in dem Sie wohnen werden. Es gibt eines gleich neben dem unseren, das zur Zeit für 120 F im Jahr vermietet ist. Ich kenne es und glaube, daß es Ihnen behagen wird. Wenn Sie einverstanden sind, beauftragen Sie mich, es für das nächste arabische Jahr (Mai) zu reservieren.

Sobald Sie Ihre Angelegenheiten geregelt haben, sobald Sie bereit sind, kommen Sie, und Sie werden bei Ihrer Ankunft eine kleine Wohnung vorfinden, in der Sie bis zum arabischen Jahresanfang wohnen können.

Kommen Sie! Verlieren Sie nicht den Mut, denn das stünde völlig im Widerspruch zu Ihrem heiligen Glauben. Seit dem Brief, den ich Ihnen habe zukommen lassen, habe ich von Augustin nichts mehr erhalten. Ich frage ihn mit gleicher Post nach dem Grund seines Schweigens.

Schreiben Sie mir schnellstens und in allen Einzelheiten und in aller Offenheit, anderenfalls werde ich leiden.

Alles Gute für Sie, Liebste

Kheireddine.

P. S. Mit dieser Post werden Sie meine Broschüre erhalten, möge Sie Ihnen gefallen. Hier hat sie einen großen Erfolg, den ich in diesem Ausmaße in keiner Weise erwartet habe. Man befindet vor allem das Thema gut. Was haben Sie von meinem Artikel gehalten?

Kheireddine.

Die Broschüre, auf die Ali anspielt, behandelt die schädlichen Auswirkungen des Alkohols. In seiner Einleitung erzählt er, wie ihm während seines Aufenthalts in Paris ein Gastgeber Wein angeboten hatte. Als er ablehnte, bemerkte der Gastgeber: «Man erzählt aber, daß die Mohammedaner große Trinker sind.» Solche «Unterstellungen» weist Ali zurück.

Isabelle Eberhardt an Ali Abdul Wahab

[Genf, 17. Februar 1898]

Mein lieber Freund,
in einem Augenblick tiefer, aber ruhiger Melancholie – d. h. im glücklichsten Geisteszustand, den es geben kann – möchte ich Ihnen schreiben, um Ihnen alle meine Gedanken mitzuteilen...

Ja, ich weiß, daß Sie *mich lieben*. Das habe ich in jener Nacht verstanden, als wir uns oberhalb des Friedhofes, wo sie jetzt für die Ewigkeit ruht, unterhalten haben... Und auch ich, *ich liebe Sie* zutiefst und mit jener Liebe der Seelen, die nicht von dieser Erde ist und die sich, sollte die Ewigkeit existieren, in der geheimnisvollen Welt des Jenseits fortsetzen muß...

Wo werden wir alle sein, in einem Jahr, in fünf, in zehn Jahren?!

Heute hat sich mein einundzwanzigstes Lebensjahr vollendet…

Einundzwanzig Jahre! Einundzwanzig Jahre eines seltsamen Lebens, fern von den Menschen und ihren Konventionen, fern von allem, was sie lieben, und *auch* fern vom Frieden…

In dieser chaotischen, unglücklichen Familie, in der ich von Anfang an einsam war, bin ich in fünfzehn Jahren das geworden, was ich bin und was ich immer bleiben werde: losgelöst von der scheinheiligen Gesellschaft, Feindin ihrer idiotischen Vorurteile und feigen Konventionen… Verliebt in den Traum und die Natur, angsterfüllt, melancholisch und wechselhaft.

Gewiß gibt es ein Schicksal, da wir uns ja über eine schwindelerregende Distanz hinweg begegnen und lieben *mußten*, mit jener heiligen, selbstlosen Liebe, die, ich wiederhole es Ihnen, immer noch das beste auf dieser Erde ist, denn sie ist das Reinste.

Die Liebe ist nichts als ein physiologisches Gesetz, die *in Wirklichkeit, trotz unserer ganzen Illusionen*, nur unsere Körper berührt.

Die wahre Freundschaft dagegen ist wirklich *Sache der Seelen* (A).

In der wachsenden Melancholie meines Lebens habe ich vor einiger Zeit begonnen, Gedanken zu entwickeln, die mich *Inch' Allah* (A) von nun an *bis an den Tag meines Todes* (A) begleiten werden.

Analysieren Sie zunächst einmal die Ordnung der irdischen Dinge, und Sie werden feststellen, daß der Mensch durch die Tatsache des Todes trotz aller Übel und trotz der größten Mißgeschicke *sehr viel Macht* besitzt.

Zweitens bereitet es eine große Sinnenfreude – die zwar zutiefst melancholisch ist, zugleich sehr *real* –, gelassen und heiter das Universum und das Leben zu betrachten…

Des weiteren gibt es das den Augen des gemeinen Volks verborgene Universum, dieses Heiligtum unserer Gedanken, unserer Träume und unserer Hoffnungen...

Sodann gibt es für allzu schwere Stunden noch die *Rauschmittel des Lebens*: die Kunst, die Poesie und auch die Liebe...

Und so hoffe ich mein Leben fast in Frieden zu beenden, wenn ich es von nun an vermeide, dem Unglück in meinem Leben allzuviel Bedeutung beizumessen. Im übrigen haben wir anderen, wir *Leute des Buches* (A), dieses kostbare Ding: *die Schicksalsergebenheit* (A).

Mériem (A)

Schreiben Sie mir. Vergessen Sie nicht, mir den neuen Plan, der Augustin betrifft, mitzuteilen.

Ich umarme Sie aus ganzem Herzen und wünsche Ihnen *eine schöne Belohnung im Paradies* (A).

Ihr Freund

N. Podolinsky.

Isabelle Eberhardt an Ali Abdul Wahab

[Genf, 27. Februar 1898]

Mein lieber Ali,

Heute morgen habe ich Ihren Brief erhalten. Ich bin glücklich, daß Sie endlich etwas von Ihrem Freund Podolinsky verlangen: das bereitet mir eine große Freude. Machen Sie weiter so, *im Namen des geliebten Gottes* (A).

Ich habe getan, was Sie von mir gefordert haben, und war bestrebt, den Stil nicht zu verändern, der meiner Überzeugung nach das – fast greifbar gewordene – Spiegelbild unseres Geistes ist. Außerdem wollte ich nichts von mir hinzufügen. Ich bitte Sie nur, die Gedanken, die ich Ihnen weiter unten darlegen werde, zu prüfen. Sie werden sehen, ob Sie sie für den vorliegenden Artikel gebrauchen können, der, lassen Sie es mich Ihnen wie üblich ganz ehrlich sagen, bemerkenswerte Klarheit und Genauigkeit besitzt und den Geist des islamischen Glaubens ausströmt, was in dieser Zeit des allgemeinen Niedergangs eine Kostbarkeit ist.

Also: Man könnte anschließend an den Artikel über die *Pilgerfahrt* (A), unter Hervorhebung einer tatsächlichen Begebenheit, folgenden Gedanken entwickeln, der mir sehr wichtig erscheint: daß die geistige Einheit der mohammedanischen Welt über alle politischen Grenzen (diese sind willkürlich), aber auch über die viel realeren der Nationen und der unterschiedlichen Sprachen hinweg – wobei die Grenzen zwischen den verschiedenen orthodoxen oder nicht-orthodoxen Sekten die wichtigsten sind –, gerade durch die Wallfahrt zu diesem allen Nationen und allen Sekten des Islams gleichermaßen heiligen Ort gewahrt wird.

Ein mohammedanischer *hannéfi* [Hannafit] ist einem *méléki* [Melchit] unendlich viel näher (und weniger feindlich gesinnt) als ein Katholik einem Protestanten...

Wenn Sie als Fazit sagen würden, daß die Lehre des Islam über seine fundamentalen Dogmen hinaus eine Vielzahl moralischer Vorschriften umfaßt: die *Schicksalsergebenheit* vor allem – die Toleranz im weitesten Sinne, die Barmherzigkeit, Mitleid und Milde gegenüber den Schwachen, Rechtschaffenheit, Wahrhaftigkeit, das alles ohne asketische Geisteshaltung... Wenn Sie dann darauf hinweisen, daß der Islam eine absolut weltliche Moral besitzt, d. h. völlig im Einklang mit den menschlichen Fähigkeiten und Kräften steht, und daß es gerade diese Einfachheit, diese Klarheit in Verbindung mit dem wohltuenden Dogma der gelassenen Schicksalsergebenheit ist, die den außerordentlichen Reichtum des Islam ausmachte, der ihn heute noch stützt und zu seiner Verbreitung beiträgt. Das ist seine Kraft und seine Schönheit. Wenn Sie diese Ideen akzeptieren, formulieren Sie sie so, wie Sie es für richtig halten. Wenn nicht, *ist das auch recht* (A).

Nur Sie können das beurteilen.

Ich will Ihnen jetzt sagen, wie glücklich ich darüber bin, daß

Augustin, sobald er in Tunis angekommen ist, Arbeit haben wird. Wir haben einen Brief von seinem Oberst erhalten, der uns mitteilte, daß Augustin unter Beobachtung stehe und gegebenenfalls als dienstuntauglich eingestuft werde. Das ist also beinahe geregelt. Er wird genügend Geld für «Klamotten» haben, d. h. für zivile Kleidung bei der Ankunft in Tunis.

Was mich anbelangt, werde ich, *Inch'Allah* (A), im Mai, vor dem mohammedanischen Jahresbeginn ankommen.

Sagen Sie mir, ob man in Tunis eine anständige arabische Familie finden könnte, die mein *Kind* (A) Ahmed aufnehmen, es in die arabische Grundschule schicken und versorgen würde. Dafür stehen mir 25 frs im Monat zur Verfügung, aber ich weiß, daß die Mehrzahl der armen Araber nicht soviel für ihre Söhne ausgibt.

Natürlich geht es nur um die Zeit bis zu meiner Ankunft, danach werde ich alles den Umständen entsprechend anders regeln.

Ich möchte ihn nicht länger in Bône lassen, da Si Mohammed ihn demoralisiert und ihn lehrt, *El Khoudja* (A) ungehorsam zu sein, dem ich ihn anvertraut habe. Ich bitte Sie, mir zu sagen, ob man dafür jemanden finden könnte, denn ich hänge sehr an diesem Kind. Ich belästige Sie schon wieder mit einer Angelegenheit, aber Sie sind mein rettender Engel...

Auf jeden Fall wird die Glocke des Wiedersehens bald für uns läuten, *Inch'Allah* (A), und ich warte mit Ungeduld darauf.

Ich warte auf einen russischen Paß und Geld; ich warte ab, bis die fragliche Dame einen geeigneten Platz für ihre Tochter gefunden hat, die ich nicht mitnehmen möchte...

Haben Sie die Nummer der *Athénée* erhalten, in der ein Nachruf auf Mama abgedruckt war?

Ich arbeite. Ich schreibe an «Die Abdrift», mit der es weiter vorangeht und die ich bald abgeschlossen haben werde. Ich studiere den Koran, damit ich in Tunis imstande sein werde, fehlerfrei zu lesen.

Sobald ich Europa dieses Mal verlassen habe, werde ich nie wieder dorthin zurückkehren, wenn es nicht absolute Notwendigkeit ist – und dann gewiß für eine viel kürzere Zeit.

Ich hoffe, *mein Bruder* (A), in kürze *für immer* (A) bei Ihnen, den ich liebe, und bei Aïcha sein zu können... Und bei Augustin.

Ich weiß nicht, ob ich ohne Schwierigkeiten einen Paß erhalten werde, aber unser guter Scheich hat versprochen, mir Briefe zu geben (von ihm und einem Scheich aus El Azhar unterzeichnet), welche die Notwendigkeit meiner Reise in den Orient bescheinigen.

Schreiben Sie mir *bei Gott und im Namen Aïchas* (A) AUSFÜHRLICH, warum wollen Sie mir nie Ihre Gedanken mitteilen? Das bekümmert mich sehr.

Ich werde also auf umgehende Neuigkeiten von Ihnen und *meiner Schwester Aïcha* (A) warten.

[Grüße auf arabisch]

Ihre Schwester

Mériem

Isabelle Eberhardt an Ali Abdul Wahab

[Genf, 28. Februar 1898]

Dank sei dem einzigen Gott gesagt (A)

Mein lieber Freund,

ich habe einen Brief von Augustin erhalten, in dem er mir berichtet, daß er aus folgenden Gründen für dienstunfähig erklärt werden soll: *starke Anämie, chronische Bronchitis und Thorax-Anomalie*, und daß er am 2. März vor der Tauglichkeitskommission erscheinen muß, *d. h. übermorgen, am Mittwoch, falls der allmächtige Gott es so will* (A).

Es ist so gut wie sicher, daß er entlassen wird. Er wird also in wenigen Tagen bei Ihnen sein. Er besitzt eine ausreichende

Summe, um sich ordentlich auszustatten und sich für die ersten Tage in Tunis zu ernähren.

Sobald er angekommen sein wird, bitte ich Sie, ihm meine feste Meinung und meine Beschlüsse für unsere gemeinsame Zukunft mitzuteilen.

1. Daß er lernt, ein Leben zu führen, das in einem realistischen Verhältnis zu seiner finanziellen Situation steht. Daß er seinen tatsächlichen Wohlstand nicht für Wahnvorstellungen von Größe und Reichtum opfert. Daß er, ohne geizig zu sein, lernt, nicht verschwenderisch zu sein, was das Geheimnis derjenigen ist, die selbst mit einem sehr geringen Vermögen immer zufrieden und ohne Bedürfnisse sind.

2. Daß er endlich wissen muß – und sich von diesem Gedanken überzeugen läßt –, daß die Arbeit die beste moralische und materielle Stütze des Menschen ist.

3. Daß der Alkohol durchaus kein Vergnügen ist, sondern eine entwürdigende und niedrige Leidenschaft, die zu Unglück, Krankheit und grausamem, frühem Tod führt.

Daß er nicht einmal eine besonders gute Art des Selbstmords ist, da er über sehr lange Zeit die fürchterlichsten Leiden hervorruft.

4. Daß Ungläubigkeit das Schlimmste aller Übel ist und den Phantasiebegabten und Sensiblen, zu denen wir gehören, Finsternis und Verdammnis bringt.

5. Daß ich eine uneheliche Tochter bin, d. h. der dummen und grausamen Verachtung der Leute ausgesetzt, belästigt werde von den anderen Familienmitgliedern mütterlicherseits, überwältigt bin von Leiden, ohne Geld, ohne Papiere, überlastet durch schwierige, kostspielige und gefährliche Geschäfte; daß davon meine Geduld erschöpft ist, und daß ich mich, wenn er nicht wenigstens diesmal verdient, was ich für ihn tue, gezwungen sehe, ihn im Stich zu lassen, auch gegen meine Neigung.

6. Daß ein neuerlicher lasterhafter Lebenswandel ein tödlicher Schlag für unseren alten Wohltäter wäre.

7. Daß ich nach diesem Versuch – dem letzten – nichts mehr unternehmen werde; daß ich mich für immer von dieser Familie lossagen werde, die juristisch gesehen gar nicht die meine ist, und für immer alle Verbindungen zu ihren Mitgliedern lösen werde.

Sagen Sie ihm alles, *was Sie über mich wissen, alles*, verstehen Sie?

Sie, ein feinfühliger und sensibler Mensch, Sie haben gewiß verstanden, was dieser kurze *Traum* von Liebe, der zusammen mit meinen ganzen Hoffnungen und Illusionen vor gerade erst *drei Monaten*, am 28. Nov. 97, zerbrochen ist, für mich bedeutet hat.

Aber Sie wissen auch, daß ich stärker als das alles bin, daß ich alle und alles bezwingen werde, um an mein Ziel zu gelangen – Sie wissen, an welches: das islamische Leben, sobald ich Europa, diese unwirtliche und verdammte Erde, für immer verlassen habe.

Sagen Sie ihm das alles, mein Liebling, *mein liebster Bruder* (A), ich bitte Sie darum.

Nun, hier mein Entschluß: Ich werde in jedem Falle, *wenn Gott der Allmächtige es will* (A), vor dem Ende des *islamischen Jahres* kommen, d. h. de facto so früh wie möglich, sobald ich meinen Paß und mein Geld bekommen haben werde.

Erklären Sie mir bitte umgehend, wie das in Frage kommende Haus aufgeteilt ist, ob es *gesund* und *trocken* ist, und schicken Sie mir, falls möglich, eine kleine Zeichnung.

Ich habe außerdem Gründe, Sie zu schelten: Warum zum Teufel wollen Sie mir nie, trotz meines ganzen Bittens, *ausführlich* schreiben, was *Sie denken*? *Tatsachen*, immer nur *Fakten*, aber mir Ihre Gedanken mitzuteilen, damit haben Sie aufgehört. Warum? Kommen Sie, seien Sie ein bißchen weniger «träge»!

Haben Sie Ihren Artikel erhalten? Ich habe ihn mit einem Brief an Sie zurückgeschickt, lange bevor ich Ihren letzten erhielt.

Hier jetzt, *in aller Offenheit*, meine Gedanken, die von Ihrer

Broschüre inspiriert sind: Ich finde die Gestaltung, den Stil und das Thema perfekt, und ich beglückwünsche meinen kleinen türkischen Bruder *mit der ganzen Freude meines Herzens* (A). Sie wissen, daß ich durchaus nicht schmeichele. Es gibt Dinge, die ich noch gar nicht verstanden habe – Einzelheiten, was mit meiner unzureichenden Kenntnis der gelehrten Sprache zusammenhängt.

Sagten Sie mir nicht, was unsere Studien anbelangt, daß Aïcha ihre Stunden abends nimmt? Gäbe es nicht, da ich selbst sehr viel arbeiten möchte, eine Möglichkeit, tagsüber die Schule zu besuchen und abends mit ihr zu arbeiten, ihr, der ich mit meinen ganzen Kräften helfen werde, obwohl ich, nach ihren Briefen zu urteilen, bezweifle, daß ich weiter fortgeschritten bin als sie.

Ich glaube, daß ich mich wegen der Angelegenheit Zola endgültig mit *Athénée* zerstritten habe wegen deren sehr unverständigen Antisemitismus.

Ich arbeite an meinem Buch, aber sagen Sie bitte Augustin, er möge sich beeilen, mir die Dokumente über das Leben in der Legion zu beschaffen, um die ich ihn gebeten habe.

Sagen Sie ihm, daß er mir folgendes schickt: 1. einen Plan der Kaserne, 2. einen ungefähren Plan der Stadt und ihrer Umgebung und so viele *Zeichnungen* und *Anekdoten* wie möglich. Daß er mir dies an seinen Freund Delastre senden soll.

Von Tag zu Tag werde ich *gläubiger* (A), und das allein gibt mir Kraft und hebt mich über das Meer von Widerwärtigkeiten und Leid empor, auf dem mein Schiff zur Zeit steuerlos dahintreibt...

Schreiben Sie mir.

[Grüße auf arabisch]

Ich fordere Sie auf, mir schnell zu schreiben und Ihrem Bruder Mahmoud, einem treuen Freund bis in den Tod, die Wahrheit zu sagen (A).

Mériem bent Abdallah (A).

«Die Abdrift» ist das vorherrschende Thema in dieser Phase, in der Isabelle Eberhardt sich in Europa gefangen fühlt. Abdrift im Sinne ihrer Herkunft: «Ich bin eine uneheliche Tochter»; sodann Drift auf einen Schwerpunkt zu, der sich auf «islamischer Erde» befindet.

«Die Abdrift»: ein und derselbe Titel für ganz unterschiedliche Texte. Es handelt sich hier um eine Anspielung auf die erste Version des Romans, der später den Arbeitstitel «Trimardeur» trug und erst nach ihrem Tod veröffentlicht werden wird.

In den auf arabisch geschriebenen Grüßen erscheint der Name Mahmoud, der bereits in «Die Abdrift» Verwendung fand, dem Text, der vom Tod ihrer Mutter inspiriert wurde, und in den «Oulémas». Mahmoud Saadi wird später der arabische Name von Isabelle Eberhardt sein.

Isabelle Eberhardt an Ali Abdul Wahab

[Genf, Anfang März 1898]

Mein Herz freute sich darüber, Nachricht von Ihnen zu erhalten und zu erfahren, daß mein Bruder in Tunis angekommen ist und es ihm gutgeht. Ich hoffe, daß ich meine Schwester Aïcha bald sehen werde (A).

Ich habe durch Vermittlung meines Vaters, des guten Scheichs, einen sehr liebenswürdigen Brief vom großen arabischen Dichter Mohammed Abd-el-Fetteh erhalten... Ich bin über seine Freundlichkeit und die guten Ratschläge, die er mir erteilt, entzückt.

In kürze werde ich meine ganzen Bücher nach Tunis schicken (d. h. es wird El Khoudja sein, der sie abschickt, da sie in Bône zurückgeblieben sind). Es sind diejenigen von Augustin und mir: sie stehen Ihnen selbstverständlich ganz zur Verfügung. *Kann ich sie an Sie adressieren?* Sie baten mich, Ihnen in aller Offenheit zu sagen, was «mir der Nachfahre der spanischen

Mauren schrieb». Also, das ist einfach: *er lügt viel* (A) – wie immer.

Nach unserer kühlen Trennung am 4. 12. an Bord beginnt er mir zu schreiben, daß er *wegen mir weint* (A), etc.

Aber das alles ist Vergangenheit. Was gestorben ist, ist tot.

Ich umarme Sie und Aïcha von ganzem Herzen.

N. B. Sagen Sie mir, wo man Ahmed bis zu meiner Ankunft hinstecken könnte?

Ihre Schwester

N. Podolinsky.

Einige Briefe von Khoudja sind in Genf angekommen, der letzte berichtet von der Durchreise Augustins nach Annaba: «...auf dem Weg nach Tunis sind wir auf den Friedhof gegangen, um das Grab Eurer Mutter zu besuchen, außerdem haben wir einen Spaziergang in der Stadt gemacht... Er ist Ihr Doppelgänger...», schreibt er auf französisch an Isabelle Eberhardt.

Isabelle Eberhardt an Ali Abdul Wahab

[Genf, 17. März 1898]

[Grüße auf arabisch]
Mein geliebter Bruder (A),
Sie müssen von Augustin erfahren haben, was nach seinem *ersten Brief* aus Tunis geschehen ist. Ich bin überzeugt, daß Sie mir meine kleine List verzeihen, da davon unsere ganze Zukunft abhängt.

Die Dinge laufen jetzt viel besser, und der glückliche Tag des Wiedersehens nähert sich zusehends.

Ich bitte Sie nur, meinen Vormund in der ruhigen Gewißheit zu belassen, daß Augustin sich weit von Tunis, bei einem Verwandten von Sidi Okba aufhält. Mein Vormund und mein ältester Bruder werden *nicht jetzt* kommen, auch nicht in nächster Zukunft.

Um meine Ankunft zu beschleunigen, *bitte ich Sie* (A), mir schriftlich zu bestätigen, daß ich aus zwei Gründen vor dem neuen Jahr dort sein muß.

1. Das Mieten des Hauses (was der Wahrheit entspricht).

2. Um in die Medersa einzutreten.

Ich habe meinem Vormund erzählt, daß der arabische Jahresanfang ungefähr auf Mitte Mai fällt, nicht viel später.

Ich bin sicher, daß er bis dahin meine Angelegenheiten in Ordnung bringen und mich mit dem notwendigen Geld ausstatten wird.

Beantworten Sie in einem *persönlichen Brief* alles, was Sie auf diesem Blatt finden. Schildern Sie mir vor allem *mit der größten Aufrichtigkeit* die ersten Eindrücke, *die Aug. bei Ihnen hinterlassen hat.* Verheimlichen Sie mir nichts, da dies verhängnisvoll für uns werden könnte.

Sagen Sie mir in einem *offiziellen* Brief, ob ich mich in Tunis mit einer beglaubigten, französischen Geburtsurkunde aufhalten kann. (Loben Sie aber bitte den tunesischen Liberalismus nicht zu überschwenglich, denn sonst wird mein ältester Bruder mit mir zusammen erscheinen, und dieser Kerl wird uns allen das Leben vergiften.)

Und jetzt, da Sie es mögen, daß ich in aller Offenheit zu Ihnen spreche, die Wahrheit: Ich habe noch keinen Sou meines Erbes erhalten, deswegen bin ich noch hier. Wenn Sie mir allerdings in einem offiziellen Brief schreiben möchten, daß ich sofort nach meiner Ankunft, falls ich nicht zu lange zögere, mehrere gutbezahlte Unterrichtsstunden in anständigen islamischen Familien geben könnte (Französisch- und Arabischunterricht), wird mich der Vormund reisen lassen und großzügig unterstützen.

Seien Sie so gut – da Sie es nun einmal sind, *mein Liebling* (A).

Was das kleine *Kind* (A) Ahmed anbelangt, sagen Sie mir, ob man es bei Arabern unterbringen kann (ich werde ihn später zu mir nehmen).

Der Vormund darf also folgendes nicht erfahren:

1. Daß ich Ahmed zu mir nehmen werde.
2. Daß sich Augustin zur Zeit in Tunis aufhält.

Beigefügt ein zweiter Brief des Scheichs *Mohammed Abd-el-Fetteh* (A). Es sind Wörter darin, die ich nicht verstehe, da er in ägyptischer Schrift gehalten ist. *Ich bitte Sie* (A), mir eine Übersetzung anzufertigen, *bei Gott* (A).

Ich benutze die langen Tage meines Exils, um an *Die Abdrift* weiterzuschreiben, die ich bald abgeschlossen haben werde.

Gleich nach der Publikation werde ich in der Lage sein, meine *materielle* Schuld bei Ihnen zu begleichen. Die *moralische* werde ich an dem Tag abgelten, an dem sich die Gelegenheit ergeben wird...

Schreiben Sie mir, *mein Bruder* (A), Sie wissen, daß ich mich in der Wüste befinde und daß Ihre und Aïchas Briefe labendes Manna für mich sind. (Meine Brüder wurden von dem blöden *El Khoudja* (A) hierher geschickt.)

Ali (A), ich liebe Sie von ganzem Herzen und wäre gern sobald wie möglich bei Ihnen, um die Bitternis meiner Seele in Ihr Freundesherz zu gießen.

Umarmen Sie Aïcha und Augustin.

N. Podolinsky.

Sagen Sie Aug. noch einmal, daß er niemals vergessen darf, sein eigener Meister und unerbittlich strenger Richter zu sein, und daß nur ein Leben voller Entbehrungen und Einfachheit seine Seele von früherem Makel reinigen kann. Dies von seiten unseres Vormundes wie auch von mir.

Was meinen ältesten Bruder betrifft, folgendes:

Kann man in der Nähe der Stadt, in einer vollkommen sicheren Gegend, ein bereits urbar gemachtes Stück Land (ungefähr ein Hektar) finden, vergleichbar der Erde, die man in Algerien *Weinboden* nennt, auf einer erhöhten Stelle, ohne jede natürliche Feuchtigkeit oder sogar jegliche Stagnation von Regenwasser?

Notwendig ist, daß es dort gutes Trinkwasser aus einer Quelle gibt oder die Möglichkeit, Wasser aus der Stadt ohne allzu hohe Kosten hinzuleiten.

Was wäre der Preis eines solchen Grundstückes, wenn man es kaufen oder mieten würde?

Wieviel würde der Bau eines kleinen Hauses im arabischen Stil kosten?

Kann man einen verläßlichen Hausmeister finden, der dort mit meinem Bruder wohnen würde?

Kann man sich seine Existenz materiell durch das Züchten von Blumen und anderen Zierpflanzen absichern, was das Fachgebiet meines Bruders ist?

Beschreiben Sie mir ausführlich unser zukünftiges Haus. Ist es gut gebaut?

Werde ich, und *unter welchen* Bedingungen, am Abend vom Talebunterricht Aïchas profitieren?

Kann ich mich in Tunis mit meiner französisch geschriebenen und beglaubigten Geburtsurkunde aufhalten?

Wurde Ihr Artikel veröffentlicht? Falls ja, schicken Sie mir ihn. Beschaffen Sie sich sofort die Märznummer 98 von *Athénée*, 17 rue des *Martyrs*, Paris, und lesen Sie von N. Podolinsky: *Gestalten in Afrika* und den Brief *an die Redaktion, Zola betreffend.* Ihre Meinung dazu, bitte. Derjenige, dem ich die «Gestalten in Afrika» gewidmet habe, der selige Kaid Bou-Ramadane, war ein weiser und vornehmer Mann. Er starb *in Annaba* (A), einen Monat vor Mama.

Ich bitte Sie, *im Namen der geliebten Aïcha* (A), so zu handeln, wie ich es Ihnen sagte.

P. S. Sie werden eine Postkarte von meinem Vormund erhalten. Antworten Sie ihm.

Mériem (A).

Projekte und deren Verwerfung müssen sich in der Villa Neuve ablösen, und unaufhörlich werden die Dienste von Ali dazu in Anspruch genommen. Die Hilfsgesuche variieren, je nachdem, wie man sich die Abreise vorstellt, mit oder ohne Trophimowsky und Wladimir.

Am 17. März schreibt Alexandre Trophimowsky im Hinblick auf seine bevorstehende Ankunft in Tunis eine Postkarte an Ali Abdul Wahab. Im Gegensatz zu Isabelle Eberhardts Befürchtungen stellt er keine lästige Frage:

«Sehr geschätzter Herr.

Die Umstände der letzten Zeit, die Sie auf den Lebensweg der Mitglieder einer Familie führten, von der sie sicherlich entdeckt haben, daß sie unter den Zeichen des geheimnisvollen Wirkens jener Macht steht, die man Schicksal nennt, gebieten mir, da sich diese Leute auf Ihrem Boden versammeln dürften, vertrauliche Beziehungen zu Ihnen aufzunehmen. Bis zu meiner Ankunft dort muß ich meine Studien mit ihnen fortsetzen, als logische Folge der sehr gründlichen Studien, die ich mit ihrer Mutter betrieb, die eine poetische Natur hatte und nicht von dieser Welt war. Aber wir beide, Sie und ich, sind Männer, die sich an entgegengesetzten Polen des Lebens befinden; ich muß Ihnen also ein dazwischen liegendes Gelände für unsere Unterhaltung vorschlagen.

In Parenthese: Ich bekenne mich – dank der Wissenschaft – zu keiner Religion. Ich erlaube mir, Ihnen folgenden Lektürevorschlag zu machen: *Die Konflikte zwischen der Wissenschaft und der Religion,* von J. W. Droper, Paris, Félix Alcan éditeur, 103 boulevard Saint-Germain, sechs Francs, 9. Auflage, 1893. Dieses Buch wird für uns das dazwischen liegende Gelände sein.

Seien Sie mit den Ihren glücklich.

A. T.

Ali wird erst einen Monat später darauf antworten. Nach einer liebenswürdigen Abschweifung über die Verdienste der Wissenschaft und der Religion zeichnet er ein idyllisches Porträt von Augustin, den er vertraulich bei seinem Kosenamen Tino nennt:

«Der Augenblick ist gekommen, um Ihnen von Tino zu berichten. Der Grund, warum ich so lange gezögert habe, Ihnen etwas über ihn zu schreiben, liegt darin, daß ich ihn zunächst sorgfältig beobachten wollte. Hier nun, was ich mit bestem Gewissen über ihn sagen kann.

Ich habe festgestellt, daß er wirklich mit seiner Vergangenheit, die ihm die fürchterlichsten Erinnerungen bescherte, gebrochen hat und daß er sich von alkoholischen Getränken jeglicher Art losgesagt hat – ein Vorsatz, den er strikt einhält.

Er ist sehr zurückhaltend, aber sehr liebenswürdig, und erweist alten Menschen gegenüber allen Respekt.

Seine Zeit widmet er gänzlich der Arbeit und dem Studium. Sein Benehmen macht den besten Eindruck auf alle Personen unserer Umgebung, und er genießt die volle Billigung meines Vaters.

Er macht keine unnötigen Ausgaben und hat nicht die geringsten Schulden. Kurz, er ähnelt in keiner Weise mehr der Person, die er früher einmal war, und ich kann Ihnen versichern, daß es ihm bei soviel Standhaftigkeit und ernstem Willen unbestreitbar gelingen wird, ein ehrliches und arbeitsreiches Leben zu führen.

Ich kenne die harten Umstände und die verwickelten Angelegenheiten, die Sie zur Zeit belasten.

Ich bin überzeugt, daß es Tinos strikte Pflicht ist, Sie aufzusuchen, um Ihnen mit ganzen Kräften zu helfen, die Abwicklung der Angelegenheiten zu beschleunigen. Er muß bei Ihnen sein, der Sie allein sind, er muß Ihnen Trost zusprechen, es ist der einzige Weg, den Tag näherrücken zu lassen, an dem Sie endlich hier ankommen können. Und ich kann Ihnen versichern, daß Tino diese Aufgabe gewissenhaft erfüllen wird.

Ich schließe mit den aufrichtigsten Wünschen für Ihre Gesundheit, Ihr Glück und Ihre baldige Ankunft.

A. Abdul Wahab.

Isabelle Eberhardt an Ali Abdul Wahab [auf arabisch]

[Genf, 28. März 1898]

Dank sei Gott gesagt, dem Bezwinger beider Welten, dem wahren Gott. Auf daß der Friede sich über unserem Propheten Mohammed ausbreitet. An meinen inniggeliebten Ali, meinen treuen Freund. Auf daß Gott Sie hier und im Jenseits mit Jubel erfülle. Auf daß der Friede, die Barmherzigkeit und der Segen Gottes mit Ihnen sei.

Unter hohem Fieber leidend, konnte ich Ihnen diese paar Zeilen nur unter größter Anstrengung schreiben. Gestern habe ich den ganzen Tag geschlafen, heute halte ich mich kaum auf den Füßen. Mein lieber Bruder, in der letzten Zeit habe ich die Misere meines Lebens und meine Einsamkeit in dieser Welt begriffen und stelle überrascht fest, daß ich wie meine zarte Mutter bin. Für mich sind Sie, mein sanfter Bruder, meine einzige wahre Familie. Ich hoffe, Sie bald zu sehen, falls Gott es möchte, und daß wir für immer zusammenbleiben werden.

Ich bitte Sie inständig, unserem Bruder zu sagen, daß er den Mut nicht verlieren darf. Wenn er es wünscht, werde ich ihm ein passendes Haus finden, und es wird mich freuen, ihm diesen Dienst zu erweisen. Sagen Sie ihm, daß ich versuche, das notwendige Geld zusammenzubekommen, um das Haus zu möblieren. Im Augenblick ist es mir unmöglich, Ihnen Geld zu schikken, denn ich selbst bin ohne den geringsten Sou und gehe so weit, mir Geld ohne irgendwelche Rückzahlungsgarantien zu leihen.

Beigefügt finden Sie einen kurzen Text, den ich Ihnen aus dem Russischen übersetzt habe und der meinen Geisteszustand vollkommen wiedergibt. Antworten Sie mir so schnell wie möglich, mein lieber Bruder, und sagen Sie unserer Schwester Aïcha, daß ich sehr krank bin und ihr in der letzten Zeit nicht schreiben konnte.

DIE SCHMIEDE

Schlagkraft so machtvoll, daß sie Stein zertrümmern könnte
Schlagkraft härter als ein Fußtritt
Aus den Spalten sprühen glühende Funken
deren blendender Schein
das Auge nicht erträgt.
Schlage mit Kraft meine Brust
Oh Schmerz gefangen in meiner vergrabenen Trauer
Du, der mich versteinerst und mich mit loderndem Feuer
verzehrst.

Ihre treue

Mériem bent Abdallah.

Telegramm von Isabelle Eberhardt an Ali Abdul Wahab

Genf, den 14. April 1898

Selbstmord von Wladimir gestern unterrichten Sie Augustin Kommen unnötig kein Telegramm.

Podolinsky.

Isabelle Eberhardt an Ali Abdul Wahab

[Genf, 22. April 1898]

[Grüße auf arabisch]

Mein lieber Freund,

ich bemühe mich, Ihnen schnell zu antworten, auch im Namen meines Vormunds, der vom Tod meines unglücklichen Bruders, *auf daß ihn Gott im Paradies glücklich mache* (A), noch sehr niedergeschlagen und außerdem mit Geschäften überbelastet ist.

Er hat Ihren guten Brief erhalten und bedankt sich aufrichtig. Was Sie ihm über Augustin sagen, macht ihn sehr glücklich.

Er verspricht Ihnen zu schreiben, sobald es ihm möglich sein wird.

Was das Herkommen von Augustin angeht, so ist *nicht einmal daran zu denken. Er muß dort bleiben, wo er ist, und weiter arbeiten und darf unter keinem Vorwand seinen Platz und das Land verlassen.* Die Gründe dafür sind folgende:

1. Ich glaube, daß es für *mich selbst* nicht länger möglich ist hierzubleiben, da ich Opfer von Verfolgungen bin, die den armen Volodia getötet haben. Je nachdem, was ich in zehn Tagen erfahren werde, werde ich vielleicht in zwei oder drei Wochen auf dem Weg sein, um Sie alle wiederzusehen und *nie* mehr zu verlassen, *Inch 'Allah* (A).

2. Unter unseren gegenwärtigen Lebensbedingungen *könnte sich Aug. hier keine vierundzwanzig Stunden aufhalten. Seine Gegenwart würde nicht eine Sekunde toleriert werden, denn man will uns hier nicht mehr haben,* damit Alexandre niemanden aus der Familie hat, der den Schurken [?] verfolgt.

3. Aufenthalt in Frankreich zu nehmen und hierher zu *kommen* ist nichts als eine *Kinderei.*

Schlußfolgerung: seine Gegenwart hier ist nicht nur überflüssig, sie wäre sogar für alle Geschäfte schädlich, und vor allem für ihn selbst.

4. A. [Trophimowsky] ist keinesfalls geschlagen, geschwächt und kraftlos: er ist im Gegenteil sehr beherzt, sehr entschlossen und zum Kampf bereit.

Wir befinden uns in diesem Kampf in einer entscheidenden Phase und hoffen siegreich daraus hervorzugehen, da wir plötzlich und unerwartet Dokumente, welche die Ermordung des armen Volodia beweisen, erhielten.

Mein Vormund benötigt seine ganze Zeit, seine ganze innere Ruhe, um diese Angelegenheit zu einem guten Ende zu führen.

Eben deswegen wird meine Abreise, falls ich aufbrechen muß, keineswegs eine *Desertion* sein: Ich gebe ihm im Gegenteil die Arme zum Handeln frei. Es wird hier für ihn, ohne mich, keine Gefahr bestehen.

Erinnern Sie Aug. auch daran, daß unser ganzes Unglück daher rührt, daß wir nie auf die Ratschläge von A. gehört haben. *Falls wir unser Leben retten und seine alten Tage aufheitern wollen,* ist es jetzt an der Zeit, uns strikt an seine Anweisungen zu halten und nicht eigenmächtig zu handeln.

Also kein *Ausreißen* und *plötzliche Ideen*. Sprechen wir von mir. Wie ich Ihnen bereits gesagt habe, werde ich in ungefähr zwei oder drei Wochen auf dem Weg nach Tunis sein. Es ist deshalb notwendig, an meine Unterbringung zu denken. Sagen Sie mir also, ob Sie mir ein Zimmer in Ihrer Nähe und Pension in einer anständigen, ehrlichen und sehr islamischen Familie finden können oder wenn möglich bei Verwandten von Ihnen, *und zwar wegen Alexandre, denn ich habe ihm gesagt, Aïcha könnte mich bei einem Ihrer Verwandten unterbringen. Ich bitte Sie, mir auf arabisch zu schreiben, damit er nicht erfährt, daß ich bei unserem Bruder wohne* (A)…

Sagen Sie Aug., daß er A. *ausführlich* über seine Situation schreibt und ob er davon ausgeht, lange dort zu bleiben.

Sagen Sie Aïcha, daß ich sie aus ganzem Herzen umarme. Grüßen Sie Sidi Salah [Alis Vater] mit meinem ganzen Respekt, und drücken Sie die Hand Ihres kleinen Bruders, Si Hassen, dessen reizendes kleines Gesicht mir in der Erinnerung geblieben ist.

Antworten Sie mir bitte *unverzüglich*.

Falls möglich, schreiben Sie die Briefe auf arabisch. Grüße an Aïcha (A).

Mériem (A)

«Mein Kakteensammler ist tot…» schreibt Trophimowsky in einem kurzen Brief über den Selbstmord von Wladimir, dem vorletzten Sohn von Nathalie de Moerder und dem General. Ein kurzer Nachruf auf einen schlichten Geist. Auch Isabelle Eberhardt verweilt weder in dem «offiziellen» Brief, den wir gerade gelesen haben, noch in dem folgenden «vertraulichen» vom selben Tag länger bei dem Tod ihres Bruders.

Dieser Tod wurde durch die «Verfolgungen» von Nicolas, dem desertierten Legionär, ausgelöst. Im Verlauf einer Vernehmung im russischen Konsulat in Genf hatte er seinen Bruder glauben gemacht, dieser müsse nach Rußland zurück. Verängstigt gab sich Wladimir den Tod. Man fand ihn mit dem Kopf im Backofen des Gasherds.

Isabelle Eberhardt an Ali Abdul Wahab

[Genf, 22. April 1898]

Mein lieber Freund,
der Vormund hat Ihren Brief erhalten und ist sehr zufrieden damit. In dem offiziellen Brief, den ich Ihnen noch heute schicken werde, lege ich Ihnen die *wirklichen* Gründe dar, warum Augustin auf gar keinen Fall hierher kommen darf.

Ich hoffe, bald einzutreffen und Augustin bei mir aufnehmen zu können. Wir werden über genügend Mittel verfügen, um zu leben. Was den Plan von *Sidi Rachid* anbelangt, bitte ich Sie, ihn mir *ausführlich* und *klar* zu erläutern. Wir könnten uns jederzeit die notwendige Summe in Paris leihen, da wir über ausreichende Garantien der Kreditwürdigkeit verfügen.

Übrigens könnten wir, er wie ich, uns darin versuchen, literarisch zu arbeiten, und auf diese Weise – wie so viele andere – unseren Unterhalt verdienen, zusätzlich zu dem, was der Vormund mir geben wird – ungefähr 1000 frs im Jahr, oder ein bißchen mehr.

Sagen Sie nicht, daß ich etwas Schlechtes tue, indem ich abreise:

Mein Vormund ist außergewöhnlich tapfer, stark und entschlossen; er wird mit einer widerstandsfähigen, unerschrockenen, tatkräftigen und ihm ganz ergebenen Frau zurückbleiben – sie hat es uns in unserem letzten Unglück gezeigt.

Heute werde ich *ungefähr wissen*, woran ich bin. Man stellt mir eine Falle: Entweder kehre ich nach Rußland zurück und reihe mich in die Klasse der engstirnigen Kleinbürger ein, oder ich erhalte keinen Paß. Ich muß also nach *Rußland* zurückkehren... und *dort jämmerlich zugrunde gehen*, angesichts der Schreckensherrschaft dort und meiner Feinde.

Sofern ich mich also nicht *durch einen Bevollmächtigten* registrieren lassen kann, verlasse ich Genf, wo mir die Ausweisung droht, und komme. Das werde ich in spätestens zehn Tagen wissen.

In *jedem Falle* werde ich Ihnen telegraphieren, sobald meine Abreise feststeht.

Falls ich aufbreche: *Komme.* Wenn ich nicht fahre: *Bleibe.*

Im Falle, daß ich nicht komme, habe ich noch Geld, um für 2 Monate die Miete von Augustin zu bezahlen.

Bis in zwei Monaten werden wir mehr über das Testament wissen, weil wir einen *Advokaten in Petersburg* haben... Der Feind wird zweifelsohne in kürze wegen *Fälschung* und *Betrügerei* ins Kittchen wandern.

Bis in zwei Monaten werden wir uns 500–600 frs für das landwirtschaftliche Unternehmen geliehen haben. Doch selbst wenn mein Bruder sein Erbe erhält – ihm würde keine größere Summe auf einmal zur Verfügung stehen, denn er würde nur 1702 frs im Jahr bekommen, mit Wertminderung.

Könnte er nicht etwas als *Journalist* verdienen, er, der so gut schreibt und geistreich ist, der Geschmack und eine umfangreiche Bildung besitzt?

Ich hoffe, Sie *vor dem Neuen Jahr* (A) wieder zu sehen und

Ihnen alles zu sagen, was mich – in der Stille – seit letzten Oktober quält.

Haben Sie Dank
Von Ihrer armen kleinen Schwester (A)

[Ohne Unterschrift]

Isabelle Eberhardt an Ali Abdul Wahab

[Genf, 23. April 1898]

Dank sei dem einzigen Gott gesagt (A).
Mein geliebter Bruder,
ich habe heute morgen einen Brief von Augustin erhalten, ein Brief, der mich in unbeschreibliche Verzweiflung und Mutlosigkeit gestoßen hat. Was muß ich tun, mein Gott?! Ich weiß nicht mehr, wo mir der Kopf steht, jetzt wo es den Anschein hat, daß auch Sie mich im Stich lassen – Sie, dem ich blind und absolut Vertrauen schenkte?

Ich werde *versuchen*, Ihnen alles zu sagen, Ihnen alles zu erklären. Danach wird es, wie ich Ihnen in meinem letzten Brief gesagt habe, die Sache Ihres Herzens sein zu entscheiden, was Sie mit Ihrem unglücklichen kleinen Freund machen werden, dessen Schicksal, und das schwöre ich Ihnen beim heiligen Grab meiner Mutter, gänzlich in Ihren Händen liegt. Ich werde mit dem beginnen, was in Zusammenhang mit unserer vergangenen und jetzigen Situation steht, was sich auf Aug. und mich bezieht: was die *Anfänge* betrifft, verlangen Sie von Aug., Ihnen *alles* zu erzählen, *ich fordere ihn auf, das zu tun.* Daß er Ihnen *auch sagt, was für ein Mensch unser ältester Bruder Nicolas ist* und was für eine Rolle er in unseren Angelegenheiten gespielt hat. Mama hat mir, wie auch Augustin und meiner Schwester und meinem zweiten Bruder, eine jährliche *Pension* von ungefähr 1702 frs hinterlassen, eine Pension auf Lebenszeit, deren Kapital uns nicht gehört, weil es dem Staat vermacht wurde, Aug. wird Ihnen erklären warum. Nun verzögern aber Nicolas und zwei unserer Schwestern – A. wird Ihnen sagen, wer und was sie sind – mit allen ihren Kräften das Inkrafttreten des Testaments, weil sie selbst enterbt wurden. Andererseits bin ich am 17. des letzten Februars einundzwanzig Jahre alt geworden, und um meinen Anteil des Erbes zu erhalten, muß ich nach unseren Gesetzen einen *russischen Paß* besitzen. Ich habe ihn schon vor langem beantragt, aber dank Nicolas' Machenschaften antwortet man mir nicht einmal, der russische Konsul in Genf ist ein Halunke und mit Nic. verbündet. Seit dem Tod meiner Mutter, die nicht einmal genügend *Bargeld* für ihre Bestattung hinterlassen hat, lebe ich auf Kosten meines Vormunds, der das größte Original ist, welches es gibt: er hat unsere ganze Familie erzogen, begonnen bei Nicolas, und er ist geschmäht, beleidigt und in den Schmutz gezogen worden und des Mordes (!!!) von derselben Familie beschuldigt worden, deren wahrer Wohltäter er ist, denn er hat die Reste von Mamas Vermögen gerettet. Während sechzehn Jahren war er Zeuge von Augustins fortdauerndem und entsetzlich lasterhaften Lebenswandel. Ist es erstaunlich, wenn er mit einundsiebzig Jahren kein Vertrauen mehr in uns andere hat (nicht einmal in mich, denn er hält mich für eine Übergeschnappte!)? Von ihm hängt das Gelingen unserer ganzen Geschäfte in Rußland ab, und mein materielles Leben bis zu dem Zeitpunkt, an dem ich das Geld erhalte, das mir zusteht. Ohne ihn aber wird es uns nie gelingen, Klarheit in die unentwirrbaren Intrigen unserer Feinde zu bringen. Ich muß also – mittellos (für wie lange noch?), ohne einen Namen, ohne weitere Unterstützung durch den Alten – einem anderen Unglücklichen mit meinen ganzen Kräften zu Hilfe eilen, diesem Bruder, den *sie* so sehr geliebt hat. Dafür werde ich alles geben, ich werde sogar die Schande auf mich nehmen. Ich schwöre Ihnen vor Gott, daß ich *für mich* nie begonnen hätte, Sie mit diesen ganzen verfluchten Geschichten zu plagen.

Aber fragen Sie Aïcha, was eine Schwester alles für ihren Bruder hinnehmen kann – sie wird es Ihnen gewiß sagen... Als nun der erste Brief von Augustin aus Tunis kam, sagte unser Vormund, daß A. wieder damit beginnen würde, *Schulden* zu machen, und sich sogar erlauben würde, sich von Ihnen Kleidung zu leihen, und er sagte mir folgendes: «Wie du siehst, ist er der gleiche geblieben und wird es immer bleiben. Ich werde an M. Ali schreiben und ihn auffordern, diesen Mann aufzugeben, der dich nur mit dieser ausgezeichneten Familie entzweien wird, und ich werde deinem Bruder außerdem mitteilen, daß er von uns nichts mehr zu erwarten hat.» Inständiges Flehen, Erklärungen, das alles nützt nach den fürchterlichen Erfahrungen der Vergangenheit nichts mehr. *Urteilen Sie selbst darüber, da ich Ihnen gesagt habe, daß unser Vormund mir nicht erlauben wollte, die notwendigen Schritte zu unternehmen, um Augustin zu befreien! Ich benötigte zwei Monate, um ihn zu überreden.* Als weitere Reaktion auf jenen betrüblichen Brief sagte er mir außerdem: «Wie du siehst, beginnt er in Tunis wieder mit seinen Skandalen, es ist also gar nicht daran zu denken, daß du dich dort hinbegibst, weil du schwach bist und er dich in eine unerträgliche Atmosphäre hineinziehen wird. *Bleibe hier.*

Hier bleiben... A. wird Ihnen sagen, was das für mich bedeutet. Er muß es Ihnen sagen, *Ihnen* alles *sagen*.

Was die Frau betrifft, die mit mir kommen wird, sehe ich, daß Aug. die Bedeutung, die sie für mich haben wird, nicht verstanden hat: sie wird *ausschließlich meine Gesellschaftsdame* sein und sich um meine Wohnung kümmern. Ihre Vergangenheit erwies sich als hundertmal weniger fragwürdig, als es zuvor den Anschein hatte: ihr Ehemann (sie hat eine gültige Heiratsurkunde) ist tatsächlich Nicolas *Akhlebinine*, und er ist wirklich Russe. Sie ist ganz einfach eine arme Frau, die von einem gewissenlosen Mann getäuscht wurde. Es ist überhaupt nicht sie, *die zu uns kommen wollte*, es ist unser Vormund, der es ihr zuerst vorgeschlagen hat. Ihre Tochter hat sich spürbar gebessert, seit Aug. sie nicht mehr gesehen hat.

Sie wird, streng überwacht, bei ihrer Mutter bleiben, bis diese irgendeinen Ort für sie gefunden hat, möglicherweise in Algerien. Da ich bei A. wohnen werde, wie kann Ahmed, der offiziell bei *ihm* wohnen kann, aber *nicht bei mir*, meinem Ruf schaden? Mama hatte ihn *adoptiert*. Er ist sehr intelligent, folgsam und sanftmütig. Ich will ihm, gemäß dem letzten Wunsch meiner Mutter, eine Ausbildung ermöglichen, die ihm erlaubt, sein Leben ehrlich zu verdienen. Es ist mein Vormund, der für *seinen Unterhalt aufkommen wird*. Zur Zeit ist er in Bône bei *El Khoudja* (A), und er kann dort bleiben bis zu meiner – jetzt sehr schwierigen – Ankunft in Tunis. Ich sage schwierig, da sie völlig von Ihnen abhängt. Das ist alles, was meine Ankunft betrifft... Nein, nicht alles! Weder die Frau, die mir folgen wird, noch ihre Tochter ist imstande, einen Skandal zu verursachen, sie werden sich *untadelig* benehmen und übrigens keine Beziehungen zur mohammedanischen Welt haben. Was die europäische Gesellschaft anbelangt – ich *werde sie nicht frequentieren*. Falls ich nach Tunis kommen kann, werde ich in der Lage sein, Augustin zu ernähren. Im Augenblick habe ich *nichts*, nicht einmal das Geld, um meine Briefe zu frankieren und die Gebühren für die meines Bruders zu bezahlen! Vielleicht hat er die 25 frs schon erhalten, was ihm noch für einen Monat Miete genügt, bis zum 10. Mai, von welchem Zeitpunkt an ich ihn ganz sicher werde unterstützen können. Aber mein Gott, ist es denn nicht möglich, daß er bis zu meiner Ankunft wenigstens das Geld zusammenbringt, um sich zu ernähren, und sei es durch Unterrichtsstunden? Nach meiner Ankunft wird sich alles ändern, denn ich werde über eine gewisse Summe verfügen, und er wird schließlich gewiß seinen Teil des Erbes erhalten.

Das ist in ihrer ganzen Schrecklichkeit die gegenwärtige Situation: Wenn Sie uns jetzt im Stich lassen, schwöre ich Ihnen, daß Augustin ohne einen Sou auf der Straße sitzen wird, und ich kann nicht kommen. Was werde ich in Tunis machen, nachdem ich unser Erbe bekommen habe? Es wird leider viel zu spät sein!

Ich werde versuchen nach Ägypten zu gehen, oder – was viel wahrscheinlicher ist, ich kehre nach Bône zurück, wohin mich *El Khoudja* (A) ruft, der mich seit dem Tod von Mama bedrängte, in die Heirat mit ihm einzuwilligen, was ich aber abgelehnt habe, da ich auf ein besseres Schicksal mit jemandem hoffte, den ich stets unendlich viel mehr lieben würde als diesen unglücklichen Verrückten, der fähig ist, wegen eines Wortes das Universum umzustoßen, und dessen fürchterliche Eifersucht ich aus eigener Erfahrung kenne. Aber was bedeutet das schon!

Folgendes werde ich tun: Ich werde, solange ich mich hier noch aufhalte, mein möglichstes tun, um mir das Geld für Aug. Miete zu leihen, oder zumindest bis er eine Arbeit gefunden hat. Vielleicht finde ich eine kleine Summe, die für drei Monate reicht. Falls ja, werde ich sie ihm sofort schicken. Was seine Situation hinsichtlich der Familie betrifft, soll er nur schreiben, daß sein Arbeitgeber noch einige Zeit in Tunis bleibt und er mit ihm. Beigefügt ein kleiner Geldschein für Augustin. Verstehen Sie, es geht bei diesen Angelegenheiten nicht um mich, nur um Augustin, denn ich habe Mama geschworen, ihn zu unterstützen. Sagen Sie ihm, daß ich das gewissenhaft tun werde, in allem und für immer. Falls wir in diesem Kampf unterliegen müssen – und wenn Sie uns jetzt im Stich lassen, ist das unausweichlich –, dann nur, wenn ich keinerlei Möglichkeit mehr sehe, ihm Hilfe zu leisten. Aber, *mein Bruder* (A), ich denke an Sie, und je mehr ich an Sie denke, desto überzeugter bin ich, daß Sie nicht die Grausamkeit haben werden, derjenigen den Gnadenstoß zu versetzen, die Ihnen, was Sie nicht wissen können, auf ewig ihr Herz geschenkt hat... Wenn ich Sie darum gebeten habe, mir zu helfen, was Sie bereits so großzügig getan haben, dann weil ich ein grenzenloses Vertrauen in Sie hatte... Sie schrieben mir einmal: «Fordern Sie von mir, was Sie sonst nur von Augustin zu erbitten wagen, was Aïcha von mir verlangen könnte.» Dadurch sind Aug. und ich auf immer Ihre dankbaren Schuldner geworden... Seien Sie also bis zum Schluß, was Sie bisher gewesen sind! Helfen Sie uns, *im Namen Gottes und von Aïcha* (A), uns von der gräßlichen Vergangenheit restlos zu befreien und ein neues Leben zu beginnen, das dem Guten und der Arbeit geweiht ist.

Mein Liebling, gegenwärtig bin ich ein Waisenkind und habe außer Ihnen niemanden auf der Welt, der mich liebt. Lassen Sie unseren Bruder in diesem Augenblick nicht im Stich. Ich befürchte, daß er, wenn wir ihn sich selbst überlassen, eine verzweifelte Tat begeht, und ich weiß nicht, wie ich ihn davon abhalten kann (A).

Ich umarme Sie von ganzem Herzen. Diejenige, die Sie liebt, Ihre Schwester

Mériem.

Aus Hoffnungslosigkeit und damit Ali ihr das Eintreffen in Tunis erleichtert, zögert sie nicht, ihn emotional zu erpressen. Ihre Verzweiflung ist in diesem Frühjahr groß.

Doch das ist ein Charakterzug von Isabelle Eberhardt: in das tiefste Unglück zu versinken, um danach ebenso schnell wieder aufzutauchen.

Isabelle Eberhardt an Ali Abdul Wahab

[Genf, 27. April 1898]

Mein lieber Freund,
ich kann Ihnen jetzt mitteilen, daß es um unsere Angelegenheit besser steht, sehr viel besser.

Ein guter Verwalter ist bereits mit dem Verkauf des Hauses beauftragt worden.

Ich hoffe, daß ich bald kommen kann, um als notwendige Vorhut Augustin endlich, vor dem Eintreffen des Vormundes, definitiv unterzubringen.

Ich bitte Sie, mir sobald wie möglich folgendes zu sagen:

1. Haben Sie in den März- und Aprilnummern der *Athénée* «Silhouetten in Afrika» von Ihrem Freund Podolinsky gelesen? (Die Fortsetzung erscheint im Mai.)

2. Eine Bemerkung zum Brief von *Mohammed Abd-el-Fetteh* (A), der sich bei Ihnen befindet; da ich ihm sonst nicht antworten kann.

3. Glauben Sie, daß die *Revue de l'Islam* einen Roman – nicht sehr umfangreichen – über die modernen, arabisch-jüdischen Sitten Algeriens veröffentlichen würde?

Das ist sehr wichtig, da es sich um eine der besten Sachen handelt, die ich geschrieben habe, und ich brächte dieses Manuskript gern so schnell wie möglich unter.

Lieber Freund, versuchen Sie bei Ihrem Freund G. D. zu meinen Gunsten zu sprechen, damit meine arme *Rachel* (dies der Titel) ein Asyl findet. Sie können ihm sagen, daß *Rachel* ganz und gar *unparteiisch* geschrieben ist, daß es sich lediglich um einen Sittenroman handelt, der sich treu an die alltägliche algerische Wirklichkeit hält. Es ist keinesfalls eine Streitschrift, weder *pro* noch *contra* jüdische Gemeinde.

Wie geht es Augustin?

Ich bitte Sie, mir wie früher *alle Ihre Gedanken* zu schreiben.

Sie verletzen mein Herz bitterlich, indem Sie das nicht mehr tun.

Tausend Küsse für die geliebte Aïcha.

Ich umarme Sie und unseren Bruder aus ganzem Herzen.

Ihr N. P.

«Rachel», die später zu «Rakhil» werden wird, ist ein von Isabelle Eberhardt wiederholt aufgenommenes Romanfragment, das sie schließlich 1900 mit folgendem Kommentar aufgab: «... ein unsägliches Agglomerat schlecht geschriebener Polizeidokumente.» (Als Kuriosität wurden die Texte 1990 veröffentlicht und von Danièle Masse kommentiert. Davon wird nur eine Erzählung übrigbleiben: «Der Zauberer» (*Sandmeere* II).

Vier Tage nur trennen diesen Brief vom vorhergegangenen, und die Stimmung ist völlig verändert. Unbegreiflich, wenn man nicht wüßte, daß sich eine Liebesbeziehung zwischen Isabelle Eberhardt und Ahmed Rechid (oder Rechid Bey) anbahnt. Diese Beziehung wird Folgen für den Briefwechsel mit Ali haben, der allmählich sporadischer wird.

Isabelle Eberhardt an Ali Abdul Wahab

[Genf, Anfang Mai 1898]

[Grüße auf arabisch]
Mein geliebter Bruder, mein auf ewig Geliebter, mein lieber Ali (A),
Aug. hat mir kürzlich einen Brief geschrieben, der mich fürchterlich quälte. Er sagte mir, daß Sie in Schwachheit und Hoffnungslosigkeit versunken sind, daß Sie sogar außerstande sind, zu lesen und zu schreiben, daß Sie alles ermüdet und langweilt.

Mein Gott, Sie, der mich tröstete, indem er mir vom Islam als beste Arznei gegen alles Leiden der Seele sprach, Sie verlieren also diesen heilsamen Balsam? Seien Sie versichert, daß alle meine Gedanken, meine ganze zärtliche Liebe *auf ewig* (A) bei Ihnen sind und daß ich nie vergessen könnte, daß Sie für den unbegreiflichen Podolinsky und für den anderen «komischen Kauz», Aug., der sanfteste aller Brüder sind.

Aug. wird Ihnen mitteilen, daß ich mich in kürze mit einem Türken verheirate, einem charmanten Wesen, sehr befähigt, meine Gefühle zu teilen. Damit haben alle Ungereimtheiten, die Sie kennen, ein Ende. Sobald Si Ahmed – mein Gatte – Urlaub erhält, werden wir nach Tunis kommen – oder dorthin, wo Sie dann sein werden –, um Sie zu treffen. Sie ahnen gewiß nicht, welch eine Freude das für mich sein wird und wieviel ich Ihnen zu erzählen habe... Ich umarme Sie von ganzem Herzen und bitte Gott, Sie zu stärken und zu segnen, o liebstes aller Lebewesen!

Umarmen Sie meine kleine Schwester Aïcha. Warum vergißt sie mich?

Mériem bent Abdallah (A)

Der Umzug nach Tunis ist kein Thema mehr, statt dessen überraschende Heiratspläne, kaum zehn Tage nach der ersten Erwähnung einer Begegnung mit Rechid Bey! Dieser «Junge Türke»* steht im Dienst des Sultans und wartet auf seine Ernennung zum Botschaftssekretär in Genf oder Paris, wohin Isabelle Eberhardt ihm zu folgen beabsichtigt. Auch Madrid ist im Gespräch.

Sie verweist Ali aufs neue – ganz unbewußt schuldig – in die Rolle des beharrlichen Verehrers zurück.

* Jung-Türken: «Fortschrittliche» Oppositionsbewegung im Osmanischen Reich.

Isabelle Eberhardt an Ali Abdul Wahab

[Genf, 23. Mai 1898]

Mein geliebter Bruder,
ich beginne mich zu fragen, zwar nicht mehr mit der *großen Betrübnis*, die mich seit bald *drei Monaten* ganz und gar beherrscht, aber mit echter Beklommenheit, was der Grund Ihres Schweigens ist. Sind Sie verärgert über mich? Sollten Sie einen Grund dafür haben?

Ich muß Ihnen gewiß fürchterliche Schwierigkeiten bereitet haben, Ihnen, die Sie deren schon genug hatten. Aber sagen Sie mir, habe ich sie verursacht?

Die Sehnsucht nach Afrika, das sehnsüchtige Verlangen nach dem Islam, nagt ständig an mir.

Die bemerkenswerte Unentschlossenheit des Vormunds verzögert meine Abreise so quälend. Die Geschäfte hingegen gehen sehr viel besser, und der Abwicklung des Testaments scheint nichts mehr im Wege zu stehen.

Ich verfüge noch über genügend Geld, um Augustin für ungefähr drei Monate etwas großzügiger zu unterstützen. Ich bitte Sie also, ihn mit Nachdruck (ich ersehe aus seinen Briefen, daß Sie *Einfluß auf ihn haben*) dazu zu bewegen, diese Stelle in einer Apotheke anzunehmen und *vor allem, daß er schreibt*. Ermutigen Sie ihn, diesen Artikel über Korsika zu beenden, den er mir versprochen hat und den mein Freund Rechid Bey sich bemühen wird, vorteilhaft in Paris unterzubringen. Dort liegt Augustins Zukunft. Seien Sie ein guter Engel, *geliebter Ali* (A).

Hat Sidi Salah meinen Brief erhalten? Ich fand, es sei meine Pflicht, auch ihm die Dankbarkeit, die wir ihm schulden, zu bezeugen.

Hat Ihnen Aug. die Gliederung meines Buches «Die Abdrift» gezeigt, die ich ihm geschickt habe? Ich flehe Sie an, mir *Ihre Meinung darüber zu sagen, die für mich unendlich wertvoll sein wird.*

Ich habe Augustin das Geschichtsbuch geschickt, das er von mir verlangt hat; was die Aufzeichnungen über die Sklaverei angeht, werde ich sie Ihnen abgeschrieben auf Verlangen zukommen lassen, da ich nicht die Möglichkeit habe, Ihnen die umfangreichen russischen Dokumente zu schicken.

Haben Sie in der *Athénée* «Silhouetten aus Afrika» gelesen?

Ich beende diesen Brief mit der inständigen Bitte, im Namen von allem, was Sie lieben, wieder *Vertrauen in mich zu haben* (denn dieses Vertrauen, das mir eine Freude war, haben Sie verloren) und mir zu schreiben.

Geben Sie mir diesen Gunstbeweis, um den ich Sie bitte; mir, die Sie aus *tiefstem Herzen und für das Leben* liebt.

Für Sie das Gute aus meinem Herzen, die Reinheit meiner Seele und den Frieden von Ihrer «ausländischen» Schwester (A).

Mériem bent Abdallah (A).

Da Ali kaum noch schreibt, erreichen sie die Neuigkeiten aus Tunis über Augustin. Von dem, was er seiner Schwester mitteilt, hat sich nur dieser sehr kurze Auszug erhalten, der von Victor Barrucand, Isabelle Eberhardts Freund und erster Verleger, im Vorwort zu *Trimardeur* (Fasquelle, 1922) zitiert wird: «Du wirst reisen, Du wirst rasch skizzieren, was zwischen den Menschen vorgeht, die Wortwechsel, die Beschreibung der Gegenstände, und ich werde dem Ganzen die dem französischen Leser genehme Form geben. ‹Silhouetten aus Afrika› können wir ebensogut in russischen Zeitschriften unterbringen.»

Augustin hatte das Zeug zu einem guten literarischen Berater. Barrucand erwähnt, daß er für seine Schwester Exzerpte abschreibt und Zola, Loti und vor allem Dostojewski schätzt. «Die Literatur, sagt Augustin, ist von allen Berufen derjenige, der das geringste Startkapital erfordert.» (!)

Isabelle Eberhardt an Ali Abdul Wahab

[Genf, 29. Juli 1898]

[Grüße auf arabisch]
Mein geliebter Bruder, (A)
der Tod meines ältesten Bruders und die unentwirrbaren Komplikationen bei der Abwicklung des Testaments haben mich in Genf zurückgehalten.

Wir wissen jetzt, daß Si Iskander [Trophimowsky] die Angelegenheiten allein weiter verfolgen kann und mich nicht mehr benötigt.

Seien Sie also versichert, daß ich mit dem Schiff, welches demjenigen folgt, das Ihnen diesen Brief bringen wird, nach Tunis kommen werde. Ich werde Ihnen von Marseille den Tag meiner Abreise telegraphieren, und ich bitte Sie oder Aug., mich in La Goulette abzuholen.

Nehmen Sie zur Kenntnis, daß ich mich gezwungen fühle,

noch ein wenig Geduld zu haben, bevor ich Ahmed Rechid Bey heirate. Er ist in ein fernes Land gereist. In nicht allzu langer Zeit wird er sich in Tunis niederlassen. Wir werden heiraten, und ich werde restlos zufrieden leben. Der Friede sei mit Ihnen. Ihre Schwester (A)

Mériem bent Abdallah (A).

Die Episode mit Rechid Bey ist so gut wie abgeschlossen, Isabelle Eberhardt wird nicht zur Ehefrau eines zweiten Botschaftssekretärs. Die Ereignisse, die sich zwischen Juni und Juli überstürzen, lassen ihr immerhin die Zeit zu verstehen, daß ihr diese Rolle nicht liegt. Am 16. Juni informiert sie Rechid Bey über seine Berufung, nicht nach Madrid, sondern nach Den Haag. Am 22. Juni erklärt er offiziell in einem Brief an Trophimowsky seine Heiratsabsichten.

Ende Juli verbringt Rechid Bey einige Tage in Genf. Isabelle Eberhardt gibt vor, unter heimlicher Überwachung zu stehen, und erscheint zu keiner Verabredung. Rechid Bey reist verzweifelt ab...

Von Trophimowsky beauftragt, Nachforschungen über den Bewerber anzustellen, kann ihn Abou Naddara nicht genug loben... Aber als er vom Bruch zwischen Isabelle Eberhardt und dem «Jung-Türken» erfährt, schreibt ihr der Scheich auf arabisch: «Ich gebe Dir den Rat, meine Tochter, Deinen Verlobten Rechid Bey aus Deinem Gedächtnis zu löschen und Deinem Herrn zu danken, daß Du nicht seine Ehefrau geworden bist. Der Gott beider Welten wird seinen barmherzigen Blick auf Dich werfen und Dir einen besseren jungen Mann als ihn bestimmen...»

Isabelle Eberhardt an Ali Abdul Wahab

[Genf, 4. August 1898]

Mein lieber Bruder,
ungeachtet Ihres langen Schweigens glaube ich, daß Sie mich nicht ganz vergessen haben… Ich schreibe Ihnen in einer Stunde größter Bitterkeit, denn ich weiß nicht, wem ich von meinem Leid erzählen kann. Auch mein unglücklicher Freund Ahmed R. ist in einer so unlösbaren wie grausamen Lage. Seine Briefe sind verzweifelt geworden. Er ist zutiefst deprimiert. Besondere Umstände, kompliziert und wenig zur brieflichen Erörterung geeignet, zwingen uns, unsere Vereinigung auf unbestimmte Zeit zu verschieben. Hier ist das Leben *unerträglich*: keine Freunde (die, welche ich hatte, sind den Sommer über verreist) und nicht einmal die Möglichkeit, unbehindert Post zu erhalten. Der Vormund wird zunehmend griesgrämiger. Es gibt keinerlei Abwechslung. Noch ein paar Monate von diesem Leben, und es bleiben nur noch zwei Auswege: der totale Verfall – der Wahnsinn – oder der Selbstmord.

Nun will ich jedoch in Tunis auf die glückliche Stunde warten, in der Ahmed und ich erneut zusammen sein werden.

Der Vormund ist einmal damit einverstanden, dann zögert er wieder.

Ich falle Ihnen also mit meinen Angelegenheiten noch einmal zur Last. Haben Sie Erbarmen mit mir, Ali! Ich fühle mich dem Niedergang so nahe, und ich weiß nicht mehr, wo mir der Kopf steht. Vielleicht hängt meine Rettung von Ihnen ab! Es würde genügen, wenn Sie meinem Vormund einen kurzen Brief schrieben und ihm darin sagten, daß Sie auf mich warten und Aïcha gern eine Gefährtin bei sich hätte…

Es geschieht mir, daß ich unter lauten Selbstgesprächen in meinem Zimmer auf und ab gehe… ein unbeschreibliches Leiden, eine endlose Agonie. Schon seit Tagen habe ich mein düsteres Gefängnis nicht mehr verlassen…

Ali, haben Sie Erbarmen mit mir!

Das Schweigen von Augustin versetzt mich in Angst.

Sollten Sie mir etwas *Vertrauliches* zu schreiben haben, so bitte ich Sie inständig, es mir gut leserlich *auf arabisch* zu schreiben.

Ich hoffe, Sie bald wiederzusehen.

Ich umarme Sie von ganzem Herzen.

«Die Abdrift» entwickelt sich kaum weiter, denn mein Geist selbst treibt dahin.

N. Podolinsky.

Ungeachtet der flehentlichen Bitten, antwortet Ali nicht. Befürchtet er, für Isabelle Eberhardts Kommen nach Tunis einstehen zu müssen? Beinahe zwei Monate lang werden keine Briefe ausgetauscht.

Isabelle Eberhardt an Ali Abdul Wahab

[Genf, den 2. Oktober 1898]

Guter, lieber Bruder,
seit sechs langen Monaten merke ich wohl, daß Sie meine Freundschaft nicht mehr wollen, was angesichts der Ärgernisse, die ich Ihnen fortwährend bereitet habe, durchaus verständlich ist.

Ich will gerne anerkennen, daß nach allem, was mit Augustin geschehen ist, sich Ihre Zuneigung zu mir auf dem Nullpunkt befindet. Aber warum es an *Mitleid* fehlen lassen, ich sage sogar, an *Gerechtigkeit*?

Ich schreibe Ihnen heute aus *zwei Gründen*: zunächst um Ihnen zu sagen, daß mein Vormund die Haushälterin entlassen hat und ich eingewilligt habe, sie für monatlich 30–35 F zu ersetzen. Ich werde folglich in der Lage sein, drei Viertel meiner Schulden bei Ihnen zu begleichen. Ich hoffe, daß Sie mir über die 25 F, die offenbleiben, einen Kredit einräumen, bis ich sie verdient habe und Ihnen schicken kann.

Sodann bitte ich Sie um folgendes: *mir zu sagen, und wenn nur mit zwei Zeilen, aber sofort,* wie es mit Augustin steht und wie sein Benehmen ist, vor allem was das Trinken angeht. Wenn Sie bei Ihrer anfänglich günstigen Einschätzung bleiben, aber AUSSCHLIESSLICH IN DIESEM FALL, werde ich mich bemühen, Aug. hierher kommen zu lassen.

Ich sage, *ausschließlich in diesem Fall*, denn bei Faulheit und Trunksucht wäre das Leben hier die Hölle, für ihn wie auch für meinen Vormund und mich.

Falls Sie Ihre Meinung geändert haben, wenn Aug. wieder begonnen hat, zu bummeln und zu trinken, dann werde ich ihm weiterhin nach Kräften helfen, dort oder in Marseille, aber nicht hier, denn seine Anwesenheit hier würde zum Unglück führen, für uns und für ihn.

Ich leide unter Magenkrämpfen und entsetzlichen Gesichts-Neuralgien. Der Vormund liegt mit einer akuten Kehlkopfentzündung im Bett. In diesem großen Landhaus bin ich *allein*, überlastet mit Arbeit, ohne mit einer einzigen lebendigen Seele sprechen zu können oder ein Wort des Trosts zu hören.

Ich wiederhole es Ihnen noch einmal, selbst wenn Aug. sich schlecht aufführt, werde ich ihn nicht aufgeben. Aber es wird zum Glück von uns allen beitragen, wenn wir die Wahrheit wissen.

Sollten Sie den Mut und die Grausamkeit besitzen, mir hierauf nicht zu antworten?

Was soll ich tun, wenn SIE, *Sie*, Ali, mein Bruder, auf den ich meine ganze Hoffnung gesetzt habe, mich im Stich lassen?!

Ich umarme Sie aus ganzem Herzen, das auf ewig Ihnen gehört.

Ihr wahrer Freund, Ihr Bruder.

N. Podolinsky.

Leider sind von der Antwort, die schließlich eintrifft, nur die beiden letzten Seiten erhalten geblieben, aus welchen hervorgeht, daß Augustin in Tunis nicht gearbeitet hat:

«Möglicherweise werfen Sie ihm sein Nichtstun vor, das für Sie unverständlich bleibt.

Wir haben – und davon können Sie überzeugt sein – alles menschenmögliche unternommen. Alles scheiterte.

Wessen Fehler? Ich bin nicht imstande, es Ihnen zu sagen, und befürchte sogar, daß niemand es kann.

Jetzt bleibt ihm als letzte Möglichkeit die von Algier... Ich meine die Arbeit als Handlanger.

Nur, könnte er das? Nein. Nicht, nachdem er der ganzen Elite einer Hauptstadt unter seinem auffälligen, adligen Namen vorgestellt wurde, nachdem er überall freundschaftlich verkehrte, nachdem er allerlei Gespräche geführt hat: über Politik, Wissenschaft etc. und damit seine Herkunft und Erziehung dokumentiert hat. Könnte er sich nach all dem erniedrigen und am Kai schwere Lasten tragen? Nein! Hinzu kommt, daß er es in Wirklichkeit gar nicht nötig hat.

Vor ein paar Tagen hat er mir Ihren Brief vorgelesen, und er scheint von der Idee, die er Ihnen schon immer vorgeschlagen hat, sehr verzaubert zu sein. Er scheint sehr geneigt zu sein, zurückzukehren und Alexandre seine Dankbarkeit durch sein Verhalten zu zeigen. Alles hängt von Ihnen ab, und sein Benehmen ist untadelig. Ich bitte Sie, meine Kürze und Reserviertheit zu entschuldigen. Seien Sie meiner brüderlichen Wünsche für Ihre schnelle und vollständige Genesung versichert.

Alles Gute für Sie

Kheireddine

Isabelle Eberhardt an Ali Abdul Wahab

[Genf, 8. November 1898]

[Komplimente auf arabisch]
Über die Ankunft unseres Bruders Samstag abend war ich sehr glücklich. Aber wie immer in unserem Haus, kam nach der Freude die Traurigkeit. Dies ist das Haus der Tränen… Alexandre hat nämlich sehr wenig Erfreuliches zum Eintreffen von Aug. gesagt. Er hat sogar sehr schlecht über ihn gesprochen!!… Aber er räumte zugleich ein, daß Augustin unter der Bedingung, daß er sich vernünftig und ehrlich verhält, bleiben kann. Die Hoffnung und die Freude sind in mein Herz zurückgekehrt, aber ich bin noch sehr krank und nicht in der Lage, besser oder ausführlicher zu schreiben. Im Namen unserer geliebten Aïcha, antworten Sie auf meine Briefe, Ihre Nachrichten sind meine einzige Freude. Ich bitte Sie zu tun, worum Augustin Sie in seinem Brief bittet. Das ist unerläßlich, und wenn möglich sehr schnell, denn Alexandre ist betagt und krank. Bitten Sie meine Schwester Aïcha, daß Sie mir so schnell wie möglich schreibt. Von unserem Bruder habe ich erfahren, daß Fatima, Ihre Nichte, sich verheiratet hat. Hoffen wir, daß sie Glück und Erfüllung findet. (A).

Ich muß meinen Brief mit der Bitte, mir so oft wie möglich zu schreiben, beenden. Geben Sie sich ein wenig Mühe, und Sie werden merken, daß dieser Briefwechsel großen Reiz für uns alle haben wird.

Ich umarme Sie von ganzem Herzen, auch im Namen von Augustin. Wir bitten Sie, unsere herzlichsten Grüße an Si Salah und Si Rachid Ben Mustapha weiterzugeben, dessen bezaubernden Brief ich versehentlich nicht beantwortet habe.

Grüße an Sie und Ihre Familie (A)

N. Podolinsky

Fünftes Kapitel

1899

Isabelle Eberhardt an Ali Abdul Wahab

Genf, 17. Januar 1899

Meine Seele (A)
Ihr Brief hat uns die allergrößte Freude bereitet. Ein lateinisches Sprichwort sagt: «Das ist ein seltener Vogel auf dieser Erde.» Man könnte dies über das schöne und gute Ereignis sagen, das man einen Brief von Ali nennt. – Ohne Ihnen einen Vorwurf machen zu wollen.

Es liegt eine gewisse Heiterkeit in diesem Brief, ein wenig von jener sehr jungen, bezaubernden Unbeschwertheit, die ich in Annaba, *Rabia el awwal 1315 der Hidschra* (A), genießen konnte und der ich noch immer nachtrauere.

Es hat mich außerdem sehr befriedigt, daß *Der Matrose* imstande war, Sie zu bezaubern – dieses wohl traurigste Buch der Welt.

Das Schicksal von Jean Berny ist leider das vieler anständiger, intelligenter und ehrlicher Leute, die das große Maul des Lebens unerbittlich verschlingt. Es gibt noch etwas Gutes und Tröstendes in dieser Welt, in der alles so entsetzlich düster ist – die Bücher.

Vielleicht wird Sie eine kleine Schilderung unseres Lebens hier interessieren.

Stellen Sie sich einen Winter im Zentrum Europas vor, neblig und bleifarben, mit strömendem Regen oder Frost, in einem weiten Tal, das nach drei Seiten – Osten, Süden und Westen – von riesigen schneebedeckten Bergen umschlossen ist.

Im Tal ein Garten mit Tannen und anderen Bäumen mit heilsamen Düften, sehr malerisch und schön, aber verlassen und von einer Trostlosigkeit, die nur noch von den herzzerreißenden Erinnerungen, die in ihm spuken, übertroffen wird.

Dort, unter der Linde, steht die Bank, wo *Mama* und ich, *(möge Gott sie in seinem Paradies überglücklich machen)* (A), die lauen Stunden der Sommernachmittage verbrachten. Weiter unten stehen die Gewächshäuser, in denen der unglückliche Wladimir seine Pflanzen züchtete...

In der weiteren Umgebung die Nachbarn, Schweizer Bauern, roh und unflätig, Trinker und Schurken.

In der Mitte des Gartens steht ein graues Haus, dessen Fensterläden geschlossen sind. Im ersten Stock hält sich der noch immer kranke Si Iskander auf; sein Zustand hat sich allerdings leicht gebessert, und es steht zu hoffen, daß er bis zum Frühjahr durchhält. Es gibt dort zwei weitere Zimmer – das von Iskander befindet sich zwischen ihnen –, in denen Aug. und ich wohnen. Unsere Nächte verbringen wir wachend, der eine am Bett des Kranken, der andere – ich – gequält von fürchterlichen Zahnschmerzen. Schon seit langem schlafen wir bekleidet, um beim geringsten Alarm bereit zu sein.

Als Begleiter in unserem Unglück haben wir einen treuen, selbstlosen Freund, ein sanftes und unschuldiges Wesen – den schwarzen Schäferhund von Mama.

Die Küche im Erdgeschoß ist unser Hauptquartier. Von dort aus schreibe ich Ihnen gerade. Stellen Sie sich Augustin und Podolinsky in Arbeiterhosen vor, in Leinenjacken und schweren Schuhen, damit beschäftigt, *alle* Arbeiten im Haus zu erledigen. Wir kochen, wir pflegen den Kranken, wir heizen die Öfen, wir putzen die Böden, wir pumpen das Wasser aus dem Keller, der bei jedem Regen überschwemmt wird, und wir kümmern uns um die Hausvögel (ihre weißen Tauben sind hier, und es geht ihnen großartig). Außerdem schreiben wir zahlreiche offizielle Briefe. Das Testament liegt endlich einem Gericht vor, und wir warten nur noch auf ein beglaubigtes Schriftstück aus Bône, damit das Testament in Kraft tritt. Augustin hat seinerseits eine Bank gefunden, die bereit ist, ihm ungefähr zehntausend Francs zu leihen.

Ich habe endlich einen russischen Paß erhalten und habe meine Verhältnisse ins reine gebracht... es wurde Zeit!

Sie sehen, daß sich unsere Situation finanziell ein wenig entspannt hat. Die Stimmung läßt allerdings noch zu wünschen übrig.

Sie begreifen sicher, daß wir dadurch, daß wir uns mit häuslichen Arbeiten beschäftigen, wertvolle Zeit, die besten Tage unserer Jugend verlieren. Augustin wurde im letzten Dezember achtundzwanzig Jahre alt, ich werde im nächsten Februar zweiundzwanzig.

Mehr denn je möchte ich meine Zeit ernsthaften Studien und dem Schreiben widmen. Aber das ist hier absolut unmöglich.

Im Augenblick schreibe ich (manchmal, in der Nacht) an einem algerischen Roman, in dem ich mich bemühe, die verhängnisvolle Europäisierung der Araber und die Rolle der Juden in der maurischen Gesellschaft Algeriens zu beschreiben – eine gewaltige und unheilvolle Rolle.

Sobald die finanziellen Dinge geregelt sind, wird Aug. heiraten. Er besteht nachdrücklich darauf, daß ich bei ihm und seiner Frau wohne. Ich werde mir Mühe geben, obwohl es mir in Anbetracht meines unbezähmbaren Charakters schwerfallen wird. Was mich angeht, so habe ich nach dem *Rechid*-Epos, von dem ich Ihnen später einmal erzählen werde, absolut und *für immer* von jeglicher Idee zu heiraten Abstand genommen. Ich akzeptiere mein Los, wie traurig es auch sein mag, vor allem die Jugend einmal für immer vorüber sein wird. Glück und Frieden werden sich in meinem einsiedlerischen Heim niemals niederlassen, das weiß ich.

Sobald Aug. verheiratet ist, werde ich der einsamste Mensch auf der Welt sein. Er wird eine *andere* Familie haben, das wird uns zwangsläufig voneinander entfernen. Sollte ich erkennen, daß ich die beiden betrüge oder ihr so legitimes Glück störe, werde ich mein Leben in Annaba beenden, das ich so leidenschaftlich liebe und wo ich dem Grab *meiner auf ewig geliebten Mutter* (A) nah sein werde. Ich werde mich in eine kleine arabische Wohnung in der Oberstadt zurückziehen mit Blick auf das ständig wechselhafte Meer und die Pracht des afrikanischen Himmels.

Ich *verbiete Ihnen kategorisch*, Augustin je davon zu erzählen oder zu schreiben.

Schicken Sie mir unbedingt ein Exemplar der *Revue de l'Islam*, in der Ihr Artikel erschienen ist. Vergessen Sie das nicht.

Richten Sie Si Rachid aus, daß ich gern Antwort auf den Brief hätte, den ich ihm vor langer Zeit geschrieben habe.

Ich umarme Sie von ganzem Herzen. *Auf daß Gott Ihr Leben verlängert* (A).

Ihr Freund, Ihr treuer Bruder

N. Podolinsky.

Nach seiner Antwort auf diese Bilanz hat nun Ali Grund, sich über das Schweigen zu beklagen: «... Wieder ein bißchen erholt von der Erschöpfung des Ramadan... nur diese paar Worte, um Sie zu tadeln... Sie und Tino – was ich mir nicht erklären kann – legen den Verdacht sehr nahe, daß Sie mich vergessen!»

Die heftige Antwort zeigt die Gereiztheit von Isabelle Eberhardt. Sie ist treu, aber anspruchsvoll in der Freundschaft.

Isabelle Eberhardt an Ali Abdul Wahab

[Genf, 23. Februar 1899]

[Grüße auf arabisch]
Mein geliebter Bruder, *meine Seele* (A),
ich habe heute morgen Ihre Postkarte erhalten... Sie ist sehr, sehr boshaft... Das rührt gewiß von Ihrem unheilbaren Skeptizismus her. Es wäre allerdings Zeit, daß Sie ihn mit Rücksicht auf uns aufgeben, denn wir verdienen ihn überhaupt nicht, *bei Gott* (A).

Ihnen ein paar banale Zeilen zu schreiben, das kann ich weder, noch will ich das. Um einen langen Brief zu schreiben, muß man die Zeit und die *Kraft* – geistig und physisch – haben.

Ich war sehr krank, mein Lieber, und Augustin hatte dadurch beträchtliche Mehrarbeit. Das sind die Gründe für unser unbeabsichtigtes Schweigen.

Stellen Sie sich einen fahlen melancholischen Frühling vor... Eine große Sonne mit blassen, leicht goldfarbenen Strahlen, ein Hauch von Wärme, einfache Feldblumen wachsen entlang der Wege, wo das Gras wieder grün wird...

In den noch nackten Bäumen zwitschern die Vögel trunken von Liebe und Hoffnung, ihre kleinen einfachen Seelen lassen sich wieder einmal täuschen von der vorübergehenden Pracht des Frühlings, der ihnen wie den Menschenkindern *ewig* vorkommt...

Und ich fühle mich einsamer und mehr im Exil denn je...

Wie kann ich die gewaltige Sehnsucht beschreiben, mit der es mich zur geliebten afrikanischen Erde hinzieht! Vielleicht werden Sie das eigentümlich finden... Aber können Sie sich über Eigenarten Ihres Bruders Podolinsky noch wundern? ... Während der düsteren Nebeltage des Winters mit ihrem eisigen Wind spüre ich brennende Sehnsucht nach der Wahlheimat dort drüben nie so sehr wie an diesen ersten Tagen des Sonnenscheins und der Erneuerung.

Sonderbar! Ich bin sicherlich noch viel skeptischer im Hinblick auf dieses seltene, heilige Etwas, das man Freundschaft nennt... Und dennoch hatte ich vom ersten Tag an, an dem Sie mir die Ihre anboten, *nicht die geringsten Zweifel* am Ernst Ihrer Worte... Sie sind der einzige, hören Sie, *der einzige*, dem ich immer grenzenlos vertraut habe.

Ich liebe Sie, Ali, und sprechen Sie mir nie wieder von Vergessen oder von Gleichgültigkeit. Das ist ungerecht. *Sie irren sich, Ali* (A).

Antworten Sie mir... Machen Sie es wie ich, lassen Sie die Feder über das Papier gleiten, sagen Sie alles, was Ihnen durch den Schädel geht.

Die Welt hier ist ein trostloser Flecken. Grüße von Ihrem Bruder Mahmoud und Augustin (A).

Zwei Monate vergehen. Isabelle Eberhardt hätte gewiß noch länger nicht geschrieben, wenn sie von Ali nicht einen «dringlichen Brief» erhalten hätte, in dem er die Begleichung der Schulden fordert... Und wenn Augustin nicht wieder von seinen alten Dämonen heimgesucht worden wäre...

Isabelle Eberhardt an Ali Abdul Wahab [auf arabisch]

[Genf, April 1899 ?]

Dank sei dem einzigen Gott gesagt, dem Wahrheitsliebenden. Auf daß sich der Friede Gottes über unseren Propheten Mohammed, seine Familie und über seinen Begleitern ausbreite. An meinen inniggeliebten Bruder, Ali ben Salah Abdul Wahab; auf daß der Friede, die Barmherzigkeit und der Segen Gottes mit Ihnen sei.

Am 13. April hat mein Bruder Augustin das Haus verlassen, ohne mich in seine Absichten einzuweihen oder seinen Schwager aus Marseille, der sich gegenwärtig hier aufhält, zu informieren. Augustin ist verschwunden, und keiner weiß, wo er ist. Bislang hatte er Geld; ich weiß nicht, ob er jetzt noch über ein paar Sou verfügt. Ich schicke Ihnen für den Fall, daß mein Bruder sich bei Ihnen Geld geliehen hat, 100 Francs mit der Bitte, sie mir gegebenenfalls zurückzuschicken, denn meine Mittel sind knapp. Ich bitte Sie zu entschuldigen, daß ich das Geld nicht schon früher abgeschickt habe, aber ich selbst war ohne einen Sou, und Alexandre war sehr krank.

Können Sie mir sogleich antworten, wenn Sie das geringste über meinen Bruder erfahren?

Auf daß der Friede mit Ihnen und unserer Schwester Aïcha sei.

Auf immer Ihre treue Schwester

Mériem

Bei dieser letzten Flucht geht Augustin alles andere als behutsam vor. Er verläßt seine Schwester, als Trophimowsky im Sterben liegt, unter Plünderung (wie es seine Gewohnheit ist!) der Familienkasse. Die Summe ist noch größer geworden: er leiht sich zweitausend Francs.

Isabelle Eberhardt regt sich nicht auf. Unnachsichtig verlangt sie, daß die Polizei Nachforschungen anstellt.

Die Genfer Detektive, die bereits über ein umfangreiches Dossier zu Augustin de Moerder verfügen, brauchen nicht lange, um herauszufinden, daß er die Nacht vom 14. auf den 15. April bei «Frida der Bernerin», einer «Dirne» verbracht hat.

So hat seine Schwester sicherlich erfahren, daß er eine innige Beziehung mit einer Genfer Bordelldame pflegte. Aber Augustin hat sein warmes Lager schon längst verlassen, als die Polizei eintrifft.

Durch einen Brief von Khoudja («der Abkömmling spanischer Mauren», schreibt sie nicht ohne Ironie), Ende Mai, erfährt sie, daß ihr Bruder in Bône gewesen war; eine kurze Pilgerfahrt zum Grab seiner Mutter. Kaum zu Frida zurückgekehrt, wird Augustin festgenommen und in die Villa Neuve zurückgebracht.

Isabelle Eberhardt denkt nicht einmal daran, ihm böse zu sein.

Isabelle Eberhardt an Ali Abdul Wahab

Genf, den 9. Mai 1899

Mein geliebter Bruder,
Sie haben glauben müssen, daß ich Sie endgültig vergessen habe... Und doch ist nie auch nur ein *einziger Tag* vergangen, an dem sich Podolinsky nicht an seinen kleinen türkischen Bruder erinnert hätte. Aber ja! Ich konnte Ihnen nicht schreiben, bevor ich nicht in der Lage war, diese dreifach verfluchte Schuld zu begleichen. Und ich habe es *bei Gott* (A) nicht gekonnt, bis genau zu dem Tage, als ich sie beglichen habe. Glauben Sie mir! Da ich Ihr wohlbegründetes Mißtrauen gegenüber den Menschen kenne, habe ich während des langen Monats, der zwischen dem Empfang Ihres so dringlichen Briefes und der Überweisung verstrich, entsetzlich gelitten. Nun, da dies vorüber ist, lassen Sie mich Ihnen von etwas anderem erzählen. Wie ich Ihnen geschrieben haben muß, ist Augustin am 13. April von hier verschwunden, und ich habe ihn erst vor acht Tagen wiedergesehen und dazu überredet, wieder zu uns zurückzukommen.

Der Grund für sein Verhalten liegt in der verfluchten Langeweile, die hier herrscht und die ewig zu dauern droht, denn Alexandre befindet sich noch immer im gleichen Zustand, und es hat sich hier nichts geändert, außer daß Henri Long, der Bruder von Augustins Verlobten, seit 6 Wochen bei uns ist.

Wie kann ich Ihnen den Seelenzustand beschreiben, in dem ich mich befinde, seit ich Ihnen nicht mehr geschrieben habe? Ich weiß nicht warum, aber es scheint mir, daß irgend etwas in mir zerbrochen ist, etwas in mir ist gestorben und dieses Mal unwiderruflich.

An was das liegt? Wird es nur so lange dauern, wie mein Leben so ungewiß und trostlos ist?

Augustin war in Bône und hat das Grab *unserer Mutter* (A) gesehen.

Der Nachfahre der spanischen Mauren hat ihm gesagt, daß er mit Ihnen einen Briefwechsel unterhält. Und das läßt mich auch daran denken, daß es im nächsten Oktober schon zwei Jahre sein werden, daß ich Sie nicht mehr gesehen habe... Zwei Jahre der Trennung und unbeschreiblicher Wechselfälle des Lebens, für mich vor allem!

Das beste wäre in diesem Augenblick, wenn Sie mir einen Brief schrieben wie diejenigen, die sie mir früher geschickt haben, und ein wenig von Ihrer geliebten Seele hineinlegten...

Tun Sie es, *mein Bruder* (A)!

Augustin hat mir gesagt, daß es in Tunis eine Ärztin, Miss Gordon, gibt. Ich wäre Ihnen unendlich dankbar, wenn Sie mir die Adresse dieser Person besorgen würden. Und zwar aus folgendem Grund. Ich habe hier eine verheiratete Freundin, die gerade mit großem Erfolg ihre medizinischen Studien abgeschlossen hat. Da ihr Mann krank ist, würde sie sich gern in Tunis niederlassen.

Diese Frau (einunddreißig Jahre alt) ist sehr gewissenhaft, ehrenwert und von außergewöhnlicher Intelligenz. Sie ist Israelitin, aber weder sie noch ihr Mann praktiziert diesen Glauben. Meine Freundin spricht fließend französisch, deutsch und englisch und würde das Arabische mit derselben Leichtigkeit erlernen wie ich. Ich glaube nicht, daß Miss Gordon meine Freundin die notwendigen Auskünfte verweigern wird, zumal die besagte Freundin amerikanische Staatsbürgerin ist und eine durch und durch angelsächsische Bildung besitzt. Von Ihnen hoffe ich, daß Sie es, nachdem Sie meine Freundin kennengelernt haben, nicht ablehnen werden, sie mohammedanischen Frauen zu empfehlen, für die es ein großer Gewinn wäre, sich durch eine so distinguierte und intelligente Frau behandeln zu lassen. Augustin hat mir erzählt, daß Sie Bekannte unter den Israeliten von Tunis haben. Angesichts der Solidarität, welche die Israeliten eint, glaube ich, daß meine Freunde vielleicht bei ihren Landsleuten Hilfe und Schutz finden könnten.

Ich hoffe, daß Sie mir schnell antworten werden, denn meine Freunde, die nicht sehr reich sind, können nicht sehr lange auf die Antwort warten.

Ich glaube, daß Augustin Ihnen heute abend oder morgen schreiben wird.

Haben Sie in *Attawadad* von Abou Naddara den kurzen Artikel «Der mohammedanische Fatalismus» gelesen, der Ihnen gewidmet ist?

Ist Ihre Broschüre gegen den Tabakmißbrauch erschienen?

Ich schließe, indem ich Sie und Aïcha von ganzem Herzen umarme. Warum schreibt auch sie mir nicht mehr?

Immer der Ihre

N. Podolinsky.

Isabelle Eberhardt an Ali Abdul Wahab [auf arabisch]

[Genf, 17. oder 18. Mai 1899]

Dank sei dem einzigen Gott gesagt.

Auf daß Gott den letzten der Propheten segnet.

Mein Bruder,

Alexandre ist am Montag gestorben; er wurde gestern neben dem Grab meines armen Bruders [Wladimir] beerdigt. Ich werde bald in Tunis sein, denn wir reisen in einigen Tagen ab. Mein Bruder fährt nach Marseille; mein erstes Ziel wird Annaba sein, wo ich zwei bis drei Monate bleiben werde, dann will ich über Batna nach Tunis reisen.

Auf daß der Friede mit Ihnen sei, mein geliebter Bruder. Ich bitte Sie, mir so schnell wie möglich zu antworten.

Ihre treue

Mériem

Um den Tod von Alexandre Trophimowsky existieren so viele romanhafte Versionen, wie es Biographien über Isabelle Eberhardt gibt. Die kühnsten gehen soweit, letztere zu beschuldigen, ihn im Einverständnis mit Augustin mit Chloral vergiftet und sogar noch vor der Beerdigung mit Trophimowskys Vermögen die Flucht ergriffen zu haben. Der Briefwechsel zeigt, mit welcher Fürsorge sie «den Onkel» bis zum letzten Moment umgibt und daß sie ihm ihren innigsten Wunsch opfert: in den Süden zurückzukehren. Nun hindert sie nichts mehr, sich endlich auf den Weg zu machen.

Um so schnell wie möglich fortzukommen, vertraut sie die Klärung des Nachlasses Augustin an! Dieser entledigt sich des Problems, indem er einen gewissen Samuel, gewiß der Mann der «Frau Doktor», mit dem Verkauf der Villa Neuve beauftragt. Bruder und Schwester werden dies später bereuen...

Im Augenblick mangelt es nicht an Geld. Isabelle Eberhardt wird große Summen an ihre Freunde verleihen und auf ihrer Reise nach Algerien unbekümmert Geld ausgeben. Sie wird sich Anfang Juli in Batna, im konstantinischen Süden, aufhalten, um den Leutnant Eugène Letord zu treffen, mit dem sie seit beinahe zweieinhalb Jahren – seit der kleinen Annonce im *Journal* – korrespondiert.

«Bin wegen Geschäften in Marseille, Augustin und Samuel kommen am Mittwoch nach. Podolinsky.» Dieses Telegramm geht am 5. Juni an Ali.

Von diesem Datum an fehlen Briefe, jedoch die in fieberhafter Hast geschriebenen Aufzeichnungen erlauben es, ihre unaufhörlichen Ortsveränderungen bis zum Ende des Jahres 1899 zu verfolgen. Ein wahrer Bewegungsrausch nach achtzehnmonatiger Immobilität: «…am 6. unterwegs und auf dem russischen Konsulat. Am 7. in Toulon angekommen. Am Nachmittag in Saint-Mandrier mit Matrosen der *Admiral Duperré*.» (Gewiß war Edouard Vivicorsi darunter.) «Die Nacht im Hotel du Gabier, 7 rue d'Alger verbracht. Am 8. Rückkehr nach Marseille», etc.

Isabelle Eberhardt wird sich drei Wochen in Tunis aufhalten, vom 14. Juni bis zum 8. Juli. Das schließlich wiedervereinigte Trio Podolinsky-Ali-Augustin scheint den Kern einer Gruppe von Freunden zu bilden, deren Namen in den Aufzeichnungen und Briefen auftauchen: Rachid, Si Mohammed Bourguida, Abd-el-Aziz…

Wie wurde in dieser Gruppe von jungen Leuten die Anwesenheit einer Frau, die Männerkleidung trug, empfunden? Die wenigen erhaltenen Dokumente aus dieser Zeit und die Tatsache, daß Isabelle Eberhardt am Morgen des 8. Juli im Anzug mit Weste allein den Zug nach Batna nimmt, zeigt, wie entschlossen sie ihre Freiheit lebte. Und doch kann man in den literarischen Texten, die auf diesen Aufenthalt in Tunesien anspielen, lesen: «Schon einen Monat führe ich nun freiwillig ein zurückgezogenes, einsames Leben in einem schönen Haus im ruhigsten Viertel von Tunis…» – 14 rue Bou-Kris, steht auf einer Quittung, die am 25. Juni Ali ausgehändigt wurde.

Ob ihr Leben nun ruhig oder bewegt war, jedenfalls deutet alles darauf hin, daß sich die Beziehung zu Ali zu Beginn jenes Sommers verschlechtert, denn später wird Isabelle Eberhardt eine Versöhnung herbeiführen.

Die anschließende Reise nach Algerien, die sie zunächst nach Batna und dann aufs Geratewohl weiter in den Süden führt, wird Isabelle Eberhardts Schicksal nachhaltig prägen. In El-Oued, im Herzen der weißen Dünen des Souf, im östlichen Großen Erg, offenbart sich ihr «dieses herbe, prachtvolle Land», in das sie künftig immer wieder zurückkehren wird.

Sie hatte es schon seit langem vorausgeahnt – angesichts der unendlichen Horizonte der Wüste findet Isabelle Eberhardt heraus, was in ihr steckt. In der Weite kann ihre Phantasie sich entfalten. Aufgebrochen ohne ein anderes Ziel, als sich «den verrückten Kopf zu berauschen», verwandelt sie, die aus der «unehelichen Tochter» bereits einen Matrosen und intellektuellen Provokateur machen konnte, sich immer mehr. Batna, Biskra, Touggourt, El-Oued und zurück... Auf dieser Rundreise durch den Süden macht Podolinsky allmählich den Platz für Mahmoud frei. Eine Reise zu Pferd über fünfhundert Kilometer Piste in glühender Sommerhitze ist keine Angeberei, sondern eine wirkliche Initiation.

Diese erste Sahara-Reise endet am 29. August ... in Bône. Das Grab der Mutter dient als Treffpunkt: Augustin, begleitet von seiner Frau, erscheint zu der Verabredung. Dann am 2. September: «Um halb zwölf abends in Tunis eingetroffen. Übernachtung Hotel Paris. Am 3. morgens um 8 bei Ali. Versöhnung.»

Isabelle Eberhardt an Ali Abdul Wahab

[Tunis, ohne Datum]

Lieber Ali,
ich schreibe Ihnen diese Zeilen, um das Gespräch, das wir heute hatten, zu beenden. Ich gestehe Ihnen gern zu, daß Sie sich nie eine unfreundliche Bemerkung über Ihren Cousin Si Rachid erlaubt haben... Aber wozu kann Ihnen mein Eingeständnis nützen?

Was mich angeht, so bin ich aufs tiefste entmutigt.

Ich weiß weder was ich tun, noch was ich denken soll. Allerdings halte ich daran fest, Ihnen zu versichern, *nicht wegen der anderen und nicht einmal wegen Ihnen*, da es scheint, daß Ihnen das vollkommen gleichgültig ist, sondern *wegen mir allein*, daß ich Sie nicht über die wahre Natur dessen, was neulich abends geschehen konnte, getäuscht habe – an dem Abend bei Salvarelli. Ich weiß, daß Sie aus einem *anderen*, Ihnen bekannten Grund handeln und daß das übrige nur ein Vorwand ist... Außerdem spielt es keine Rolle mehr, und *Inch'Allah* (A) wird es deswegen keine Differenzen mehr zwischen uns geben. Ich versichere Ihnen zum Schluß meine volle Sympathie und die *ewige* (A) Fortdauer der innigsten Freundschaft. Ihr

N. Podolinsky

Einen Monat verbringt sie in der tunesischen Sahel-Wüste: «In Männerkleidung und unter falschem Namen kampierte ich in Begleitung von Si Elarhby*, *khalifa*, in den Zeltdörfern des Kaids von Monastir. Der junge Mann vermutete nie, daß ich eine Frau war. Er nannte mich seinen Bruder Mahmoud, und ich teilte sein Nomadenleben und seine Arbeit...»

Ein Brief am 29. September, von Moknine an Mohammed «Bourguiba» geschickt, beleuchtet einen der Gründe für den Bruch mit Ali Abdul Wahab:

«Es fällt mir wirklich nicht leicht, Ihnen einen solchen Brief zu schreiben... Aber ich fühle mich dazu verpflichtet, und ich will Tunesien nicht verlassen, ohne Ihnen einige sehr notwendige Wahrheiten gesagt zu haben.

Sie wissen, daß ich Sid Ali Abdul Wahab 5000 frs als Darlehen ausgehändigt habe, damit er sich *mit Ihnen* nach Konstantinopel begeben kann. Sie wissen auch, daß ich Ihnen zum selben Zweck dieselbe Summe versprochen habe.

Nun, *niemand auf der Welt*, außer Ihnen, Sid Ali und mir wußte davon, daß ich Geld an Sid Ali geliehen hatte.

Ich bin vor kurzem aus Frankreich zurückgekommen und habe mich zu Si Salah ** begeben, um seine Familie zu besuchen. Wie groß war mein Erstaunen, als mir die Stiefmutter von Sid Ali zornig sagte, daß er mich nicht mehr sehen wolle und daß ich ihm zu einem so schlechten Ruf verholfen hätte, daß ich aufhören sollte, zu ihnen zu kommen!!

Am nächsten Morgen kam Sid Ali zu mir und sagte mir, daß er mein Geld nicht mehr wolle und er es mir zurückbringe, da ganz Tunis erzähle, daß er mein Zuhälter wäre und meine Liebhaber toleriere, damit ich ihn unterstütze, etc.

Obwohl ich energisch protestierte, gab er mir die 5000, die ich ihm geliehen hatte, vollständig zurück.

Sid Ahmed Chérif aus Moknine, Lehrer in Medjez-el-Bab, ist Zeuge dieses Vorgangs und wird es jederzeit bestätigen.

Sid Ali sagte, er bitte mich, Tunis zu verlassen und ihn nicht mehr zu besuchen, damit niemand mehr dem dummen Geschwätz, das man sich auf seine Kosten erzähle, Glauben schenke.

Sidi Mohammed, lassen Sie mich Sie jetzt entschieden fragen: *Wer konnte erzählen, daß ich Sid Ali Geld geliehen hatte?*

Er selbst hatte keinerlei Interesse daran. Ich weiß, daß ich es *niemandem* gesagt habe. Bleibt... sich daran zu erinnern, daß Sie sich gegenüber Sid Ali sehr verändert haben, daß Sie mir Dinge erzählt haben, die er über mich gesagt habe, aufgrund derer ich ihn eine gewisse Zeitlang für ein Ungeheuer hielt. Sie haben mir unter anderem gesagt, daß Sid Ali darauf rechnet, daß ich ihm das, was ich besitze, anvertraue, damit er es sich aneignen kann, sobald *ich mich umgebracht hätte, was mir ganz sicher nicht erspart bliebe.* Jetzt bleibt zu urteilen, wer so gehandelt hat.

Das überlasse ich Ihnen.

Jetzt, da Sid Ali gezwungen ist, in Tunis zu bleiben, bleiben auch Sie dort. Sie sind selbst schuld daran. Ich, die ich von der Gesellschaft des einzigen Mannes, den ich liebe, ausgeschlossen bin, will mich in nichts mehr hineinmischen, und ich werde nicht mehr nach Tunis zurückkommen. Es ist überflüssig, mich hier zu suchen, denn ich verlasse morgen bei Sonnenaufgang diesen Ort, um *weit fort* zu reisen...

Falls Sie Erklärungen abzugeben haben, wenden Sie sich an Sid Ali.

Ich bedauere unendlich, Ihnen das alles sagen zu müssen, aber Sie haben mich dazu gezwungen.

Ich wünsche Ihnen, daß Sie in Zukunft in solchen Dingen vorsichtiger sind und nicht mehr auf solche Weise handeln.

Auf daß Gott Ihnen vergebe (A).

Mériem

* Elarhby trifft I. E. später in Marseille wieder und nennt ihn El Agreby.
** Si Salah: der Vater von Ali Abdul Wahab.

Einige Zeit darauf wird Ali Vizedirektor des Protokolls beim Bei von Tunis. Ihr «Nomadenleben» wird Isabelle Eberhardt bis zum mohammedanischen Friedhof von Ain-Sefra im Sud-Oranais führen. Ihre Wege trennen sich: «Am 20. [November], Sonntag, Ankunft im Hotel Paris, 9 Uhr dreißig. Am 6. Dezember Wechsel der Unterkunft. Hotel Cardinal-Lemoine. Am 14., Ankunft von Bourguiba. Die Nacht im Hotel Dacia verbracht. Am 15. nachts mit A. und A. bei mir. Am 16. endgültiger Bruch mit Ali.»

Die Erinnerung an diese Freundschaft wird verschiedentlich wiederkehren. Am 21. Februar 1901 notiert Isabelle Eberhardt in ihren *Journalen*: «Ich habe mich an den Septemberabend vor zwei Jahren erinnert, als ich mich am Vorabend der traurigen Abfahrt zusammen mit Ali auf das Fensterbrett des grölenden Juden von La Goulette stützte, als ich um mich her und in mir alles einstürzen spürte und mir allein der Tod als möglicher Ausweg erschien; als ich von der einen Seite sanft das ruhige Meer rauschen hörte und von der anderen die klare und reine Stimme der kleinen Noucha von Sidi Byêne die traurige andalusische Kantilene modulieren hörte: ‹*Mein Verstand ist entflohen, mein Verstand ist davongeeilt*› (A).

«Die warme, passionierte und klangvolle Stimme von Ali sang wie in einem Traum den melancholischen Refrain mit, und ich hörte zu...»

Weniger romantisch ist diese Erinnerung vom 16. Juli 1900: «Der französische Einfluß bringt solche Mißgeburten hervor wie Abd-el-Aziz oder solche Ungeheuer wie Ali, der eine ist in die Vulgarität des Pöbels getaucht, der andere in die der angeblich vornehmen Europäer, die er zudem schlecht nachgeahmt hat...», und am 28. Mai 1901: «Ich verspüre gegen all diese Schurken den gleichen unerbittlichen kalten Haß wie gegen einen Ali oder einen Ben Osman, nicht weil sie mich bestohlen haben, sondern weil sie mich schwer beleidigt haben und weil sie vulgär, nichtswürdig und unverschämt sind...» Man spürt Enttäuschung aus diesem Wüten heraus...

Sechstes Kapitel

1900

Nachdem sie einen Winter und einen Frühling zwischen Marseille, Paris und Genf verbracht hat – mit einem einmonatigen Zwischenspiel auf Sardinien –, hat Isabelle Eberhardt nur noch Lust auf eines: wieder zu den weißen Dünen von El-Oued aufzubrechen.

Einige Aufzeichnungen, die auf fliegenden Blättern erhalten blieben, sind in der Zeit, als sich diese Reise abzeichnet, als Brief geschrieben, den sie aber nie abschicken wird. Darin entwirft sie die Silhouette eines geheimnisvollen Adressaten. Sie enthüllt kein Detail, an dem man mit Sicherheit denjenigen identifizieren könnte, der sie ermutigt, aufzubrechen und über sich hinauszuwachsen: «Vorwärts, Mahmoud, zu großen und schönen Dingen... Seien Sie ein Held...»

«Paris, 2. Mai, zehn Uhr morgens. Seit Tagen und Wochen glänzt die Sonne, und der Himmel ist blau. Paris hat sich mit strahlenden Farben geschmückt. Alles leuchtet und scheint zu feiern. Und auch ich bin aus den finsteren Vorhöllen gestiegen, in denen ich seit meiner Rückkehr von Cagliari umherirrte.

Ich glaube – ich bin mir fast sicher –, daß ich keine Probleme haben werde, was das Materielle angeht. Was meine geistige Verfassung betrifft, so befindet sich meine Seele unbestreitbar in einer Entwicklung. Nach und nach, obgleich noch etwas langsam, löst sie sich von dieser irdischen Atmosphäre, die sie lange zu verschlingen drohte.

Sie steigt, langsam aber sicher, den Sphären des Idealen entgegen, die sie, *Inch'Allah* (A), eines Tages erreichen wird.

Am gleichen Tag, Mitternacht

Ich komme soeben in dieses Zimmer zurück, wo ich zum letzten Mal schlafen werde.

Ich habe hier vor mir das Porträt desjenigen, der seit meiner Ankunft hier – vielleicht schon immer – den wohltuendsten Einfluß auf mich hatte, desjenigen, der mich von jenen, die ich auf meinem bitteren Lebensweg getroffen habe, am nachhaltigsten auf meinen *wahren* Weg führte, den der großen Handlungen, die den *wahren* Rausch schenken, den einzigen, der großer Seelen würdig ist...

Dieses Porträt wird das des Tunesiers mit den dunklen Samtaugen, den ich geliebt habe und der mich verkannte, ersetzen.

Wenn Gott will, daß ich mich dort in das Schweigen der Wüste, in die Stunden der Stille und Ruhe sowie der Gefahr begebe, wird sein geliebtes Andenken in mir lebendig bleiben.

Er wird mich nie verlassen, *Inch'Allah* (A). Ich möchte für mich und vor seinen Augen wachsen, für ihn, der *Größe* und *Weite* zu sehen weiß, für ihn, dessen glühende Worte mich in weit höhere Sphären als die des Denkens und Handelns trugen.

Dies ist mein letzter Abend in Paris, das ich zutiefst lieben lernte, wo ich so sehr gelitten habe und verzweifelt war. Nur Gott allein weiß, ob ich es jemals wiedersehen werde; falls ich zurückkomme, wann das sein wird, und was ich mitbringen und dort finden werde.

Ständig fühle ich, daß auf unserer vergänglichen menschlichen Existenz das geheimnisvolle Siegel des Großen Unbekannten und der undurchdringliche Schleier des unerforschlichen Morgen lastet.

Dennoch scheint die Sonne der Hoffnung am Horizont aufzugehen. *Gott befreit uns aus der Finsternis und führt uns zum Licht* (A).

Marseille, den 7. Mai 1900

Ich bin hier angekommen und habe die schlechte, bedrohliche Atmosphäre, die hier während meines letzten Aufenthalts, nach meiner Rückkehr von Cagliari, so schmerzlich auf meiner Seele lastete, nicht wieder vorgefunden...

Ein großer Teil meiner Befürchtungen hat sich ebenfalls erübrigt: Augustin befindet sich nicht mehr in dem entsetzlichen Zustand, in dem ich ihn verlassen habe.

Was für eine dunkle Wolke schwebte also zu jener Zeit über unser beider Existenz? Ein für immer unerforschliches Geheimnis, wie so vieles im unergründlichen und vergänglichen Leben der Menschen!

Meine Seele hat sich von der Finsternis befreit.

Auf daß sie nie wieder dorthin zurückkehre!

Wer weiß, ob nicht mein Lieblingsfreund, der erwählte Bruder, den ich zutiefst liebe, an dieser Wiederbelebung, an dieser Rückkehr zum Leben, großen Anteil hatte?

Ach, große, erstaunliche Dinge zu vollbringen, welche die schwerfälligen Herzen bewegen und die glühenden Seelen zum Träumen bringen. In einigen Monaten zurückzukehren und ihn dort wiederzufinden – oder ihn weit von allem, was uns immer störte, anderswo wiedersehen und ihm sagen: «Wie Sie sehen, war alles, was ich Ihnen sagte, keine hohle Versprechung, und ich bin sehr wohl diejenige, die Sie in mir zu finden glaubten. Jetzt werde ich Ihnen sagen, wen ich an jenem Abend meinte, als ich Ihnen von meinem Kummer erzählte, an jenem Abend, als Sie mir mit belegter Stimme sagten: ‹Na los, Mahmoud, sagen Sie es mir›, an wen ich die ganze Zeit gedacht habe – das waren Sie...

Wie wenig diese melancholische, schöne Geschichte doch denjenigen ähnelt, die ich früher erfahren habe. Zumindest wird diese nicht besudelt und entweiht werden... Falls unsere Schicksale sich am Mittwochabend in der harten und kalten Umgebung, in der wir voneinander Abschied nahmen, für immer getrennt haben und wenn das alles ein Traum bleiben muß – dann wird dieser Traum einer der schönsten gewesen sein, vor allem einer der erhabensten, den ich jemals gehabt habe.

...Obwohl ich Paris liebe, werde ich mich wieder entfernen. Nur Gott allein weiß, ob ich es jemals wiedersehen werde, da niemand den Ausgang meiner Unternehmung voraussagen kann. Unbestreitbar verdanke ich es ihm, daß ich das Leben wieder liebe, lehrte er mich, Paris zu lieben.

Und wie leer und trostlos wird sie mir erscheinen, die große Stadt, wenn ich dorthin zurückkehre und er nicht mehr dort ist, wo ich kostbare Stunden des, wie es Loti zu nennen pflegte, ‹schwarzen Märchenspiels› verbrachte, welches mein Leben ist.

Ich werde in einigen Tagen gewiß das Grab derjenigen wiedersehen, die vor jetzt schon drei langen Jahren mit mir an jener maghrebinischen Küste gelandet ist, welche mir, wie alles an Afrika, fast wie eine Halluzination erschien.

Möge sie mir Kraft, Geduld und Energie einhauchen, damit ich die schwere Aufgabe bewältigen kann, die mir das vergangene Leben hinterlassen hat.

...Unter welchem Himmel und in welcher Erde werde ich ruhen an dem Tag, den das Schicksal mir bestimmt hat?

Geheimnis... Und doch hätte ich gerne, daß meine sterbliche Hülle in der roten Erde des Friedhofes im weißen Annaba begraben würde, dort wo *sie* ruht ...oder sonst irgendwo unter dem verbrannten Wüstensand, weit ab von den irdischen Banalitäten des eindringenden Abendlandes.

Welch kindische, traurige Überlegungen, wie naiv angesichts des großen Zaubers des Todes!...»

Ein Jahr nach ihrem ersten Aufenthalt kommt Isabelle Eberhardt mit geheimem Auftrag nach El-Oued zurück: Nachforschungen über den Tod eines Forschungsreisenden anzustellen, eines in Frankreich umstrittenen, rechts stehenden Politikers, des Marquis de Morès. Aus unerfindlichen Gründen haben die damalige französische Regierung und die militärischen Verwalter der südlichen Territorien versucht, diese Affäre zu vertuschen. Der Mord wird plündernden Tuaregs und Chaambas angelastet. Möglicherweise wurde er von der Obrigkeit selbst befohlen, die sich einer Person zu entledigen wünschte, deren Ansicht über den Handel mit Afrika und die Projekte, Karawanenwege festzulegen, als störend empfunden wurde.

Isabelle Eberhardt, die ihr Erbe bereits verschwendet hat, bekommt durch die Affäre Morès die Gelegenheit, ihre Rückkehr in den Süden von Algerien zu finanzieren. Es ist nicht ihr Wunsch, die Abenteuerin zu spielen, sie will vor allem schreiben und sich von der Welt zurückziehen: «Meine Seele von jeglichem menschlichen Kontakt isolieren...», «ein einsames Nest bauen... in der Tiefe der Wüste».

«21. Juli, 1 Uhr morgens. Abreise von Marseille auf der *Eugène Pereire*. Am 22. Juli, 15 Uhr nachmittags, Ankunft in Algier.»

Sie verbringt fünf Tage in der Kasbah und nimmt schon am 27. den Zug, dann die Postkutsche nach Touggourt. Und von dort einen Maulesel und ein Kamel bis nach El-Oued, das sie am 2. August erreicht und wo sie sich trotz der intensive Sonne wie in vertrauter Umgebung einrichtet: «Besichtigte das Haus eines Kaïd auf dem Platz. Gemietet... Habe den Hauptmann besucht. Mittag. Drückend Hitze... Guter Nachmittagsschlaf. Interessantes Maultierrennen auf dem Bir Gharby. Klare Nacht im weißen Sand...»

Nach kaum einer Woche ist ihr von den Scheichs bereits Zutritt zur religiösen Bruderschaft, der Qadriya (oder Kadriya), einer der machtvollsten im Maghreb, gewährt worden. Auch sie haben versucht, die Wahrheit in der Affäre Morès herauszufinden, und warteten auf das Eintreffen von «Mahmoud».

Die Seiten ihrer «Notizen von Unterwegs» (s. *Sandmeere*), die sie am 1. Januar dieses Jahres 1900 begonnen hat, sprechen weitschweifig von ihrer Einweisung in den Sufismus, bis zu dieser scheinbar nichtssagenden Eintragung: «Vor einigen Tagen habe ich mit Slimène die Nacht in einem großen Garten des Kaïd der Hachèche im Westen von El-Oued verbracht.»

So beginnt die einzige wahre Liebe ihres Lebens mit Umsicht: «Leider ist meine Seele älter geworden. Sie gibt sich keinen falschen Illusionen mehr hin, und ich kann über die Träume der sehr jungen Seele von Slimène nur lachen, die zwar nicht an die Ewigkeit, aber doch wenigstens an die unendliche Dauer der irdischen Liebe glaubt und von dem träumt, was in einem Jahr, in sieben Jahren sein wird.» Sehr schnell wird Slimène «der gute Gefährte, der Bruder» und bald darauf «ein Mitglied meiner Familie, oder vielleicht *meine* Familie...»

Als Unteroffizier hat der Feldwebel Slimène Ehnni Anrecht auf den roten Burnus der Spahi und zwei gelbe Streifen; aber es ist sicher nicht die Uniform, die Isabelle Eberhardt am meisten beeindruckt. Sie wird häufig von der Sanftheit seines Blicks und seiner «schönen Seele» sprechen. Dieser Algerier ist einer der wenigen «Eingeborenen» mit französischer Staatsangehörigkeit, gewiß weil seine Familie schon seit langem in Diensten Frankreichs steht. Sein Vater hatte für die Armee rekrutiert und wurde 1882 mit dem Posten eines Kommisars, Chef der Sicherheitskräfte in Constantine, belohnt.

Trotz seiner Herkunft nimmt Slimène niemals an ihrer Männerkleidung und ihrem Männernamen Mahmoud Anstoß. Später wird er sie einem Beamten, einem seiner Vorgesetzten, mit diesen Worten vorstellen: «Hier meine Frau Isabelle Eberhardt und Mahmoud Saadi, mein Gefährte...»

Da sie selten voneinander getrennt sind, außer wenn es in der Kaserne Ausgangsverbot gibt, kommt die intensive Liebe in El-Oued während der ersten sechs Monate ohne Briefwechsel aus. Mit Ausnahme dieser Botschaft, als Isabelle auf dem Weg nach Touggourt ist, wo sie – wahrscheinlich wegen ihrer «Nachforschungen» – den Naib Si Mohammed Taïeb treffen muß, einen der Oberhäupter der Bruderschaft Qadri à Ouargla.

Isabelle Eberhardt an Slimène Ehnni

Terdjenn, 5. September 1900

Mein geliebter Bruder (A)

Ich nutze die Gelegenheit, die sich ergibt, um Dir diese Zeilen zu schreiben.

Wir sind erst heute hier angekommen. Die Tiere sind in bedauernswertem Zustand. Mit den Scheichs sind wir *nicht zusammengetroffen.*

Si Mohammed wird morgen früh in Touggourt eintreffen. Ich fühle mich wohl, aber meine Seele ist seit gestern in grenzenloser Traurigkeit versunken. Meine Gedanken verlassen Dich keine Sekunde. Wir haben uns mit einer Karawane aus Tougguort zusammengetan, die sich auf dem Rückweg befand.

Alle glauben, daß ich krank bin, weil ich so traurig aussehe.

Armes Gelbauge*, ich schwöre Dir, daß ich entschieden entschlossen bin, überhaupt nicht nach Algier zu gehen, und ich werde es bestimmt so einrichten können.

Im übrigen will ich alle Unannehmlichkeiten mit den Behörden vermeiden, um in Frieden bei Dir in El-Oued bleiben zu können.

Ich werde Dir morgen früh telegraphieren. Vergiß nicht, was für die Depeschen verabredet worden war.

Ich umarme Dich zum Schluß von ganzem Herzen.

[ohne Unterschrift]

* Ein Kosewort von I. E. für Slimène.

Das Glück kostet in El-Oued nicht viel; als Beweis ein Auszug aus Isabelle Eberhardts Tagebüchern, wo sie im August folgende Ausgaben notierte: ein Kaffee: 10 cts. Eine Pfeife Haschisch: 10 cts. Ein Ei: 5 cts... und als Krönung des «Luxus», eine Schachtel Bastos-Zigaretten...

Wem dieses glückliche Leben schildern, wenn nicht Augustin, der in Marseille, 12 boulevard Mérentié, eine kümmerliche und seßhafte Existenz führt. Das letzte markante Ereignis ist für ihn die Geburt seiner Tochter.

Isabelle Eberhardt an Augustin de Moerder

El-Oued, 10. Nov. 1900

Lieber guter Freund,
ich habe Deine Depesche heute morgen erhalten: Sie beruhigt mich. Alles geht also gut bei euch. Gott sei gelobt! Denn auch hier geht alles so, wie man es sich wünscht (beinahe).

Mein Gefährte und ich haben die Wohnung gewechselt und vorübergehend das kleine Häuschen eines abwesenden Brigadiers für 5 frs monatlich gemietet.

Wir wohnen im jüdischen Viertel, im Nordosten von El-Oued, in Nachbarschaft eines alten Viertels, das nur aus Ruinen und verlassenen Häusern besteht, deren Besitzer gestorben oder in die Wüste gezogen sind. In diesen Ruinen, die an die weiße Moschee am Marktplatz (Sidi Salem) angrenzen, sieht man nichts außer einigen illegalen Prostituierten, schemenhafte Schatten ohne festen Wohnsitz, die sich abends den jüdischen Tavernen nähern.

Ich habe endgültig einen Haschischraucher als Hausdiener genommen, der die Ruhe und der wahre Glauben in Person ist. Er ist intelligent und energisch und ist mir eine große Hilfe; außerdem dient er mir bei meinen seltenen Ausgängen in die Stadt als Begleitung.

Ich führe immer mehr ein zurückgezogenes Leben, sehr beschäftigt mit unserem kleinen arabischen Haushalt und unseren Tieren, meinem Pferd und dem «ziegenartigen Geschöpf».

Mein Pferd, das sehr wild ist, wenn es gesattelt ist, ist die Sanftheit selbst, wenn es ruht. Es bewohnt den Innenhof und folgt mir wie ein Hund.

Es reibt vertraulich seinen schönen intelligenten Kopf an unseren Oberkörpern und liebkost mit seinen feuchten Lippen die Hand, die man ihm hinstreckt.

Während einiger schlimmer Tage drohte unsere friedliche Vereinigung auseinanderzubrechen: wir hatten *zu trinken begonnen*...

Aber das ist Vergangenheit. Der Haschischraucher hat die Tür, die ich eines Abends im betrunkenen Zustand eingeschlagen habe, repariert, und alles geht wieder seinen monotonen Gang, an den ich mich gewöhnt habe und dessen Einfachheit mir teuer geworden ist.

Unser Zimmer, das *schöne*, welches gerade so groß ist wie euer Salon, ist, wie in den *reichen* Häusern der Sufis üblich, vollständig vergipst, der Fußboden eingeschlossen (die anderen haben einen Sandboden), und enthält als einzige Möbel meine Reisetruhen, ein kleines wackeliges Tischchen, einen Stuhl aus Eisen, unsere Matratze aus blauer Wolle mit einer Zeltleinwand als Bettuch und meine riesigen Kopfkissen aus afrikanischem Roßhaar, die gegen die Wand lehnen, meine Photographien, darunter die vom Alten, von Volod [Wladimir] und von Hélène, die Sporen, mein Zaumzeug, das mit Amuletten verziert ist, meinen Revolver und den Dienstrevolver von Slimène. Außerdem einen roten Burnus mit zwei kleinen goldenen Streifen auf der Vorderseite, einen großen Säbel und ein Karabinergewehr...

Slimène stammt durch seinen Vater von der mächtigen Marabout-Familie des Sidi Mabrouk aus Constantine ab, seine Mutter kommt aus dem Distrikt Kenchela, und er ist vom dortigen Typus mit der fast schwarzen Gesichtsfarbe.

Er besitzt als Vermögen nur den Sold eines Unteroffiziers, d. h. 3 frs 10 pro Tag. Bis zu seinem Abschied, den er mit zweiunddreißig Jahren nehmen wird, bleiben ihm noch acht Jahre.

Wenn ich das Wenige, das mir bleibt, aufgebraucht habe, werden wir mit diesen 3 frs 10 den Haushalt weiterführen – das ist nicht schwierig und wird bald beginnen, da beinahe alles Geld, das Du mir geschickt hast, darauf verwendet wurde, die Schulden und das Pferd zu bezahlen.

Was das Land und die Gegend angeht, so hat sich in El-Oued seit ungefähr einem Monat sehr viel verändert.

Es ist kühl geworden, und die Nächte sind so kalt, daß wir gezwungen sind, uns mit der großen Begräbnisdecke zuzudecken und das Pferd in die Halle zu holen. Der Himmel ist meist verschleiert. Die Sufis tanzen dann, um die großen islamischen Heiligen anzurufen, damit Gott den Regen schickt... Doch verlorene Mühe, nachdem einige Tropfen gefallen sind, wird der Himmel wieder für viele Tage azurfarben und klar. Aber die Wüste bevölkert sich mit Alfagras, durchsichtigen und bleichen *soedums* und anderen niedrigen strauch- und grasartigen Pflanzen, deren Wurzeln während des Sommers im Sand verborgen sind.

Die Schwalben haben uns ihren Besuch abgestattet und verkündet, daß drüben auf der anderen Seite des Mittelmeeres die schönen, sonnigen Tage herrschen.

In einigen Tagen wird mein Scheich, Si Mohammed Elhachmi, der Bruder des Naïb und der außergewöhnlichste Geist, der mir jemals begegnet ist, in Touggourt sein. Wir werden ihn aufsuchen, Slim. und ich. Das Pulver wird am Tag des Eintreffens des großen Marabouts sprechen, und die Pferde werden in der Ebene von Teksébet, unterhalb von El-Oued galoppieren! Unter den Reitern wird man einen sehen, der einen feurigen Goldfuchs reitet... Der Reiter, der mit einer weißen Gandoura, einem weißen Burnus und einem hohen weißen Turban mit Schleier bekleidet ist, um seinen Hals die schwarze Kette der Qadriyas trägt und seine rechte Hand, um die Zügel besser halten zu können, mit einem roten Taschentuch umwickelt hat, wird Mahmoud Saadi sein, der Adoptivsohn des großen Weißen Scheichs, Sohn des Sidi Brahim.

Ich habe nämlich die majestätische Tracht der Wüste übernommen statt der armseligen Klamotten der Tunesier, die ich bis dahin trug.

Deinen Brief werde ich ungefähr zur gleichen Zeit erhalten, zu der dieser hier in den Briefkasten der friedlichen Nummer 12, boulevard Merentié gesteckt wird. Hebe diese wenigen Briefe gut auf, in welchen es mir gelungen ist, ein bißchen von meiner Seele zu legen, die, wie Gott weiß, sich seit meiner Abreise in Genf in einer Art Inkubation befindet... eine Inkubation, die schon einige Auswirkungen hatte...

Schicke mir weiterhin regelmäßig die Zeitungen: Du kannst Dir nicht vorstellen, welches Glück ich beim *Lesen* empfinde, nach dreimonatiger absoluter Unkenntnis dessen, was in der Welt geschah, vor allem in der des Denkens.

Schreibe mir von Zeit zu Zeit... Es geschieht oft, daß Salah der Briefträger sechs- bis siebenmal an meiner Tür vorbeigeht, ohne zu klopfen!

Umarme für mich Hélène und die Kleine und richte T...* aus, daß das rote Pferd und die Ziege auf ihn warten, damit sie alles im Haus durcheinanderbringen können.

Ich umarme Dich aufrichtig.

Mahmoud.

* Augustins Hund. Name unleserlich.

Der Himmel über El-Oued ist makellos, doch drohende Wolken nähern sich von Norden – in Form eines anonymen Briefs an den General Dechizelle, Kommandant der Region Batna, zu der El-Oued gehört:

«Paris, 7. September 1900

Mein General, ein Freund der Armee hat die Ehre, Ihnen folgende Fakten zur Kenntnis zu geben: Um den letzten Julibeginn hat sich eine Frau – natürliche Tochter von sehr zweifelhafter Moral – namens Isabelle Eberhardt, russischer Staatsangehörigkeit und in der Schweiz geboren, als Mann verkleidet und sich als Mahmoud Saadi bezeichnend, in El-Oued niedergelassen, um die Offiziere der arabischen Büros für die Pariser Zeitung *Aurore*

الحمد لله وحده حق حمده وصلى الله على سيدنا محمد وعلى آله واصحابه
وسلم تسليما

الى حضرة المصطفى الرجل الكامل الاصدق
الارشد اعني بذلك ذا السيد الشيخ
جمس سانوا ابي نظارة صانه
الله والسلام التام عليك ورحمة الله
وبركاته ونعمته الى الدوام اين
وبعد ذلك جاءني ان ما
نسيتكم وفضلكم علي ولكن
من وقت الذي فيه وصلت الى بلاد
الواد سوف ما قدرت نكتب
حتى جواب انني سفرت كثيرا
في الصاحرا وما بطلت من السفر
الا الوقت والسوال منكم ان تكون
بالخير والعافية وهذا ان شاء
الله ونحن الحمد لله بالخير وصحة
ونزيد نخبرك بانني ما نريد نرجع
الفرنسة قبل ستة او سبعة
شهر بان عجبتني الصحراء واعلم
ان اشتريت احصان بافي وكريت
دار عند بعض قايد وعندي احباب
بين المومنين وهم اكثر الناس الواد
وبر السوف بر الرمل والعطش
ولكن فيه اجنة كثيرا وفيها
من الشجار النخال ورمان وفرص
واعلم ان من قريب ان شاء الله نبعث
لك جوابا طويلا ونخبرك فيه على كلشي
والسلام التام عليكم
وعلى زوجتك

وعلى والدتها وعلى اولادك اخي واختي
والسلام من كاتب الحروف
الضعيف الى ربه
محمود بن عبد الله السعدي

Adresse : Si Mahmoud ben Abdallah Saadi
Eloued par Biskra
(Algérie)

auszuspionieren, mit dem Ziel, eine verbissene Pressekampagne gegen die Offiziere der arabischen Büros im besonderen und gegen die Armee im allgemeinen zu führen. Um leichter an Informationen zu gelangen, hat sie einem Korporal der Spahis namens Slimane den Kopf verdreht, der anscheinend dem arabischen Büro von El-Oued zugeordnet ist.

Diese Frau ist in jeder Hinsicht gefährlich. Sie ist bei der Obrigkeit der Schweiz, wo sie geboren ist, äußerst schlecht angesehen, ebenso bei der russischen Obrigkeit: Sie steht unter schwerem Verdacht:

1) durch Vergiften den Tod eines Greises namens Alexandre Trophimowsky herbeigeführt zu haben, Freund ihrer Mutter und zu seinen Lebzeiten ihr Wohltäter;

2) einen Diebstahl von 140000 F an jenem Unglücklichen begangen zu haben, die aus der Villa, die er bei Genf bewohnte, gleich nach seinem Tod vor nun anderthalb Jahren verschwunden sind. Dieser Diebstahl wurde zum Schaden der natürlichen Erben verübt.

Jene Frau ist Gegenstand geheimdienstlicher Nachforschungen von russischer und Schweizer Seite.

Der Ihnen dies schreibende Freund möchte Ihnen eine Vorstellung von der fraglichen Person vermitteln. Im übrigen, mein General, veranlassen Sie eine Untersuchung ihres Treibens in El-Oued, und Sie werden Näheres erfahren.

Diese Frau hegt überdies einen tiefen Haß gegen Frankreich und hat nichts Besseres zu tun, als arabische Untertanen aufzuwiegeln; um den Mohammedanern mehr Vertrauen einzuflößen, gibt sie sich als eine der ihren aus, was nicht stimmt.

Ein wahrer Freund der Armee übermittelt Ihnen, mein General, seine ganze Hochachtung.»

Muß man den Urheber dieser Verleumdung unter den «natürlichen Erben» suchen? Wahrscheinlich setzt der älteste Bruder

Nicolas oder einer seiner Verbündeten aus der Ferne seine Nachstellungen fort.

Langsam aber sicher setzt sich die schwerfällige Maschinerie der französischen Militärverwaltung in Gang.

Zur gleichen Zeit spricht Isabelle Eberhardt die rituelle Formel und wird in die Bruderschaft der Quadriya aufgenommen, galoppiert an der Seite von Scheichs durchs Land und ahnt keine Gefahr…

Isabelle Eberhardt an Augustin de Moerder

El-Oued, 10. Dezember 1900

Lieber Freund,
Dein letztes Telegramm hat mir große Freude bereitet. Ich dachte, an der Redensart «die Abwesenden sind immer schuld» ist doch ein Fünkchen Wahrheit.

Seit dem 2. August bin ich in El-Oued… und ich weiß nicht, wann dieser Aufenthalt enden wird. Im Gegenteil, er kommt mir immer endgültiger vor. Wenn mir einst etwas von der Villa Neuve – als Einrichtung, nicht als Immobilie – zufällt und ich noch hier bin, möchte ich sogar ernstlich meine Existenz an diese verlorene Oase binden, die mir vertraut und lieb geworden ist und wo ich, kurz gesagt, zu leben begonnen habe.

Ich muß auch an meine Zukunft denken, denn ich werde gewiß kein Vermögen erben. Darum will ich Land erwerben. Der Boden des Souf ist sehr fruchtbar, er wirft prächtige Kartoffeln und anderes Gemüse ab, dennoch kultiviert ihn niemand außer dem arabischen Büro und den Offizieren. Seit dem 23. November haben wir das schönste arabische Haus hier gemietet, in einem luftigen, ruhigen Viertel, wo wir nur einen alten Spahi mit seiner Familie zu Nachbarn haben.

Das Haus umfaßt vier ordentliche Schlafzimmer zu ebener Erde, eine gewölbte Galerie, auf der ich aus Gips einen Kamin zum Kochen gebaut habe, zwei dunkle, luftige Vorratsräume für das Heu, die Hühner, Tauben, Hasen etc., einen Raum für das Pferd und ein Zimmer mit Terrasse und Blick auf El-Oued. Das ganze für bescheidene 10 frs im Monat.

Als Besucher gibt es nur den Scheich der Qadriya von Guémar, Sid-Elhoussine ben Brahim, ein älterer Mann und verehrter Marabout, der geradezu ein Vater für uns geworden ist. Er hat mich übrigens in die Qadriya aufgenommen.

Er wohnt immer bei uns, wenn er nach El-Oued kommt. Außerdem kommt der eingeborene Lehrer Abdelkader ben Said zu uns. Sonst niemand. Wir haben der Welt unsere Tür verschlossen und gehen in El-Oued zu niemandem. Ich besuche gelegentlich die große *zaouiya* von Amiche oder Sid Elhoussine in Guémar.

Ansonsten reite ich lange auf meinem braven Souf spazieren, aus dem entschieden ein ausgezeichnetes, kraftvolles und lebendiges Pferd wird.

Am letzten Montag durfte ich an einem der schönsten Feste teilnehmen, das ich je gesehen habe: zur Heimkehr des großen Marabout Kadry, Sidi Mohammed Elhachmi ben Brahim, des Bruders von Naib, den er nach Paris begleitet hatte. Sidi Elhachmi ist sehr jung, kaum fünfunddreißig, doch von außerordentlicher Intelligenz. Samstag früh erfuhr ich, daß Sid Lachmi am nächsten Tag am Fort Ourmès, an der Straße von Touggourt erwartet würde. Ich ließ den Scheich Elhoussine davon benachrichtigen, der noch in derselben Nacht zu uns stieß. Gegen 2 Uhr am nächsten Tag brachen wir zu der Begegnung mit Scheich Elhachmi auf, den wir tatsächlich am genannten Ort vorfanden.

Am folgenden Tag begaben wir uns im Morgengrauen mit einer sudanesischen *nouba* auf den Weg, mit Pfeifern und Trommlern und einer Eskorte von mehreren hundert Personen, die mit jedem Schritt mehr wurden. Langsam rückten wir durch die Dünen vor, die von der aufgehenden Sonne vergoldet waren, unter den schrillen Tönen der Musikanten und immer zahlreicher werdenden Schüssen. Schließlich sahen wir am östlichen Horizont auf dem Kamm einer Düne sich die roten, grünen und gelben Banner der Bruderschaften entfalten und über einem Meer von Köpfen wogen... Dies war Si Mohammed Elimam, der dem Scheich mit Angehörigen der Bruderschaften Qadriya, Rahmania, Taibia und Azzouzia entgegenkam, alle dem Emir von Bagdad zugehörig. Es herrschte wilde Begeisterung. Inmitten der Pferde, die sich, von den Schüssen verängstigt, aufbäumten, tänzelte der Bruder des Lehrers von El-Oued auf einer schwarzen Stute zwischen unseren Hengsten hindurch, und die Gläubigen warfen sich vor dem Scheich nieder, der schlicht von Kopf bis Fuß in grüne Seide gekleidet war, ohne das mindeste goldene Schmuckstück; er trug den grünen Turban der Cherifen, der Nachfahren des Propheten, und ritt einen weißen Hengst.

Alle begrüßten den Scheich im Chor mit Rufen von *ya rasoul Allah* (A) und *ya Djilani, ya Djelloul*... Währenddessen sangen die Bannerträger, die sich hinter dem Scheich aufgereiht hatten, zu einer feierlichen Melodie die bekannte Litanei: «Frieden und Heil seien mit dir, o Prophet Gottes» und die von Sidi Abd-el-Kader: «O Sultan der Heiligen, o Meister von Bagdad, heile mich mit deiner Kraft, zum Gedenken an deinen Ahnen Mohammed...» etc., etc.

Mit jedem Schritt rückte eine glanzvoll gekleidete Gruppe vor und feuerte nach frenetischen Tänzen zu Füßen der Pferde aus Büchsen und Gewehren Schüsse zwischen die Beine der Tiere ab, die sich wütend aufbäumten und auszubrechen drohten.

In El-Oued dröhnten die Schüsse weiter. Sid Elhoussine, der Lehrer, sein Bruder und ich ritten zusammen mit zwei Wächtern des Büros die Fantasia inmitten der Menge, der Gesänge und Schreie... Der Scheich ging hinein, um den Hauptmann zu begrüßen, stieg dann wieder auf, und wir ritten auf Amiche zu. Wir waren Tausende, als hätten an diesem Tag die sonst grauen, unfruchtbaren und verlassenen Dünen die Kraft besessen, aufgewühlte, begeisterte Massen hervorzubringen.

An diesem denkwürdigen Tag wurde für etwa 500 bis 600 frs Pulver (der Regierung und Schmugglerware) verschossen. Noch zwei Tage danach war ich taub, und es dröhnte mir in den Ohren.

Eine düstere Wolke am Horizont von El-Oued hat sich verflüchtigt; der Typhus, der in diesem Herbst in Amiche gewütet hat, scheint nachzulassen und die Stadt nicht länger zu bedrohen. Hier wird es immer kälter. Bei Sonnenuntergang sieht man seinen Atem, und nachdem es abends geregnet hatte, waren wir eines Morgens sehr erstaunt, die Erde gefroren zu sehen...

Ich habe mir in dem feuchten und ungesunden Haus Némouchi rheumatische Schmerzen zugezogen, und seit zwei Wochen sind meine Knie morgens immer geschwollen.

Wir haben es so eingerichtet, daß wir aus Biskra sämtliche hier nicht erhältlichen Lebensmittel beziehen – Nudeln, Perlgraupen, Käse, Worcester-Sauce, Olivenöl, Butter in Dosen, getrockneten Fisch...

Also haben wir es ganz behaglich. Die Konvois der Administrationen erledigen den Transport kostenlos. Brot, Mehl, Reis, Essig und Kleie für das Pferd beziehen wir von der Verwaltung. Bis Anfang dieses Monats (Chaaban) bezogen wir auch zwei Liter Wein pro Tag, doch da die Fastenzeit sich nähert, haben wir diese unnötige Ausgabe gestrichen.

Im Haus herrscht Friede, aufgrund schlichter Moral und absoluter Übereinstimmung der Charaktere, die dadurch erleichtert wird, daß einer von uns einer *festen Tätigkeit* nachgeht, die bestimmte Stunden des Tages in Anspruch nimmt und Gewohnheiten schafft, die dem gemeinsamen Leben höchst zuträglich sind.

Mit seinem sanften, heiteren Naturell, seiner Abscheu vor Lärm, Ausgehen, Kabarett-Besuchen, mit seiner Liebe zum Haus, das er gegen alle äußeren Störungen verteidigt, ist Slimène ein idealer Gatte für mich, die ich müde und angewidert bin und vor allem die verzweifelte *Einsamkeit* satt habe, in der ich mich trotz möglicher Geselligkeit immer befand.

In den nun fünf Monaten des Zusammenseins haben wir brüderlich unsere Mittel geteilt – ich meine kleine Habe, er seinen Unteroffizierssold von 95 frs im Monat, zuzüglich 50 frs Prämie dreimal jährlich. Wir streiten uns kaum, und die unwichtigen Reibereien enden in Gelächter.

Ich glaube, es wäre Wahnsinn, wenn ich ein solches Leben aufgäbe und fortginge... wohin denn? *Zum Teufel* (R) wahrscheinlich, denn dort endet wohl ein umherirrendes, unzusammenhängendes und zielloses Leben.

Wir werden auch unser Verhältnis zu legalisieren versuchen, denn dann können wir für die sieben Dienstjahre, die Slimène noch verbleiben, hier leben. Du mußt verstehen, daß wir in der gegenwärtigen Situation dem Hauptmann des Büros* ausgeliefert sind, dem mein Gesicht nicht gefällt.

Ich hoffe, daß Deine Lage nicht weniger glücklich ist als meine, eher glücklicher, und daß Du die gleiche innere Gelassenheit besitzt wie ich. Doch Du schreibst von *absolutem Mangel an Zeit*. Was tust Du denn nun? Ich finde, Du könntest mich ruhig gelegentlich über Deine Existenz und unsere geschäftlichen Angelegenheiten informieren.

Um mich brauchst Du Dich nicht zu sorgen. Ich bin jetzt ohne Geld besser gesichert, als ich es im letzten Jahr mit Vermögen war.

Ich versichere Dir, daß ich nichts bedauere und vom Schicksal nicht mehr verlange, als daß es mich in Frieden in meiner Wüste leben läßt, fern von der Heuchelei und Gemeinheit der Menschen, und dennoch nicht allein, denn die beiden Extreme taugen gleich wenig.

Hier der Grundriß unseres Schlosses, damit Du Dir vorstellen kannst, in welchem Rahmen sich mein tägliches Leben abspielt.

1 und 1 *bis*: Schlafzimmer mit Bet-Alkoven.

2 Fensterloser Raum, in dem der Diener schläft.

3 Speisekammer.

4, 4 *bis* und 5 *bis*, Salon aus drei gewölbten Räumen, von denen einer mir als Arbeitszimmer dient.

5,5 *bis*: Halle unter freiem Himmel und alte Toiletten ohne Dach.
6. Veranda mit Arkaden, gewölbt.
7. Heutige Toilette (unter freiem Himmel, gemäß hiesiger Sitte).
8, 8 *bis*: Gedeckte Vorratsräume.
9 Vorraum zu Vorratsräumen.

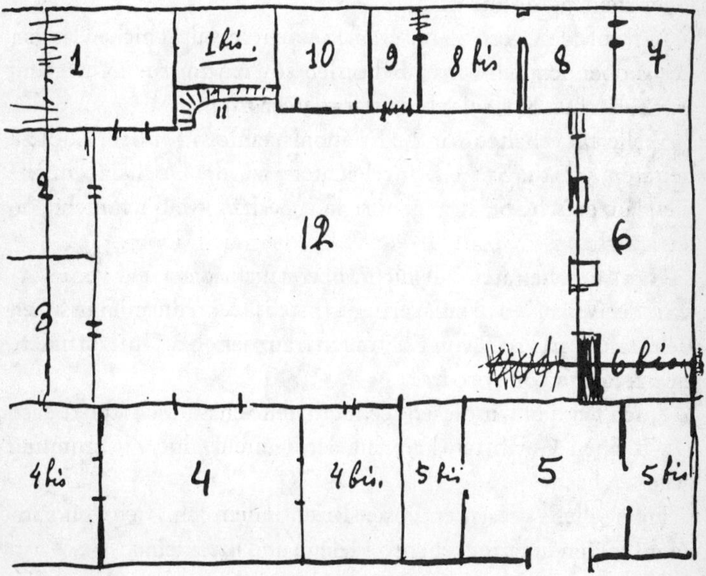

10 Schlafzimmer des Pferds, mit Arkaden zum Hof hin offen.
11 Treppe zur Terrasse, die sich über 8,9 und 10 erstreckt. Über 8 ein weiteres Schlafzimmer mit zwei Fenstern.
12. Riesiger Innenhof.

Schicke mir bitte weiterhin *Journal*. So lesen wir die Neuigkeiten aus der zivilisierten Welt im *Petit Marseillais*, den der Brigadier Isoard aus Marseille abonniert hat und an Sliméne weitergibt, und über Literatur in *Journal*.

Khoudja zahlt mir langsam zurück, was er mir schuldet, von den übrigen habe ich nichts erhalten.

Bringe mich in jedem Fall bald brieflich auf den neuesten Stand, und sage mir, wann wir endlich unser Geld aus Genf erhalten dürften. Sag mir auch, ob Du mir eine gültige Bescheinigung über den Tod unserer Mutter beschaffen kannst und welche Summe ich an das Genfer Standesamt senden muß, um eine Geburtsurkunde zu erhalten.

Ich würde sie gern zu unserem Genfer Anwalt schicken lassen, der sie bei den Schweizer Behörden sowie vom russischen und französischen Konsulat bestätigen lassen muß.

Vielleicht erhalten wir die Erlaubnis, einfach vor dem Kadi zu heiraten, was die Sache sehr erleichtern würde. Doch da Slimène die französische Staatsangehörigkeit besitzt, weiß ich nicht, ob das möglich ist.

Natürlich heiraten wir nicht, bevor nicht das Geld vom Verkauf der Villa Neuve zur Verfügung steht, denn die militärischen Behörden verlangen von Ehefrauen französischer Unteroffiziere eine Kaution von 5000 frs.

Auch werden wir diesen recht ernsten Schritt nicht tun, bevor Du meinen Gefährten kennengelernt und Deine Zustimmung gegeben hast.

Ich schließe diesen endlosen Brief, indem ich Dich von ganzem Herzen umarme, ebenso Hélène und die Kleine.

Richte dem bösen Hund die Grüße des ziegenartigen Geschöpfs aus, das jetzt Iblis heißt, weil sein früherer Name Bylia nicht zu seiner Persönlichkeit paßte (R).

[ohne Unterschrift]

Heiratsabsichten. Da es sich um ein so ungewöhnliches Paar wie Mahmoud und Slimène handelt, fällt auch der Haushalt, den sie sich vorstellen, aus dem Rahmen. In einem anderen Brief an Augustin träumt Isabelle Eberhardt davon, in der Wüste ein Vermögen zu machen: «Sobald ich meinen Anteil aus dem Verkauf der Villa erhalten habe und die verbleibenden Schulden bezahlt sind, mieten wir für 10 frs im Monat ein maurisches Café, das Mouloud (Slimènes Bruder) mit dem treuen Diener Khalifa führen wird. Für die Zeit nach Slimènes Befreiung hegen wir einen großen Traum von Glück und, wer weiß, von *Reichtum*: Wir wollen in El-Oued gleichzeitig dreierlei begründen: eine Palmenplantage (zwischen 700 und 1000 frs zu kaufen) mit einem Garten zur Züchtung von Gemüse, das im Souf gewöhnlich nicht angebaut wird, ein französisches Café (man kann die Flasche Pernod in Biskra für 3 frs 50 kaufen und für 6 frs abgeben). Schließlich auf dem einheimischen Markt ein Lebensmittelgeschäft, einen Bazar, der Import-Aufträge annimmt. Die zahlreichen Brüder von Khalifa werden für den Garten sorgen, unter Aufsicht von Mouloud, der den Laden und das Café führen wird. Wir beide werden uns um den Warentransport kümmern und unseren eigenen Konvoi zusammenstellen: ein Zelt aus Ziegenhaar, die notwendige Zahl von Kamelen – fünf oder sechs für den Anfang – und Ziegen... Die Händler (im Souf), die es geschickt angestellt haben, sind von Erdnußverkäufern zu Millionären geworden. In unserer Sehnsucht, uns so weit wie möglich von den Menschen zu entfernen, übernehmen Slimène und ich scheinbar die härteste Aufgabe, jedoch auch die schönste und anziehendste für solche Liebhaber der Wüste, wie wir es sind. Dieses einsame Leben voller Zauber wird uns das bieten, wonach wir uns seit neun Monaten *(sic)* sehnen: zu zweit vor den unvergleichlichen Horizonten unserer Sahara zu leben.

Nicht mehr die Rede kann davon sein, nach Europa zurückzukehren oder auch nur an die Küste: wenn Gott will, setze ich nie wieder den Fuß ins Land des Exils. Ich möchte, daß man uns beide eines Tages, in das weiße Tuch der Mohammedaner gehüllt, in dieselbe Grube im Sand senkt, auf einem der poetischen Friedhöfe von El-Oued...»

Eine Zukunftsvision, welche die Militärverwalter der Region mitnichten teilen. Der anonyme Brief des «Freunds der Armee» ist weitergewandert. Vom General Dechizelle ist er zu Hauptmann Cauvet gelangt, der für El-Oued zuständig ist und der eine Untersuchung einleiten soll. Am 25. November berichtet er seinem direkten Vorgesetzten Pugeat in Touggourt: «Mein Kommandant, in Beantwortung der Depesche des Herrn Generals, die Sie mir unter Nr. 13 am 17. November zur Kenntnis gaben, habe ich die Ehre, Ihnen mitzuteilen, daß die fragliche Person, Mademoiselle Isabelle Eberhardt, sich noch in El-Oued aufhält, wo sie am 2. August aus Touggourt eingetroffen ist.

Da sie bereits im Vorjahr als Touristin hier gewesen war, glaubte ich sie diskret überwachen zu müssen, doch bisher gab es keine Anzeichen, welche die Befürchtungen des anonymen Verfassers rechtfertigen.

Gleich nach ihrem Eintreffen richtete Mademoiselle Eberhardt den ersten der beiliegenden Briefe an mich, mit der Bitte, empfangen zu werden; später bat sie darum, Pferde leihen zu dürfen. Statt sie im Büro zu empfangen, zog ich es jedesmal vor, sie in dem von ihr gemieteten Haus in der Stadt aufzusuchen, und ich fand eine angenehm wohlerzogene Person vor, die keinerlei Groll gegen die Armee zu hegen schien.

Abgesehen von ihrem exzentrischen Verhalten und ihrer Kleidung (denn sie ist wie ein junger Eingeborener des Tell ausstaffiert, mit Quastenmütze, französischer Hose und Weste, arabischer Gebetskette), wurden mir von ihr keinerlei Äußerungen und Handlungen berichtet, die nicht völlig korrekt gewesen wären. Aus allem zusammen geht hervor, daß Mlle Eberhardt recht fortschrittliche Ideen vertritt und den heutigen sozialistischen und feministischen Bewegungen nahesteht, aber in keiner Weise gegen die Armee eingestellt ist; physisch betrachtet ist sie eine nervöse, gestörte Person, und ich neige zu der Annahme, daß sie hauptsächlich nach El-Oued gekommen ist, um sich in einem Land, in dem sich wenige Europäer aufhalten, unüberwacht ihren lasterhaften Neigungen und ihrem Hang zu den Eingeborenen hinzugeben.

Dies scheint auch der Grund für ihre Beziehung zu dem Unteroffizier der Spahis, Slimane, zu sein, übrigens eine recht diskrete Verbindung, die keinerlei Einfluß auf das dienstliche Verhalten des Besagten hatte und von der nur jemand wissen konnte, der über alle Vorgänge in der Garnison El-Oued bestens auf dem laufenden ist.

Ich darf über diesen Unteroffizier sagen, daß er lange vor Mlle Eberhardts Ankunft beim arabischen Büro beschäftigt war, nur während der Abwesenheit des regulären Dolmetschers und nur, um Genehmigungen zu erteilen.

Ich kenne die Herkunft der Mlle Eberhardt nicht; sie selbst sagt, sie habe in der Schweiz, in Tunis und Paris gelebt; sie soll in Tunesien sehr bekannt sein; ihr Bruder, von dem sie sich seit seiner Verheiratung getrennt hat, lebe in Marseille als Reeder oder Reedereiangestellter.

Über die möglichen Konflikte mit der russischen und Schweizer Polizei weiß ich nichts, doch da sie bei hellem Tag angekommen ist und ohne sich im mindesten zu verstecken, da doch der so vorzüglich informierte Freund der Armee gewiß die besagten Polizeikräfte unterrichtet hat und bislang keine Forderung eingetroffen ist, sie zu überwachen, gehe ich davon aus, daß die fraglichen Fakten zumindest stark übertrieben sind.

Jedenfalls scheint Mlle Eberhardt nicht sehr reich zu sein, und sie lebt, wie sie sagt, von sehr bescheidenen Überweisungen ihres Bruders.

Die einzige Vermutung von einiger Wahrscheinlichkeit, die ich in Hinblick auf sie habe, aber nur eine Vermutung, ist, daß sie ein wenig auf Rechnung der Familie de Morès oder deren Vertreter nach El-Oued gekommen ist, um Informationen über die Ermordung des Marquis de Morès zu sammeln und die Gerüchte zu verifizieren, die darüber in Umlauf gesetzt wurden.

Die Eile, mit der sie sich nach Touggourt begab, als der Naib von Ouargla durchreiste, ihre Beziehungen zu Si El Hachlemi und vor allem zu dessen Vertrauten, dem Lehrer Abdelkaber ben Said scheinen diese Hypothese zu stützen.

Persönlich darf ich sagen, daß diese Vermutung mir immer als ausreichender Grund erschien, sie völlig in Ruhe zu lassen, damit sie sich selbst vollständig unbehindert über die gegen Si El Aroussi* erhobenen Beschuldigungen Gewißheit verschaffen könne.

Was die Beziehungen zur Zeitung *L'Aurore* angeht, die ihr der Freund der Armee unterstellt (der mir vor allem ein persönlicher Feind der Mlle Eberhardt zu sein scheint), bezieht sich dies, meine ich, auf zwei Artikel dieses Journals, die den Hauptmann de Susbielle angriffen: In einem davon wurde er, wenn ich mich nicht irre, beschuldigt, einen Bruder des Naib der Qadriya von Ouargla grausam behandelt zu haben, als er in Touggourt war; im zweiten warf man ihm vor, unsere neuen Untertanen von In-Salah zu tyrannisieren. Beide Artikel beruhen offensichtlich auf Geschwätz des Naib der Qadriyas von Ouargla, doch dieser Mann ist im Tell dermaßen von Interviewern jeder Sorte umgarnt worden, daß es mir schwierig erscheint nachzuweisen, daß Mlle Eberhardt diese Artikel veranlaßt hat.

Im Gegenteil ist es wahrscheinlicher, daß sie nichts damit zu tun hat, denn eine so gescheite Person würde es nicht wagen, die mit Angelegenheiten der Eingeborenen betrauten Offiziere anzugreifen, solange sie sich auf militärischem Gebiet befindet, und sich infolgedessen mutwillig strengen Maßnahmen auszusetzen.

Daß der Freund der Armee ihr diese unwahrscheinliche Unklugheit zuschrieb und sie mit den Artikeln in *L'Aurore* in Verbindung brachte, geht auf eine Bemerkung von Mlle Eberhardt in einem Gespräch zurück, von dem mir berichtet wurde und in dem sie eher heiter sagte, der Hauptmann de Susbielle habe bei ihrer Durchreise in Touggourt so getan, als halte er sie für eine ‹englische Methodistin›**.

Insgesamt erschien mir am Treiben von Mlle Eberhardt bisher nichts tadelnswert (von ihrem Benehmen einmal abgesehen), und ich sehe keinen Anlaß zu Strenge. In jedem Fall darf ich sagen, daß eine eingehende Untersuchung es erforderte, den Postbeamten von El-Oued regulär anzuweisen, mich über die an diese Person gerichtete und von ihr abgesandte Korrespondenz zu unterrichten; was ich bisher nicht als meine Pflicht erachtete und wozu mir die Grundlage zu fehlen schien, solange noch keine reguläre Untersuchung von Mlle Eberhardt angeordnet worden ist. G. Cauvet.»

* Scheich der Tidjaniya von Guérmar, der mit den Qadriya konkurrierenden Bruderschaft und der französischen Obrigkeit eng verbunden.

** Die englischen Methodisten bemühten sich, die Mohammedaner Algeriens zu bekehren.

Europäische Frauen sind in den Militärposten des Südens rar, und diese verkehrt lieber mit «Eingeborenen» als mit den Offizieren des arabischen Büros! Das Urteil Gaston Cauvets über die Moral Isabelle Eberhardts verrät Verdruß. Der Hauptmann de Susbielle, auf den angespielt wird, war tatsächlich im vorausgegangenen Jahr in Touggourt ein abgeblitzter Verehrer. Mahmouds Ruf dort hat darunter gelitten, wie man vom Kommandanten Pugeat erfährt: «Ich habe seit einigen Jahren Offiziere über sie reden hören, die sie eher für eine unausgeglichene als für eine gefährliche Person hielten.

Sie hatte in Briefwechsel mit Si Bouadefel, Hilfsdolmetscher in Touggourt, gestanden, von dem sie Gedichte gelesen hatte. Ihre intimen Beziehungen waren von kurzer Dauer. Der arabische Dichter ist in körperlicher Hinsicht im Grunde nur noch ein deprimierter, kranker Alkoholiker, der die Bedürfnisse der Mlle Eberhardt nicht zu befriedigen vermag.

Ich habe in letzter Zeit erfahren, Mlle Eberhardt habe ein Verhältnis mit Si El Hachlemi gehabt, ebenso habe ich sofort vermutet, daß diese Frau als Mittlerin dienen könnte, die der Familie oder den Freunden des Marquis de Morès Informationen beschaffen sollte...»

Trotz des relativen Wohlwollens des Hauptmanns Cauvet haben Verleumdungen und Unterstellungen gewirkt. Am 6. Dezember, vier Tage vor Isabelle Eberhardts letztem Brief des Jahres an Augustin, ist der Spruch bereits gefallen. Der General ordnet persönlich an: «Ich befinde, daß Mlle Eberhardt aus El-Oued und Touggourt auszuweisen ist. Ich befinde zudem, daß der Unteroffizier Slimane von den Spahis zu El-Oued abzulösen ist. Dieser Unteroffizier ist nach Batna zu versetzen. Dechizelle.»

Siebentes Kapitel

1901

Isabelle Eberhardt an Augustin de Moerder

El-Oued, 18. 1. 1901

Lieber Freund,
Dein langer Brief vom 10. findet mich einmal wieder bettlägerig und recht krank vor.

Du ahnst nicht, wie sehr mich die Details, die Du mir aus Deinem Leben berichtest, niedergeschlagen haben! Hélène und die arme Kleine krank, die Not im Haus! All das ist wahrlich ein böser Alptraum.

Mein Gott, solange ich Dich in stabiler Situation und ungefährdet wähnte, erschienen mir meine Verlassenheit und mein Elend, selbst die Krankheit nicht so hart, so furchtbar. Doch nun muß ich, statt nur an uns beide hier zu denken, die wir uns abrakkern und die wir von Tag zu Tag mehr von Elend bedroht sind, voll Angst an Dich, Deine Familie, Dein Haus denken!

Ich leide an unerträglichen Gliederschmerzen, absoluter Appetitlosigkeit, unsäglicher Schwäche und aus Unterernährung an *Delirien* ohne Fieber; sobald ich allein bin, setzen Halluzinationen ein, und besonders schmerzlich daran ist, daß ich mir der Unsinnigkeit all dieser Bilder bewußt bin, die mit schwindelerregender, beängstigender Geschwindigkeit an mir vorüberziehen. Meine alte Krankheit – die Blasenzystitis – hat mich wieder eingeholt und läßt mich grausam leiden.

All das wäre nichts, lasteten nicht solche materiellen Sorgen auf mir.

In jedem Fall kann ich mich nirgendwo hinbegeben, mein Leben nicht im geringsten ändern. Ich bin an dieses Land – doch eines der trostlosesten und düstersten, die da sind – zutiefst und für immer gebunden, und wenn ich noch einmal die graue Stadt mit den unzähligen kleinen Bögen und Kuppeln, verloren in der unermeßlichen grauen Weite der unfruchtbaren Dünen, verlassen muß, dann werde ich überallhin die große Sehnsucht nach dem Land mitnehmen, in dem ich so viel gedacht und gelitten habe und wo ich – endlich – auch die schlichte, naive, tiefe Liebe gefunden habe, die jetzt allein einen Sonnenstrahl auf mein tristes Leben wirft…

Dies Gefühl der Bindung kann nicht die vorübergehende Illusion eines Ästheten sein, dafür bin ich viel zu lange hier und dafür ist das Land zu *fesselnd*, zu einfach mit seinen Linien bedrohlicher Monotonie.

Nein, gewiß hat mich kein anderer Ort auf Erden so verzaubert, so hingerissen wie die bewegende Einsamkeit des großen, trockenen Ozeans, der von den steinigen Ebenen von Guémar und den unseligen Tiefen des Schott Mel'riri zu den wasserlosen Wüsten von Sinaoun und de Rhadamès führt.

Oft, wenn ich, auf die zerbröckelnde Brüstung meiner Terrasse gelehnt, die Stunde erwarte, wo der Muezzin des Viertels verkündet, daß die Sonne untergegangen und das Fasten zu Ende ist, wenn ich die gelblichen, blutroten, violetten oder bleifarbenen Dünen unter dem niedrigen, schwarzen Himmel dieses immer eisiger werdenden Winters betrachte, dann spüre ich, wie große Traurigkeit mich befällt: Man sollte annehmen, daß ich zu dieser Stunde mit plötzlich wiedererwachenden Sinnen mich mehr denn je gegen die enorme Isolation dieser verlorenen Stadt hinter den, wie mir scheint, unüberwindlichen Barrieren der Dünen auflehne, sechs Eisenbahntage vom Leben Europas entfernt.

Erinnere Dich an die Passage im *Roman eines Spahi*, die so beginnt:

«Er liebte seinen Senegal, der Unglückliche...»

Ja, ich liebe meine Sahara, mit einer dunklen, mysteriösen, tiefen, unerklärlichen, jedoch sehr realen und unzerstörbaren Liebe.

Du kannst nicht wissen, welche offene Wunde in mir Du mit Deinen Fragen zur Literatur berührt hast!

Mein Gott, nein, nein, ich habe sie nicht vergessen, mein Herz hat sich dem göttlichen Hauch des Schönen nicht verschlossen!

Aber leider glaube ich, daß ich im Begriff bin, dem Schicksal von Jean Berny zu erliegen, und daß meine paar Hefte mit literarischen Essays, die ich hier zusammengetragen habe, dazu bestimmt sind, zu vergilben und ledrig zu werden wie die, in denen Berny endgültig seine Hoffnungen begraben hat. Und dennoch habe ich ständig Gewissensbisse, weil diese Bücher und Hefte... Mein Tagebuch enthält kaum mehr als einige Aspekte dieses Landes und manche Notizen über meinen Seelenzustand... Doch mein persönliches Tagebuch wird immer nur mir dienen, als Erinnerung an tote Empfindungen und Dinge, die zu erklären wären – was die meiste Zeit über zu schmerzlich oder einfach unmöglich ist –, damit ein anderer sie verstünde. Mein Tagebuch ist nur eine Folge von *Anspielungen* an Wesen und Dinge, die nicht zu finden sind. Ach ja, ich habe bislang nichts produziert, und gleichwohl mangelt es nicht etwa an Eindrücken, und weder ist die Sensibilität noch die Liebe zur Kunst in mir abgestorben.

Nein! Doch zunächst sind da die Gefahren meines verschwommenen Lebens bislang, dann die körperliche Arbeit, die Krankheit... und vor allem die Unruhe wegen der Zukunft.

Das sind die Gründe der Unfruchtbarkeit des letzten halben Jahres, glaube ich.

Unglücklicherweise fürchte ich, daß mein Freund, der Leutnant Doumerg, der nicht mehr hier ist, recht hatte, als er zu mir sagte:

«Paß auf, du wirst dich an dieses Leben gewöhnen und von einem Tag zum nächsten die literarische Arbeit vor dir herschieben... und letzten Endes kommt dieser nächste Tag nie. Das ist nichts als Feigheit, mit der man besänftigend gegen das gerechtfertigte Nagen der Berufung angeht, die sich beklagt.»

Sobald ich wieder auf den Beinen bin, sobald ich Ordnung in das unbeschreibliche Chaos gebracht habe, in das meine Krankheit das Haus gestürzt hat, sobald wir unserer Lage wegen ein wenig beruhigt sein können, werde ich gleichwohl versuchen, mit einigen Texten über den Souf zu beginnen.

Doch dann wird sich die lästige, ernste Frage stellen: Wo sie veröffentlichen, bei dieser Entfernung?

Dennoch verspreche ich Dir, etwas zu tun, zu schreiben. An Stoff mangelt es nicht. Dieses Land ist *absolut unveröffentlicht*, es ist überhaupt nicht mit dem Tell vergleichbar, und sein Leben ist dem französischen Publikum unbekannt.

Die Winterdämmerung, grau und trostlos, senkt sich herab. Es herrscht tiefe Stille... Nur die langgezogene, ungezähmte Stimme des Muezzin ertönt... Und die ist trist, unendlich trist.

Alles Gute euch allen

[ohne Unterschrift]

Am 28. Januar, als sie wieder die Kraft hat, ihr Tagebuch aufzunehmen, ist aus der Unruhe Gewißheit geworden: «Erneut wird in meinem tristen Dasein alles auf den Kopf gestellt und zerschlagen: Schluß mit dem erschlafften, süßen Leben in der noblen Szenerie der Wanderdünen. Schluß mit der köstlichen Ruhe, der wir uns beide hingegeben haben!

Am 23. abends erfuhren wir zufällig, daß Slimène nach Batna versetzt ist... Ein Moment unsäglicher Angst, fast der Verzweiflung...

Und dann das Unglück, aufbrechen zu müssen, sich das harte Leben von Batna vorzustellen, einer weit fort vom anderen, dazu die Ängste wegen der materiellen Situation, wegen der 100 frs Schulden, von denen wir nicht einmal einen Centime besitzen.

Schauerliche, schlaflose Nacht, kiffend und trinkend verbracht...»

Doch das Schlimmste kommt noch.

Trotz des bevorstehenden schmerzlichen Abschieds beginnt der 29. Januar mit einer grellbunten Szene, wie Isabelle Eberhardt sie liebt. Man findet sie hoch zu Pferd an der Seite des Scheichs Si El Hachemi wieder, an der Spitze eines Pilgerzugs, der sich nach Nefta (in Tunesien) zum Grab des Begründers der Qadri-Bruderschaft des Souf begibt.

Sie machen in Behima halt, zwanzig Kilometer von El-Oued entfernt. Die Würdenträger der Karawane werden von einem reichen Händler empfangen. Mahmoud ist unter ihnen, damit beschäftigt, ein Telegramm für einen wichtigen Mann der Gegend zu übersetzen. «Ich hatte die Kapuze meines Burnus über den Turban gezogen, was mir die freie Sicht nahm. Plötzlich erhielt ich einen heftigen Schlag auf den Kopf und dann zwei weitere auf den linken Arm. Ich hob den Kopf und sah vor mir ein schlecht gekleidetes, also nicht zu den Anwesenden gehörendes Individuum, das eine Waffe schwang, die ich für einen Knüppel hielt. Ich stand auf und sprang zur gegenüberliegenden Wand, um nach dem Säbel von Si Lachmi zu greifen. Doch der erste Hieb hatte mich betäubt. Ich verspürte einen heftigen Schmerz im linken Arm und fiel auf einen Koffer...»

Sie wird ins Militärhospital von El-Oued gebracht, mit einem schweren Säbelschnitt im Arm. Obwohl sie viel Blut verloren hat, schwebt sie nicht in Lebensgefahr. Vom Bett aus sieht sie, wie ihr Angreifer von zwei Soldaten in eine Zelle geführt wird. Er ist wahnsinnig oder täuscht vor, es zu sein, und behauptet, auf Befehl Allahs gehandelt zu haben... Auf die wahren Gründe des Attentats wird Isabelle Eberhardt künftig oft verdeckte Anspielungen machen: es steht in Zusammenhang mit ihrem Forschen nach den Mördern des Marquis de Morès.

In einem Raum mit grauen Mauern erwartet sie Slimène: «In

der Tür wird eine hellrote Uniformjacke erscheinen und der wunderbar sanfte Glanz brauner Augen... Eine tiefe, ein wenig bebende Stimme mit dem singenden Akzent des Nordens...»

Bald wird ihr dieser Trost genommen, denn Slimène muß nach Batna.

Neugierig auf seine originelle Patientin, wird der Arzt zu einem Freund, der «die emotionale und sinnliche Personalität von Slimène zu erforschen suchte, um daraus auf meine zu schließen... Sein Interesse an meinem Fall und seine ehrliche Bewunderung für mich nahmen noch zu, sobald er über Slimène fast mehr wußte als dieser über sich. In seinem höchst merkwürdigen, außergewöhnlichen Naturell gleicht er weder im guten noch im schlechten irgendeinem andern...»

Später wird sie ihrem Tagebuch anvertrauen: «Auf sinnlichem Gebiet herrscht Slimène als einzigartiger, unangefochtener Herr. Nur er zieht mich an, nur er versetzt mich in jenen Geisteszustand, der notwendig ist, wenn man die Domäne des Intellekts verlassen, wenn man hinabsteigen will – ist es denn ein Abstieg? Ich bezweifle es sehr – in jene der grandiosen sinnlichen Verwirklichung.»

Bevor Isabelle Eberhardt mit einem Militärkonvoi von El-Oued nach Batna umsiedelt, schickt sie einen Brief an den «ehemaligen Lehrer» Abdelkader ben Hadj Said, ihren intimen Freund, der die Risiken der Affäre de Morès mit ihr geteilt hat. Offensichtlich ist sie nach dem Attentat enttäuscht von ihren Auftraggebern, den Mitgliedern des «Komitees der Freunde von de Morès», dem ultrakonservative Aktivisten angehören. Sie hat für ihre Naivität und ihren Mangel an politischem Durchblick bereits zu teuer bezahlt: «El-Oued, am 20. Februar 1901. Lieber Freund, Ihr Brief hat mich niedergeschmettert... Ach, all meine düsteren Vorahnungen sind Wirklichkeit geworden, und an dem Tag, als ich Ihnen und Slimène voraussagte, was geschehen würde, habe ich mich nicht getäuscht.

Lassen Sie diesen ganzen Kram sein, und versuchen Sie, sich

ein neues Leben zu schaffen, das ist der aufrichtige Rat desjenigen von uns allen, der am meisten geprüft wurde.

Die Zukunft wird Ihnen beweisen, daß wir häßlich mißbraucht worden sind.

Denken Sie unbedingt daran, daß es nichts Unehrenhaftes ist, sich von jenen Leuten abzuwenden, denn ich rate Ihnen weder zu Verrat noch dazu, die Gunst anderer zu suchen.

Im übrigen hat dieser Rat seine genaue Entsprechung in dem, was ich zu tun gedenke. Ich reise nach Batna und will von jenen Leuten nichts mehr wissen.»

Isabelle Eberhardt an Augustin de Moerder

Batna, 7. März 1901

Lieber Freund,
es scheint, daß wir, Slimène und ich, dem Schicksal gegenüber schuldig geworden sind: Es verfolgt uns und hat uns in eine Lage gedrängt, die zwar nicht *bedrohlicher* ist als bisher, jedoch materiell UNMÖGLICH: Heute, da wir dachten, unsere Heirat sei nur noch eine Frage von Wochen, hat der Oberst Slimène rufen lassen und ihm erklärt, er brauche gar nicht erst einen offiziellen Antrag stellen, da die Genehmigung verweigert würde und man Slimène niemals gestatten würde, mich zu ehelichen, und dies aus Gründen, die der Oberst, wie er sagte, den Beteiligten nicht mitteilen könne.

Folglich müssen wir noch *elf Monate* irgendwie durchhalten, denn davon, daß Slimène sich neu verpflichtet, kann nicht mehr die Rede sein: Ich nehme an, Du wirst diese unsere Meinung teilen.

Betrachten wir einmal die Situation:

Slimène erhält alle zehn Tage magere 10 frs, denn er ist gehalten, in der Kantine zu essen, wofür man ihm 12 frs vom Monatssold abzieht.

Von diesen 10 frs muß ich ein Zimmer mieten, essen, mich kleiden und etwas beiseite legen, um damit bald die 70 frs Schulden zu bezahlen, die wir noch in El-Oued haben, und am 1. Juni 150 frs, die wir in Guémar schulden. Mir scheint, das zu versuchen, ist sinnlos.

Als ich aus dem Hospital entlassen wurde, war meine Hauptwunde vernarbt, aber sehr schlecht: der durchschnittene Muskel ist in die Knochenwunde eingewachsen: Das macht das Biegen des Ellbogens über den rechten Winkel hinaus unmöglich. Wie sich das bei irgendeiner Arbeit auswirken würde, kannst Du Dir vorstellen. Um den Arm wieder voll funktionsfähig zu machen, müßte er erneut operiert werden, was in El-Oued nicht geht, da es dort nur einen Arzt gibt, der nicht zugleich die Dosierung von Chloroform überwachen und operieren kann. Hier habe ich nicht die Mittel für diese Operation, nicht einmal für die verordnete Massage. Also werde ich für mein ganzes Leben verunstaltet bleiben.

Ein weiterer Ärger: Nicht nur sind die Unterkünfte teuer, schmutzig und unbehaglich, es ist zudem für eine unverheiratete Frau auch noch fast unmöglich, etwas zu finden. Wir haben eine in einem französischen Haus gemietet und waren gezwungen, sie am nächsten Tag wegen der Szenen, die uns die Wirtin machte, zu verlassen. Hier ist die eigentliche Wirtin die Frau eines Spahis und eine ehemalige Dirne, die das ganze Haus tyrannisiert. Außer uns wohnt ein eingeborener Unteroffizier hier, und es gibt vier Spahi-Haushalte, in denen die Frauen, Chaouiyas und Kabylinnen, sich die Zeit damit vertreiben, von Zimmer zu Zimmer zu wandern und sich zu streiten. Du siehst das Leben hier sicher vor Dir.

Slimène konnte zehn Tage Urlaub erhalten, um mich in Biskra abzuholen und ein wenig bei mir zu sein. In vier Tagen muß er seinen Dienst wieder aufnehmen: von ein Uhr morgens bis fünf Uhr abends wird er fort sein.

Ich habe Dir meine Situation offen dargelegt, denn aus Hélènes Telegramm konnte man auf die Ansicht schließen, ich würde Dich ohne Dringlichkeit zum Vergnügen um Hilfe bitten.

Aus all diesen Gründen habe ich Dich gebeten, unverzüglich an Magnin zu schreiben, damit er Page fragt, mit welchem Recht er den Verkauf der Villa verzögert, und ihn daran erinnert, daß in zwei Monaten der Tod des Erblassers zwei Jahre zurückliegt. Du sagst mir, ich solle mich gedulden wie Du: Doch Du bist einigermaßen installiert und kannst Deinen Unterhalt bestreiten, während ich *nichts habe*, weder Unterkunft noch Kleidung oder Geld... nur das, was Slimène mir gibt, ohne auch nur ein paar Münzen für Tabak etc. zurückzubehalten.

Dies alles nicht, um Dein Mitleid zu wecken oder gar, Dir zu drohen. Wenn ich ankündige, daß ich nicht mehr schreiben werde, dann nicht aus Verdruß oder Zorn, sondern weil ich Dir nur immer meine Qual schildern könnte und die eines Menschen, den Du nicht kennst, der mir jedoch kostbarer ist als alles andere in dieser tristen Welt, in der mir, wie Du zugeben wirst, übermenschliches Leiden zuteil geworden ist.

Hier meine *letzte* Bitte: Schicke mir bis zum Verkauf der Villa *zehn* Francs monatlich an Slimènes Adresse.

Ich unternehme heute abend diesen letzten Versuch und werde beklommen Deiner Antwort entgegensehen. Im übrigen werde ich jetzt erfahren, was ich mich oft gefragt habe: Fühlst Du mir gegenüber die Zuneigung und grenzenlose Verbundenheit, die ich für Dich hege?

Wie immer Deine Antwort ausfällt, telegraphiere sie mir: ich möchte lieber gleich Gewißheit haben.

Auf meiner Stirn sollte tätowiert geschrieben stehen: «Kein Glück».

Möge Gott Dich und die Deinen beschützen.

Wenn ich an ihn nicht glaubte, wenn ich nicht auf Dich hoffte sowie auf das, was Maman Dir zweifellos mitgegeben hat, und wenn ich nicht meinen *Bruder* Slimène in der Nähe hätte, würde ich noch heute abend mein Leben beenden.

In kürze erhältst Du ein schönes Gazellengeweih, das ich aus dem Souf mitgebracht habe und Dir schicken werde, sobald es mir möglich ist.

[ohne Unterschrift]

Augustin beeilt sich nicht, auf dieses Ultimatum zu antworten. Im März notiert Isabelle Eberhardt im Tagebuch: «Hier völlige Auflösung... kein Essen, kein Geld, keine Heizung... Nichts!» – «Unwichtig das nun sehr reale Elend und das Klosterleben inmitten arabischer Frauen... Ich würde sogar die absolute Abhängigkeit preisen, in der ich mich befinde... Doch was mich foltert und mir das Leben fast unerträglich macht, ist die Trennung von ihm und der bittere Umstand, daß ich ihn nur selten für ein paar verstohlene Augenblicke sehen kann.»

Zeugen ihrer großen Liebe sind kleine Botschaften, die der getreue Khalifa zwischen Isabelle Eberhardt und der Kaserne hin und her trägt. Isabelle Eberhardt illustriert ihre Billetts mit sinnlichen Zeichnungen von Augen und Mündern, geschmückt mit arabischen Lettern. Diejenigen, die «ein Kuß» *(ou bou)* bedeuten, wiederholen sich unaufhörlich.

Bald soll in Constantine das Militärgericht zusammentreten, um den Schlußstrich unter die Untersuchung des Attentatversuchs von Behima zu ziehen.

Isabelle Eberhardt an Slimène Ehnni

[Batna, Anfang März]

Zizou, Ouika, Ya Zou

[Zwei Augen:] *Mein kleines grünes Auge kommt, um in Dein großes gelbes Auge zu blicken* (A)

Ich schicke Dir diese Augen und das Papier für den Brief an die Kommission, der *rasch abgeschickt werden muß.*

Mouloud (der Bruder von Slimène) streicht wieder ums Haus.

Labadi und Rezkri haben mir versichert, daß Du heute nicht die Wache übernehmen wirst, da das Sahara-Kommando nicht ausrückt. Wenn das stimmt, schick mir doch einen Zettel und nenne mir die genaue Uhrzeit, zu der Du kommen kannst. Selbst wenn Du heute nacht aufs Pferd steigst, könntest Du wohl zum Abendessen kommen.

Schick unserem Gärtner eine Zeile, und sag ihm, daß Du ein Pferd hast und ihm den Pferdemist geben wirst.

Sag ihm, wo Du wohnst, damit er begreift, daß es ganz nah ist; er brauche nur Deinem Diener, dem Überbringer der Botschaft, jeden Morgen eine Schubkarre und eine Schaufel zu geben. Die maurische Wanne taugt dafür nicht, und die Polizei hat schon wegen des Mists geflucht. Tu doch bald, was ich Dir sage. Gib Khalifa eine genaue Antwort und die Pferdeheilmittel, und schreibe gleich an den Kommissar. Ich konnte heute morgen nicht ausgehen und gehe auch nicht zu Lamri.

Ich warte auf Deine rasche Antwort.

[Eine Zeile Küsse auf arabisch und drei Augenpaare.]

Isabelle Eberhardt an Slimène Ehnni

[Batna, ohne Datum]

[Ein Auge] An die gelben Augen von Deiner schwarzen Tochter (A)

Die Spahis haben mir erzählt, daß der Hauptmann Dich hat rufen lassen und daß Du Dich intensiv mit ihm unterhalten hast: Wenn es um unsere Angelegenheit ging, mußt Du mir sofort sagen, was er gesagt hat.

Die Briefe an Ringer und Letord müssen unbedingt abgeschickt werden, denn es gibt keinen Grund, bis zum Jüngsten Gericht schweigend zu warten. Wir müssen alles versuchen, an alle Türen klopfen, bevor wir uns geschlagen geben: Wer nichts

Liebesbriefchen vom März 1901: «das grüne Auge» von Isabelle Eberhardt blickt in das «gelbe Auge» von Slimène Ehnni

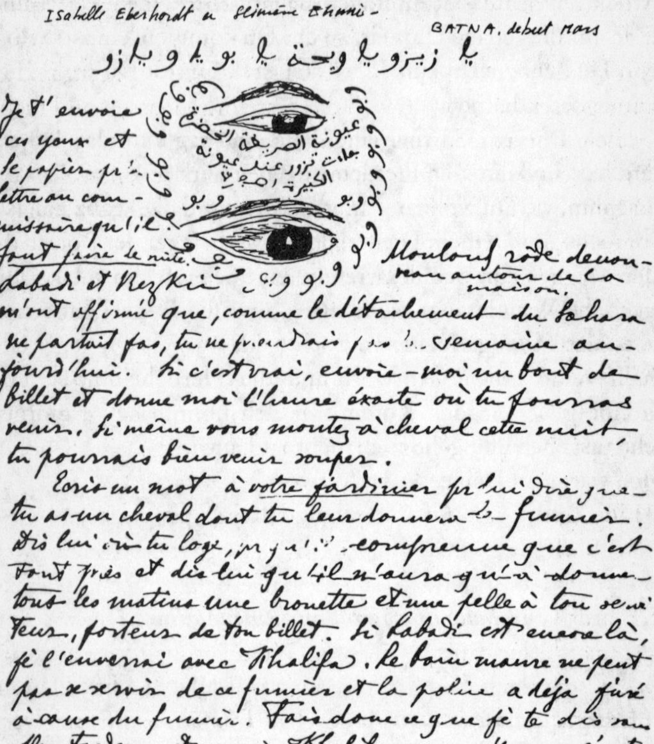
Isabelle Eberhardt à Slimène Ehnni –

BATNA. début Mars

Je t'envoie ces yeux et le papier p. lettre au commissaire qu'il faut faire la nuit.

Mouloud rôde devant autour de la maison.

Labadi et Rezki m'ont affirmé que, comme le détachement du Sahara ne partait pas, tu ne prendrais pas la semaine aujourd'hui. Si c'est vrai, envoie-moi un bout de billet et donne moi l'heure exacte où tu pourras venir. Si même vous montez à cheval cette nuit, tu pourrais bien venir souper.

Écris un mot à votre jardinier p. lui dire que tu as un cheval dont tu leur donnera le fumier. Dis lui où tu loge, p. qu'il comprenne que c'est tout près et dis lui qu'il n'aura qu'à donner tous les matins une brouette et une pelle à ton serviteur, porteur de ton billet. Si Labadi est encore là, je l'enverrai avec Khalifa. Le bon maure ne peut pas se servir de ce fumier et la police a déjà juré à cause du fumier. Fais donc ce que je te dis sans plus tarder. Donne à Khalifa une réponse exacte et les effets de pansage et ne tarde pas à écrire au commissaire. Je n'ai pu sortir ce matin et n'irai pas chez Zamri.

J'attends ta réponse sans plus tarder.

riskiert, gewinnt nichts, und da die beiden Männer uns in keinem Fall verraten werden, riskieren wir auch nichts – außer zu gewinnen. *Inch'Allah* (A).

Wenn Du heute Deinen Sold erhältst, schick mir ein bißchen Geld: ich habe nichts im Haus.

Gib Khalifa die Bücher: Nachdem ich Souf Terpentin in den Hals gegossen habe, wollte ich das erst wirken lassen und nicht ausreiten. Darum langweile ich mich schrecklich.

Deine schwarze Tochter umarmt Dich und verlangt, daß Du bald kommst, um sie sowie ihre Schwestern zu umarmen, die zornig ihre kleinen *Köpfchen* (A) recken.

Informiere Dich bei der Gendarmerie wegen des Prozesses, damit ich keine unnötige Reise machen muß.

Ou bou, ou bou, ou bou, ou bou.

Bitte Antwort und Bücher.

[Als Unterschrift ein winziges
Selbstporträt und das Wort: Deine Schöne]

In der Hoffnung, doch noch nach El-Oued zurückkehren zu können und die Heiratserlaubnis zu erhalten, sucht Isabelle Eberhardt Fürsprecher. Der Leutnant Letord, inzwischen Hauptmann eines Stützpunkts im Grand Sud, wird ihr antworten, daß sein Eingreifen nichts nützen würde.

Es folgt die erste erhaltene Botschaft von Slimène, in schöner, regelmäßiger Handschrift französisch geschrieben.

Slimène Ehnni an Isabelle Eberhardt

[Batna, ohne Datum]

Meine liebe Ziza,
gestern abend sollte es Nachtalarm geben, aber er hat wahrscheinlich darum nicht stattgefunden, weil sich das Gerücht da-

von überall herumgesprochen hatte und weil niemand außer dem Obersten etwas davon wissen soll. Vielleicht findet er heute abend oder morgen statt.

Mir scheint, Du mußt morgen aufbrechen. Komm daher unbedingt heute abend zwischen 7 h 45 und 8 h ans Kasernentor, denn ich möchte Dich noch sehen, bevor Du abreist.

Trage Khalifa auf, in Deiner Abwesenheit für das Pferd zu sorgen und vor allem nicht den ganzen Tag mit Kiffen zu verbringen, ohne dem Pferd sein Futter zu geben.

Dein Zizou ya Ziza

[Eine Zeile Küsse auf arabisch.]

Laß mir vor Deiner Abreise das Unterhemd waschen, denn ich komme es wechseln, sobald Du aus Constantine zurück bist.

Slimène Ehnni an Isabelle Eberhardt

[Batna, 17. März 1901]

Liebe Ziza,
die vielen Dienstpflichten tun mir sehr gut, und ich beginne mich gut zu halten. Ich trinke nichts außer Kaffee und Tee und schwöre Dir bei unserem Scheich *El-Djilani*, daß ich nie wieder Alkohol trinken werde. Du weißt, ich kann nur einmal mein Ehrenwort geben.

Wenn Du nach Deiner Zeugenaussage noch genügend Geld hast, kaufe mir zwei oder drei Unterhemden, nicht mehr.

Gleich nach der Ankunft telegraphiere mir Deine Adresse. Nach dem Militärgericht mußt Du mir telegraphieren, wann Du nach Batna zurückkommst und *daß der Mann verurteilt worden ist*.

Ich wünsche euch beiden eine gute Reise, und Du, Du sollst an Deinen Zizou denken.

Ehnni

Am gleichen Tag begibt sich Isabelle Eberhardt, vor das Militärgericht geladen, nach Constantine. Doch der Prozeß gegen ihren Angreifer findet erst im Juni statt.

Am nächsten Abend ist sie wieder in Batna.

Sie weiß nun, daß sie überwacht wird, und unterhält sich sogar mit den auf sie angesetzten Spitzeln. Sie kennt die Vorwürfe der Militärbehörden und versucht sich im Tagebuch Mut zu machen: «...zum Glück hält der Feind mich für reich, wie ich den Worten des Polizisten entnehmen konnte. Ich habe gut daran getan, vor zwei Jahren hier und in Biskra Geld zum Fenster hinauszuwerfen: Das Gerücht, ich wäre reich, ist unter dem Gesichtspunkt meiner Verteidigung ebenso nützlich, wie wenn ich wirklich reich wäre...

Doch welche Verbrechen müssen sie auf dem Gewissen haben, wie müssen sie das Licht scheuen, wenn sie so vor mir zittern, die ich zuerst aus Nachlässigkeit und dann aus Furcht, Slimène zu schaden, insgesamt außer den Nachforschungen in El-Oued kaum etwas gemacht habe! Es ist offensichtlich, daß sie Angst haben. Warum sonst verhaftet man mich nicht zum Beispiel wegen Spionage? Oder warum weist man mich nicht aus? Wie P. [Pugeat?] sagte: ‹...diese verwirrte Person könnte uns viel Ärger machen.› Alles nur darum.»

Eine Woche später, am 2. Mai, erfährt sie, daß sie aus Algerien ausgewiesen ist.

Slimène Ehnni an Augustin de Moerder

Batna, den 5. Mai 1901

Lieber Schwager,
meine Frau erklärt Ihnen den Grund, aus dem sie mich verläßt, übrigens nur für den Augenblick, denn ich bin fest entschlossen, nach Frankreich überzusiedeln, nach Marseille oder in sonst eine Stadt des Südens.

Wachen Sie über Ihre Schwester, wie ich seit zehn Monaten über sie gewacht habe. Ich bitte Sie, ihr den Schutz Ihres Dachs angedeihen zu lassen, während wir fern voneinander leben, damit sie beginnen kann, gegen die Verfolgung vorzugehen, deren Opfer sie ist.

Sie wird ein wenig Geld haben, wenn sie eintrifft, und darüber hinaus werde ich versuchen, ihr von meinem Sold ein paar Centimes für ihre kleinen Ausgaben und für unseren Briefwechsel zukommen zu lassen.

Sie wissen, daß meine Frau mit sehr wenig Geld zu leben versteht, woran sich zu gewöhnen sie unglücklicherweise Gelegenheit und Zeit hatte, vor allem hier in Batna.

Sie wird Sie also so gut wie nichts kosten. Im übrigen wird Ihnen das, was Sie für sie ausgegeben haben, aus ihrem Erbteil wieder vergütet werden. In jedem Fall verpflichte ich mich, Ihnen diese Kosten aus der Summe zu ersetzen, auf die ich an dem Tag meiner Entlassung, *dem 20. Februar nächsten Jahres*, Anspruch habe.

Ich hoffe, Ihnen bald persönlich die Hand schütteln zu können, denn ich bin unwiderruflich entschlossen, nach Frankreich zu ziehen und mich nicht neu zu verpflichten.

Lassen Sie mich Sie in Liebe zu unserer teuren *Ziza* brüderlich umarmen.

Ihr ergebener Schwager

Ehnni S.

Ehnni, Sélimen, Quartiermeister der 3. Schwadron der 3. Spahis zu *Batna*.

Man stelle sich den Abschied vor. Mondschein. Es ist drei Uhr morgens. Die tristen, schnurgeraden Straßen von Batna sind verlassen. Slimène und Khalifa, der Haschisch-Raucher, begleiten Mahmoud zum Bahnhof... «Ich wandte mich noch ein letztes Mal nach der lieben roten Silhouette um.»

Ein schmerzlicher Aufenthalt in Bône. Am 9. Mai schifft sich im Hafen ein gewisser Pierre Mouchet im schäbigen Matrosenanzug auf der *Berry* ein: Es ist Isabelle Eberhardt, die vierter Klasse reist, auf Deck, den Unwettern ausgesetzt.

Und natürlich gibt es Sturm. Seekrank, mit Magenkrämpfen vor Hunger, durchfroren, übermüdet, «mit Nierenschmerzen, weil ich mich ständig auf die durchnäßten, harten Taue gestützt habe...»

Nur um bei der Ankunft zu erfahren, daß sie schließlich doch nicht ausgewiesen ist. Sie wird nach Algerien zurückkehren können, sobald sie die Mittel dazu hat. Sie werden ihr gestellt, damit sie am 18. Juni als Zeugin vor dem Militärgericht in Constantine erscheinen kann... Die Stimmung bessert sich.

Isabelle Eberhardt an Slimène Ehnni

Marseille, 25. Mai 1901

Liebster Zuizou!
Hier die Neuigkeit: Heute morgen kam ein Gendarm, um mich für den 18. um 6 Uhr morgens zu laden.

Du mußt mir also postwendend antworten, wo in Constantine ich *mich einkleiden kann*, denn ich kann mir *unmöglich* europäische Frauenkleidung beschaffen und mich auch nicht in maurischer Tracht einschiffen.

Ich reise wenigstens vier Tage vor dem 18. von Marseille ab, denn man muß für die Überfahrt im Durchschnitt fünfunddreißig bis vierzig Stunden rechnen und eine Verspätung einkalkulieren.

Richte es so ein, daß Du unter allen Umständen nach Constantine kommen kannst, und wenn nur für den Tag der Verhandlung. Das erleichtert alles.

Ich kündige Dir an, daß ich von Constantine mit Dir nach Batna zurückkehren werde, um dort das Ergebnis aller noch schwebenden Eingaben abzuwarten.

Unterrichte keinen von dieser Rückkehr.

Ich arbeite Tag und Nacht – gestern bis halb eins – an meiner russischen Arbeit, die ich vor Ende Mai abschicken werde. Auch die Korrespondenz mit den Anwälten haben wir aufgearbeitet.

Wir gehen kaum aus: Seit drei Tagen habe ich den Kopf nicht hinausgestreckt, und erst morgen gehe ich mit Aug. und seiner Frau hinaus. Ich möchte so viel Arbeit wie möglich erledigen, bevor ich mich wieder in das unsichere Wanderleben werfe, das unser Los ist.

Ich umarme Dich von ganzem Herzen... In höchstens vierundzwanzig Tagen mache ich das besser, *Zizou* (A).

Ou bou, Zouizou, ou bou o bou Ouïha kahla (A).

«Ich bin schließlich zu der absolut aufrichtigen Überzeugung gelangt, daß das Elend, welcher Art es auch sei, nicht *direkt* auf den ästhetischen Sinn einzuwirken vermag und daß ich gegenwärtig ebensogut, *wenn nicht besser*, die Pracht der Dinge empfinde...»

Im Gegenteil, «der Schmerz ist fruchtbar». Die Trennung von Slimène, das Marseiller Exil führen zu fieberhaftem Schreiben. Im Mai überarbeitet und ergänzt Isabelle Eberhardt ihre Notizen über El-Oued und schreibt die Geschichte ihrer Abreise und der Mittelmeerüberquerung nieder.

Bei der Fülle von Erinnerungen und Eindrücken, die sie im Süden gesammelt hat, verfügt sie über kostbares Material, aus dem sie beim Schreiben von Erzählungen schöpfen kann, in denen sich ihr schriftstellerisches Talent deutlicher zu zeigen beginnt. «In der Düne», «Frühling in der Wüste», «Im Land der treibenden Sande», «Der Major» etc. zeigen diese Energie und skizzieren – aus dem Blickwinkel der Unterdrückten – eine Saga der Kolonialherrschaft und ihrer intimsten Aspekte (s. *Sandmeere*).

Isabelle Eberhardt an Slimène Ehnni

Marseille, 29. Mai 1901

Liebster Ouïha, Zizou Liebling.

Ich habe gerade Deinen Brief vom 20. erhalten und will Dir nicht verhehlen, daß er mir aus guten Gründen Kummer bereitet hat.

Zur Kleiderfrage. Ich habe Augustin in der Lage vorgefunden, an der ich kaum Zweifel hatte: Er hält sich nur über Wasser, weil er schlau genug war, Vorräte in Mengen anzuhäufen, und durch ein paar Buchbestellungen, die er hier und da erledigt. Trotzdem hat er mir Geld vorgeschossen, damit ich mich wie ein *europäischer Mann* kleiden kann, was weitaus billiger ist als Frauenkleidung. Man merkt, daß Du nicht weißt, was es kostet, *nicht etwa gut*, sondern auch nur passabel als Französin angezogen zu sein: Perücke (die für einen *rasierten Kopf* wie den meinen zwischen 15 und 20 Francs kostet, denn ein schlichter Zopf genügt nicht). Hut, Wäsche, Korsett, Unterröcke, Strümpfe, Schuhe, Handschuhe etc. Die beiden Mieder sind schließlich verkauft worden, und im übrigen konnte keine Rede davon sein, schwere Winterkleider im Sommer zu tragen, und auch noch in Algerien: zum ersten ist es eine Qual und zweitens einfach zu *lächerlich*.

Ich kann Dir nur das Zugeständnis machen, mich nicht länger *als Araber zu kleiden*, was übrigens auch das einzige ist, was die Obrigkeit gegen mich einnehmen könnte. Also werde ich mich nun, wo ich dafür einigermaßen ausgestattet bin, als *Europäer* kleiden. Ich schwöre Dir bei *El Djilani* (A), *daß ich mich nicht zum Vergnügen wie ein Mann kleide*, sondern weil alles andere unmöglich ist. Ich habe europäische Männerkleider für den Sommer, die völlig ausreichend und angenehm sind, sowie ein Paar solide Schuhe.

Du mußt alles in Bewegung setzen, um Batna so schnell wie möglich zu verlassen, denn jeder Aufenthalt in dieser Stadt ist mir inzwischen *verhaßt*. Übrigens kündige ich Dir auch an, daß ich bei meiner Rückkehr nie wieder den Fuß ins Haus von Lamri oder von Mahmoud setzen werde, denn all diese schlampigen arabischen Frauen haben in mir einen Ekel und Haß geweckt, den ich nie mehr werde überwinden können. Ich nehme an, Du bist mit diesem Beschluß einverstanden, da Du Dich selbst so geäußert hast.

Es gibt keine Ausweisungsverfügung; ich hatte immer diesen Verdacht. Mein Platz ist bei Dir, nur bei Dir. Die Schurken – die Du so gut kennst wie ich, sogar besser –, die den Wunsch und die Hoffnung haben, uns zu trennen, werden es nicht schaffen, denn siehst Du, ich würde lieber uns beide mit eigener Hand töten, als fern von Dir zu leben.

Ich werde mit dem um 6 Uhr morgens in Philippeville abfahrenden Zug in Constantine ankommen. Wenn Du nicht vor mir dort sein kannst, lasse ich meine Sachen in der Gepäckaufbewahrung am Bahnhof und gehe in der Stadt spazieren. Wenn Du vor mir ankommst, wirst Du mich am Bahnhof abholen.

Ich habe an Doumercq in Bône geschrieben. Wenn er da ist, ziehe ich mich bei ihm um – der Fahrpreis ist der gleiche – und komme in Constantine in maurischer Kleidung an, was fraglos viel bequemer wäre. Die Reise von Constantine nach Batna kann ich, wenn ich mit Dir zusammen bin, sehr gut in maurischer Kleidung machen... um Dir ein Vergnügen zu bereiten, *zizou ras guessih* (A). Glaub mir, die sicherste und am wenigsten Aufsehen erregende Kleidung ist natürlich die eines *europäischen* Mannes; mein Bruder und seine Frau sehen mich, wenn ich hier bin, am liebsten in diesem Aufzug, und wenn es einen Mann von Vernunft gibt, dem man vertrauen kann, dann ist das wohl Augustin, glaube ich.

Was eine Aufmachung als *Dame* angeht, so können wir uns die schlichteste davon einfach nicht leisten. Punkt.

Du willst bestimmt nicht, daß ich zum Gespött der Schwachköpfe von Batna werde, und lieber gehe ich nur allein aus als in Köchinnen-Klamotten. Dafür bin ich zu stolz, und ich hoffe, daß Du mir nicht eine solche Erniedrigung an einem Ort aufzwingst, an dem ich als *Millionärin* – oder nicht weit davon entfernt – gelte. In Tunesien dagegen kennt mich keiner, und ich kann tun, was mir richtig erscheint.

Küsse Ouïha und Kuß für... und auf die gelben Augen. Deine braune Tochter umarmt Dich heftig, und ihre Schwestern ebenso, sie lassen Dir sagen, daß sie Dich tausendmal umarmen (A). (Ein Auge.)

Welch ein Gegensatz zwischen dem munteren, freien Ton dieses Briefs und den folgenden! Inzwischen hat in Constantine das Militärgericht getagt und Abdallah ben Mohammed, den Angreifer, zu lebenslänglicher Zwangsarbeit verurteilt – eine Strafe, die schließlich auf zwanzig Jahre reduziert wird, vielleicht dank der Zeugenaussage von Isabelle Eberhardt, die forderte, ihm zu verzeihen. Kaum ist das Urteil gefallen, sieht sie sich davon in Kenntnis gesetzt, daß sie in aller Form des algerischen Territoriums verwiesen wird.

Ein Trost: Slimène erhält zwei Wochen Urlaub, um sie nach Marseille zu begleiten. In Algerien erregen sich einige Leute über die willkürliche Behandlung der Heldin einer in den Zeitungen vielbeachteten Episode.

Eine Hoffnung: Slimène kehrt erst nach Batna zurück, nachdem sie einen Plan ausgeheckt haben, wie sie seine Versetzung nach Marseille betreiben können. In der Wartezeit:

«Ich durchlebe eine Periode seltsamer körperlicher und geistiger Gelassenheit, von intellektuellem Wiedererwachen, von Hoffnungsfreude ohne Überschwang, und die Zeit verstreicht ziemlich rasch, was im Augenblick die Hauptsache ist.

Auch fällt mir seit dem berühmten Prozeß von Constantine ein kräftiges Wiedererwachen meines literarischen Interesses auf...»

Isabelle Eberhardt an Slimène Ehnni

Marseille, 9. Juli 1901, 6 h abends

Mein lieber Zuizou, mein Ouïha,
übermorgen wirst Du gerade eine Woche fort sein.

Heute habe ich in der rue Tivoli trockene Platanenblätter aufgelesen, um sie zu rauchen, denn es gibt nicht einmal mehr Tabak.

Wir haben *nichts*. Deswegen habe ich gezögert, Dir zu schreiben. Jedenfalls schicke ich Dir diesen Brief mit der Donnerstagspost, auch wenn er unfrankiert bleibt. Das verzeihst Du mir doch, nicht wahr?

Ich habe in den letzten Tagen viel gearbeitet, sowohl an französischen wie an russischen Sachen. Ich habe zwei kleine literarische Artikel* über den Souf geschrieben, die ich an Angellini geschickt habe, damit er versucht, sie in der *Depêche* zu veröffentlichen. Ich habe auch viele Buchnotizen gemacht.

Zuizou... Ich habe vergessen, Dir *guten Tag, Vogelauge*** (A) zu sagen.

Gesundheitlich geht es mir nicht schlecht, *außer daß ich indisponiert bin* (A), was uns bei unserem glücklichen Wiedersehen von Lästigem befreit.

Rouissa kahla, ouihti! Deine Photographie liegt hier vor mir, und heute abend lege ich sie ganz in meine Nähe, um mit Dir zu schlafen. Ich habe in Deiner Abwesenheit nur einen Trost – die Arbeit. Sonst würde ich den Verstand verlieren, glaube ich.

Zum letzten Mal bin ich ausgegangen, um für Augustin ein Paket zum Pfandhaus zu tragen: Er hat seinen Überzieher hingeschickt, eine Hose... und den Mantel der Kleinen. Das sagt alles über die hiesige Situation!

Was uns betrifft, so müssen wir hoffen, daß wir bald Frieden und Schutz vor Not finden; nach den letzten Auskünften wird uns die Genfer Angelegenheit am Ende ungefähr 3000 frs mehr eintragen, als wir dachten.

Du siehst, es handelt sich nur darum, Geduld zu haben und Gott nicht durch Murren zu versuchen.

Ich habe inzwischen Abendessen gemacht. Jetzt ist es 10 h.

Augustin, der ständig hustet, bittet Dich, ihm sofort als Muster ohne Wert (Einschreiben ist sinnlos) für ein paar Centimes... (unleserlich) und *chih**** (A) in zwei kleinen Päckchen zu schicken.

Wenn Du zurückkommst, vergiß nicht, die detaillierte Vorlage zu den fünf Tagesgebeten und zu den Freitagsgebeten. Wenn Du jemanden von unserer Bruderschaft auftreibst, bitte ihn auch, Dir lesbar den vollständigen *dikr* aufzuschreiben, den ich vergessen habe.

Vor allem muß man Gott dienen, *unterwirf Dich Allah, das ist die Kraft und der Reichtum* (A).

Verlaß Dich fest auf Gott, und wenn Du mir *jeden Abend eine große Freude bereiten willst*, sprich vor dem Einschlafen den *dikr* und bitte Djilani, uns beizustehen, uns zu beschützen. Er hat uns bisher immer gerettet. Daher ist es nicht denkbar, daß er uns jetzt im Stich läßt. So werden sich unsere beiden Seelen auch in ein und demselben Gebet vereinen, wie fern wir auch voneinander sind.

Wenn es Dir gelingt, Deine Sachen günstig zu verkaufen, gib die 30 frs zurück, die Du schuldest, und kauf die paar Dinge, die Du mitbringen mußt. Lieber schränken wir uns hier äußerst ein, als daß Du mit leeren Händen zurückkommst. Bring vor allem Tabak mit, so viel wie möglich, und Zigaretten.

Du weißt, ich spreche nicht für mich, Zuizou, ou bou, Rouiha. *Guten Abend, freier Vogel* (A). Schließ die gelben [ein Auge], dann schließ ich meine kleinen grünen [ein Auge].

Deine Mädchen halten sich gut und grüßen ihren Vater.

Bevor Du Batna verläßt, wirf für mich einen Kuß in die Richtung von Biskra und der Wüste...

[Zeichnung des Minaretts von Sidi Salem in El-Oued]

Erkennst Du diese Silhouette? Zuizou, bitte Gott, den Sultan der Heiligen und Sid Mustapha ben Azzouz, uns bald im Schatten unseres weißen Minaretts von Sid Salem zu vereinigen!

Gute Nacht. Sag mir, *träumst* Du viel?

[eine Linie Küsse auf arabisch]

* «Maghreb» und «Frühling in der Wüste», die dank der Vermittlung des Journalisten Angellini, der beim Prozeß von Constantine anwesend war, in der Zeitung *Nouvelles* (Algier) erschienen.

** Vogelauge: Arabisch ein poetischer Ausdruck mit erotischer Nebenbedeutung.

*** Traditionelle Heilpflanze.

Donnerstag, 11. Juli 9 Uhr morgens

Guten Morgen, Auge des Vogels (A).

Unartiger Zizou! Die Post hat mir keinen Brief von Ouïha gebracht! Alle meine Ängste erwachen dadurch wieder. Solltest Du mich schon vergessen haben?

Zuizou! Kann es möglich sein, daß Dir Dein Herz nicht einmal zehn Zeilen für Ziza diktiert?

Bist Du so zufrieden damit, nach Batna zurückgekehrt zu sein, Deine Kameraden und Freunde wiedergefunden zu haben, daß sich Deine Gedanken nicht zurück zu der armen Verbannten wenden?

Mein schwarzer Kopf (A), ich bin nicht zufrieden mit Dir. Es sind jetzt schon acht Tage vergangen, seit Du mich verlassen hast, und fünf, seit Du in Batna bist, ohne daß Du mir etwas geschrieben hast. Woher soll ich Deiner Meinung nach den Mut schöpfen, um das Elend, die Einsamkeit und den ganzen Kummer, den Du kennst, zu ertragen?

Ein Brief von Dir ist das einzige, was mich trösten kann. Wie Du siehst, denke ich Tag und Nacht an Zuizou.

Warum vergißt Du mich also? Schreibe mir spätestens am *Samstag*. Wenn ich bis Dienstag keinen Brief habe, werde ich daraus schließen, daß Du mich ungeachtet Deiner Schwüre vergessen hast und Dich in Batna wohlfühlst... wozu soll ich dann also kämpfen, wozu mich gedulden? Ich habe keine Kraft, keinen Mut mehr, auch keine Lust zu leben.

Ich lebe nur durch Dich und für Dich. Wenn Du mich vergißt, brauche ich *nichts mehr*. Ich warte also bis *Dienstag, spätestens.*

Auf Wiedersehen, Kuß. Küsse. An einem anderen Tag (A).

Ich glaube, daß ich gezwungen sein werde, meinen Brief unfrankiert loszuschicken, aber ich weiß, daß es Dir lieber ist, sechs Sous auszugeben, als ohne Nachricht zu bleiben.

Ich hoffe sehr, morgen von Dir einen tröstenden Brief zu erhalten. *Ich brauche ihn*... Du kannst Dir nicht vorstellen, wie sehr.

Augustin und Hélène sind schlagartig in Verzweiflung gestürzt. Sie entlassen die Haushälterin, um ihren Lohn zu sparen, und haben aufgehört, ihre elende Lage vor mir zu verbergen. Das ist das zweite Mal, daß wir ins Pfandhaus gehen, mein Bruder und ich...

Doch mein Mut wird unerschütterlich bleiben, solange ich die Hoffnung habe, Dich in einigen Tagen wiederzusehen. Ich muß gestehen, daß ich es ohne diese Hoffnung – da ich nicht einmal mehr auf meinen Bruder, der nichts mehr hat, zählen kann – vorziehe, mir das Recht, das sich hier auf Erden nicht findet, anderswo zu suchen.

Rouïha, Du bist *alles* für mich.

Es wäre schändlich von mir, gestände ich nicht ein, daß ich nur dank Dir nicht schon längst verhungert bin. Du hast mich gerettet, Ouïha.

Schreibe mir so, daß ich Deinen Brief am *Dienstagmorgen* erhalte, d.h. schicke ihn spätestens am *Samstag* los. Erkundige Dich nach der genauen Abfahrtzeit des Schiffs, welches sehr früh am Dienstagmorgen hier ankommt.

Selbst wenn unsere Trennung bis zu dem vom Oberst festgesetzten Datum dauern muß, sind wir noch höchstens neun Tage voneinander getrennt, denn Du würdest spätestens mit dem

Schiff, das am 19. in Philippeville ablegt und am Samstagabend, den 20. hier anlegt – dem der Compagnie generale transatlantique –, welches auch wir benutzt haben, hier ankommen. Du kannst sicher sein, daß Dich Augustin *sehr herzlich* empfangen wird. Mache Dir darüber keine Sorgen.

Eine Sache schmerzt mich. Du hast mich eines Abends hier gefragt: «Würdest du mich noch lieben, wenn du sehr reich wärest?» Also bezweifelst Du manchmal meine Ernsthaftigkeit und meinst, daß ich, weil ich nichts besitze, mit Hintergedanken Zuneigung zu Dir gefaßt habe! Zuizou, Du solltest wissen, daß ich gern alle Reichtümer der Welt hätte, um sie Dir zu geben, der Du mich nicht ins Elend zurückstößt. Wisse, daß ich Dich liebe, *weil Du es bist und nur Du*, und aus keinem anderen Grund.

Ich bin übrigens verrückt, Dir das zu schreiben: Ich weiß sehr wohl, daß Du mich kennst und daß sich Dein Herz nicht in meiner Liebe täuschen kann. Du weißt außerdem, daß die Streitereien, in die ich Dich manchmal verwickle, keinesfalls bedeuten, daß ich Dich nicht liebe... Im Gegenteil.

Bete gut. *Guten Abend, Auge des Vogels. Auf Wiedersehen und träume nicht zu viel. Tausend Küsse* (A).

[ohne Unterschrift]

Isabelle Eberhardt an Slimène Ehnni

Montag, 15. Juli 1901, 6 Uhr

Guten Abend, Auge des Vogels (A)

Vorhin, als ich, nachdem ich gut gearbeitet hatte, nicht mehr wußte, was ich tun sollte, habe ich Dir einen kurzen Brief auf arabisch geschrieben, den ich dem beifügen werde, der am Donnerstag abgehen wird.

Ich töte die Zeit auf die einzig taugliche und legitime Weise – durch Arbeit.

Was kann ich Dir über meinen Alltag sagen? Ich beschäftige

mich weiter mit meiner russischen Arbeit: in kürze werde ich ungefähr 100 Seiten fertig zum Abschicken haben – 79 sind bereits noch einmal abgeschrieben*. Aber ich habe weder vom alten Professor noch von Angellini eine Antwort auf die Manuskripte erhalten, die ich ihnen geschickt habe. Im Falle eines Mißerfolgs, der nicht sehr wahrscheinlich ist, werde ich es beim *Petit Marseillais* versuchen, was ich übrigens sowieso tun werde. Wenn ich sehe, daß der *Matin* meine Sachen veröffentlicht, werde ich einen sogenannten Leserbrief zu dem schreiben, der mit *Dominique* gezeichnet war, und es auf diese Weise erreichen, daß ich einige Artikel über den Souf unterbringe. Ich werde jedenfalls herausbekommen, ob da etwas zu machen ist. Sollte ich, was *unwahrscheinlich* ist, meine kleinen Artikel nirgendwo unterbringen können – dann bleibt mir immer noch, sie zu ordnen, aufeinander abzustimmen, sie auszuarbeiten und in einem Band zu veröffentlichen: so debütieren junge Autoren normalerweise.

Das alles beschäftigt mich ungemein und hält mich davon ab, mich allzusehr zu langweilen.

Die russische Arbeit – selbst wenn sie nicht publiziert wird, was außergewöhnlich wäre – ist mir von ganz enormen Nutzen: Ich gewöhne mich daran, russisch zu schreiben, an die Eigenheiten dieser Sprache, und auf lange Sicht werde ich auf russisch mit derselben Leichtigkeit und ebenso schnell wie auf französisch schreiben.

Ich beschäftige mich außerdem jeden Tag mit Zeichnen, und sobald wir eingerichtet sind und ein paar Sous haben, bin ich fest entschlossen, Stunden im Zeichnen und *Malen* zu nehmen. Ich habe einiges Talent zur Malerei. Vor allem will ich Buchillustration studieren: So könnte ich meine eigenen Bücher illustrieren, was ihren Wert erhöht. Außerdem gibt es einige illustrierte Zeitschriften, die Reisebeschreibungen nur unter der Bedingung annehmen, daß sie von Zeichnungen oder Photographien begleitet sind.

Jetzt, nachdem ich mich ernsthaft an die literarische Arbeit gemacht habe, werde ich sie nicht wieder aufgeben, wie ich es im Mai letzten Jahres nach meiner Abreise aus Paris getan habe.

Sobald wir eine Wohnung haben, werden wir uns an Deine Vorbereitung auf die Prüfung als Dolmetscher machen müssen, denn das ist die einzige Einnahmequelle nach Deiner Entlassung. Verstehe, daß wir das wenige Geld, das uns die Villa bis dahin einbringen wird, nicht für Reisen ausgeben sollten: Man muß einen achtbaren und einträglichen Beruf haben, worauf Du zehn Jahre lang keinen Wert gelegt haben wirst: Sobald wir ein wenig Geld auf die Seite gelegt haben und die Angelegenheit in Moskau zum Abschluß gebracht ist, sei es in Form einer Rente oder eines Anteils, der uns zukommen wird, wirst Du um Deine Entlassung bitten können. Wenn Du übrigens ein bißchen über Deine Situation nachdenkst, wirst Du sehen, daß es für Dein Selbstwertgefühl als Mann besser ist, daß Du eine Stellung innehast, die Dir zu leben erlaubt, denn wenn Du die nicht hast, werden Dir alle vorwerfen, mich wegen meines Vermögens geheiratet zu haben, ungeachtet meiner berüchtigten Vergangenheit, die niemand wirklich kennt, die vor allem keiner versteht.

Zuizou, das alles darf Dich nicht verärgern, denn Du weißt, daß ich stolz auf Dich sein will. Um uns all jenen Leuten gegenüber, die uns beleidigt und verfolgt haben, deutlich Genugtuung zu verschaffen, will ich, daß Du im arabischen Büro, dem wir unser ganzes Unglück verdanken, Offizier wirst. Der beste Weg dahin – der am wenigsten teuere und einfachste – ist, Dich auf die Dolmetscherprüfung vorzubereiten, und wir werden so arbeiten, daß Du sie ablegen kannst, sobald Du ausscheidest oder spätestens zum nächsten Prüfungstermin. Welch ein Triumph! Stell Dir die machtlose Wut all jener Lumpen vor, die uns Schlechtes wollen!

Aber das reicht wie gesagt nicht aus: Ich will, da ich von nun an unter Offizieren leben muß, daß Du ihnen als Araber und wahrer Mohammedaner zeigen kannst, wieviel gebildeter als sie Du bist. Um heute in der Welt zu glänzen, muß man nicht mehr

Gelehrter sein: man muß nur die Literatur gut kennen. Darum wirst Du, während Du Dich auf die Prüfungen vorbereitest, eine Menge Bücher lesen, die wir uns in einer Bibliothek besorgen. Wir werden auch in die öffentliche Bücherei gehen, wo jeder gratis die 25 000 Bände, die sich dort befinden, lesen kann, von denen einige interessant und *notwendig* sind. Ich werde Dir außerdem Grundkenntnisse in meiner Sprache, dem Russischen beibringen. So wirst Du an dem Tag, an dem Du in die anfangs unvermeidlich feindselige Welt eintrittst, einen Rang einnehmen, auf den die Lefèvres niemals Anspruch erheben können – einen Rang, der meiner Meinung nach Zuizou zusteht, dem Zuizou der Zuiza und, Spaß beiseite, einem *großen arabischen Marabout* (A).

Sei Dir darüber im klaren, daß Du für alle Deine arabischen Brüder, für alle unsere mohammedanischen Brüder arbeiten wirst, wenn Du das Ziel verfolgst, das ich Dir vorzeichne: Du wirst den herablassenden, araberfeindlichen französischen Herren das Beispiel eines Arabers geben, der sich vom Rang eines Spahi zweiter Klasse emporgearbeitet hat, beneidet und geschätzt wegen seiner Intelligenz und seiner Arbeit.

Ich weiß, daß Du intelligent, tapfer und weise bist: Du wirst alles tun, was Dir Deine *Mutter Zuiza* zu Deinem und ihrem Besten sagen wird. «Das ist viel Arbeit», wirst Du sagen ... Aber sind wir nicht in dieser Welt, um an der Perfektion unserer Seelen zu arbeiten, im Hinblick auf das unergründliche Schicksal, das Gott anderswo für uns bereithält? Du wirst mir vielleicht entgegenhalten, daß Du frei von Eitelkeit bist und nicht versuchst, in den Augen der Menschen zu glänzen. Das weiß ich.

Gewiß, es wäre die Mühe nicht wert, ginge es nur darum, ein so elendes Resultat zu erreichen: die Menschen zu beeindrucken. Aber ich wiederhole es Dir, jeder von uns hat eine heilige Pflicht in dieser Welt. Die Deine, die meine, die aller Mohammedaner besteht darin, tapfer und unermüdlich daran zu arbeiten, uns vor dem Abendland zu rehabilitieren, uns durch unsere Intelligenz und unser Wissen Achtung zu verschaffen.

Was die Literatur angeht – ist nicht das Lesen die am wenigsten trostlose und reizvollste Beschäftigung? Die Bücher, die man kennen *muß*, an die man sich erinnern *muß*, sind keine langweiligen wissenschaftlichen Abhandlungen, sondern vielmehr Romane oder historische Bücher und sehr interessant, wenn man seine Schriftsteller zu wählen weiß. Ich werde Dich damit auf liebenswürdige und anziehende Weise vertraut machen, und es wird mir selbst sehr guttun: Es gibt eine Menge Bücher, von denen alle Welt spricht und die ich bei meinem abenteuerlichen Wanderleben noch nie oder schlecht gelesen habe. Na gut, Ouïha Kahla, wir werden sie gemeinsam lesen… um sehr *schlau* zu werden, schlauer als die, die nicht wußten, wie sie sich uns vom Hals schaffen sollten!

Für den Augenblick mache mir die sehr reale, sehr große Freude, aufmerksam und Seite für Seite *Travail* von Zola zu lesen. Dieses Buch ist nur eine Art *Beispiel* (A), mit dem Ziel, in kunstvoller, attraktiver Form zu zeigen, wie die Vereinigung von Arbeit und Verzicht auf materielle Interessen eines Tages das Gesicht der Welt erneuern können. Es ist ein *sehr nützliches* Buch. Froment, der Held des Buchs, ist der ideale Mann, der notwendig wäre – ich hätte ihm auch noch den Gottesglauben gegeben. Doch auch so, wie der Autor ihn schildert, ist Froment ein Mensch im schönsten Sinn des Wortes, und die von ihm geschaffene Stadt ist hoffentlich, *Inch'Allah* (A) die Stadt der Zukunft.

Wenn Deine Abreise bevorsteht, telegraphiere mir genau, an welchem Tag Du mit welchem Schiff eintriffst, damit wir uns nicht verfehlen. Du brauchst nur die Gesellschaft nennen, auf den Namen des Schiffs kommt es nicht an.

[Zwei Zeilen Küsse auf arabisch]

[Unter einem gezeichneten Auge:]

Mein kleines Augenlid zuckt (A).**

[Ohne Unterschrift]

* «Das Leben in der Sahara», russisches Manuskript, von dem nur einige Seiten erhalten sind.

** Anspielung auf eine arabische Annahme: Wenn einem das Lid zuckt, denkt die geliebte Person an einen.

Kaum ist sie aus Algerien, dem «Land der Gläubigen» verjagt, beweist Isabelle Eberhardt erstaunliche Charakterstärke. Sie hat begriffen, wie subversiv und wie exemplarisch das Paar, das sie mit Slimène bildet, in diesen Jahren wirkt, in denen der Kolonialismus triumphiert.

Nach El-Oued und dem Attentat von Behima, mit zunehmender Integration in die mohammedanische Welt, übernimmt sie die volle Verantwortung für ihre Zugehörigkeit zum Islam: «Es genügt nicht, zu sagen oder nur davon überzeugt zu sein, daß *Gott Gott ist und Mohammed sein Prophet*. Wer sich Mohammedaner nennt, muß sich mit Körper und Seele auf immer hingeben, muß notfalls zum Märtyrer des Islam werden, damit dieser die Seele des Gläubigen durchdringt und jede seiner Taten, jedes seiner Worte belebt. Ohne das nützen alle mystischen Übungen nichts... Mit diesem Glauben, beseelt von diesem Geist, wird der Mensch stark... Für das gewöhnliche Auge erlangt er übernatürliche Kräfte. Er wird, um das volkstümliche Wort zu gebrauchen, zum *Marabout*.

Bei jeder Sache muß man sich zunächst bemühen, das Göttliche darin zu finden. Das immanent Göttliche ist ewig.

Bevor ich nach Behima endlich begriff, habe ich lange Jahre über diese Dinge nachgedacht, welche die Nichtgläubigen gewiß als mystisch einschätzen werden, bei ihrer wilden Leidenschaft für leere Phrasen, für alle Klassifizierungen, die es ihnen erlauben, zu reden, ohne nachzudenken. Und wenn es mir bestimmt ist, wie ich hoffe und es vorherzusehen glaube, den ganzen Zyklus dieser begnadeten Evolution zu durchlaufen, dann auf dem Schmerzenswege, dem ich von nun an eine Dankeshymne singe.

Doch jedenfalls steht eines fest: Meine Seele ist endlich aus den irdischen Bereichen herausgetreten, in denen sie so lange umherirrte und so oft in Gefahr war, dem Trübsinn zu verfallen.»

Die Metamorphose setzt sich fort. Aus der Spiritualität schöpft Isabelle Eberhardt die Kraft, eine oft schäbige Realität zu «sublimieren».

Isabelle Eberhardt an Slimène Ehnni

Mittwoch, 17. Juli 1901, 6 h

Guten Abend, Vogelauge (A)

Heute habe ich ein Heft von 97 Seiten (in Reinschrift) mit der Arbeit auf russisch beendet, die somit bereitliegt, wenn sie angefordert wird. Gestern habe ich einen kleinen französischen Artikel über Tunis verfaßt, korrigiert und ins reine geschrieben.

Du siehst, ich vertue nicht meine Zeit. Überdies haben wir gestern einen eingeschriebenen Brief an den Notar geschrieben, in dem wir anbieten, die Villa mittels eines Darlehens aufzukaufen, und auf unverzügliche Antwort drängen. Heute schicken wir in derselben Sache einen Brief an unseren Genfer Anwalt.

Ich habe dem Bürgermeister von Vernier bei Genf, wo ich zwanzig Jahre gewohnt habe, brieflich um ein Führungszeugnis gebeten, das mir auszustellen er verpflichtet ist. Dies werde ich dem des Hauptmann Cauvet beifügen. Du verstehst, daß beide Zeugnisse zusammen auf den Obersten den besten Eindruck machen werden. Das kostet uns *nichts*.

Ich habe den Brief einer Dame erhalten, die für russische Zeitschriften schreibt und mich sehr schätzt*: Ich habe sie in meiner Antwort – gestern – dringlich gebeten, mir bezahlte russische Arbeit zu finden und mich, da sie in Paris sehr mächtig ist, bei den großen Zeitungen zu empfehlen. Vor zwei Tagen habe ich auch einen langen Brief an Abou Naddara geschrieben, der mir als Bekannter sehr nützlich sein kann – falls er mir nach der Ausweisungsaffäre, von der er gewiß weiß, überhaupt antwortet.

Mit meinem Bruder komme ich wieder *sehr gut* aus. Es sind immer nur bedeutungslose Anwandlungen. Bis heute abend.

[Schluß fehlt]

Isabelle Eberhardt an Slimène Ehnni (auf arabisch)

(Marseille 22. Juli 1901)

Dank sei Allah. Möge er den Propheten, den Erwählten, beschützen.

Ich habe Deinen Brief erhalten, mein ganzes Herz hineingelegt und ihn wohl verstanden. Was Du schreibst, ist so intim, daß es nur uns betrifft.

Wenn ich recht verstanden habe, warst Du besoffen, als Du geschrieben hast. Das hat mich zu Tränen bekümmert. Wo Du mir doch beim Koran und unserem verehrten Scheich Dein Versprechen gegeben hast!

Ich möchte gern die ganze Wahrheit wissen, dies ist unerträglich, und wenn Du mir nicht antwortest, bin ich Dir ernstlich böse.

Hier gehen die ewigen Geldprobleme weiter. Mein Bruder hat nichts mehr, denn der «Alte» hatte Hypotheken auf die Villa aufgenommen! Augustin ist somit verschuldet...

Möge Frieden über Dir sein, wünscht die Dienerin Allahs, Deine Gattin, Deine Dienerin, Deine Ziza, Deine Seele, Dein braunes Mädchen.

[ohne Unterschrift]

Isabelle Eberhardt an Slimène Ehnni

Marseille, den 23. Juli 1901, 9 Uhr morgens

Lieber Zizou,

Dein Brief vom 19. hat mir Sorgen bereitet, er hat mir Kummer gemacht, auf den ich nicht vorbereitet war. *Du sagst immer, daß ich Dich besser kenne als Du Dich selbst.* Und gerade deshalb kann es für so einen Brief nur eine Erklärung geben. Ich erinnere mich noch der bitteren Tränen, die ich, ans Krankenhausbett gefesselt, vergossen habe, als Du Dich jeden Tag betrunken auf das andere Bett gelegt hast und ich davor zitterte, den Doktor, vor allem den Hauptmann oder sonst einen Offizier eintreten zu sehen. *Ich habe Dir großzügig verziehen*, und wenn ich Dich jetzt daran erinnere, so weil ich sehe, daß Du, statt mir Mut zu machen, das Gegenteil tust. Augustin hat Deinen letzten Brief, der heute morgen ankam, gelesen und ist zum gleichen Schluß gekommen wie ich.

Niemals, hörst Du? *Niemals* hättest Du mir in Deinem normalen Zustand so schreiben können!

Ich bin traurig, in der Verbannung, ohne einen Centime und nicht in der Lage, den Verlust meiner Familie zu verkraften. Ich habe meine ganze Aufmerksamkeit auf Batna gerichtet, wo sich mein einziger Daseinsgrund, meine einzige Hoffnung befindet.

Warum werde ich nicht schwach? Warum halte ich, «das schwache Geschlecht», das aus, kämpfe verzweifelt und laufe die Cafés ab, um den Arabern für ein paar Centimes oder ein bißchen Tabak ihre Briefe zu schreiben? Ich konnte Dir in allen meinen Briefen wie eine Mutter sprechen, wie ein Bruder, Dir die wahre Lehre predigen, Dich daran erinnern, daß wir Mohammedaner und Khouans sind, daß wir eine Aufgabe und ein heiliges Ziel im Leben haben, daß Verzweiflung und mangelnde Ergebenheit in den Willen Gottes, auch mangelnde Tapferkeit Gotteslästerungen sind.

Das alles führt zu nichts. Du läßt Dich vom Beispiel der Ungläubigen fortreißen, der Pseudo-Mohammedaner, die Dich umgeben und die blind, degeneriert und die letzten der Untreuen sind. Der Bruderschaft anzugehören ist für Dich wie für viele andere nichts als ein Scherz, eine einfache Formalität! Du glaubst, es genügt, sich Kadry zu nennen, Du vergißt die feierlichen und heiligen Stunden von El-Oued, den Abend, als wir gemeinsam durch die geheimnisvolle Wüstennacht in unsere Zaouïya in Elbeyada gingen, um Sidi Abd-el-Kader anzuflehen, und wir wunderbarer Weise durch unseren Scheich aus aussichtsloser Situation gerettet wurden?

An das alles denkst Du nicht mehr.

Ja, vor Gott und dem Islam bin ich gewiß Deine Frau. Aber ich bin keine gewöhnliche Fathma oder irgendeine Aïcha.

Ich bin außerdem Dein Bruder Mahmoud, und bevor ich Dienerin bin, was eine arabische Ehefrau für ihren Gatten ist, bin ich Diener Gottes und der Djilani. Und ich *will* nicht, hörst Du, daß Du Dich den schönen Träumen, die ich für uns habe, unwürdig erweist. Ich habe Dir in meinem Brief vom letzten Dienstag noch *nicht einmal die Hälfte* davon erzählt.

Wenn ich Dich ausgeschimpft habe, so ist das nicht mein Fehler: Wende Dich *an Deine Mutter* Zuiza, die die Ohren von Zuizou langgezogen hat.

Glaube an meine auf *ewig unveränderliche und treue* Zuneigung.

Brüderliche Grüße an die Familie.

[ohne Unterschrift]

Isabelle Eberhardt an Slimène Ehnni

Marseille, den 25. Juli 1901

Zizou, Ouïha (A)

Ich habe von Angellini zwei Nummern der *Nouvelles* erhalten, einer Tageszeitung, die in Algier erscheint und in der am 19. und

20. zwei Artikel von mir erschienen sind: «Frühling in der Wüste» und «Maghreb». Im Augenblick habe ich nur ein Exemplar von jeder Nummer. Bitte sofort den Zeitschriftenhändler in Batna, Dir *mehrere* Exemplare dieser Nummern zu verschaffen. Behalte zwei davon: eines für Zuizou, das andere gibst Du zu lesen, wem Du willst. Schicke mir die anderen (laß Dir sechs geben) UNVERZÜGLICH: Ich werde sie dem Oberbefehlshaber, dem General Labattut und anderen Personen schicken. Es ist eine ausgezeichnete Möglichkeit, mein Ansehen dort ein bißchen aufzupolieren. Schicke ein Exemplar von jeder Nummer sofort an Monsieur de Laffont, *wobei Du die Artikel sorgfältig mit einem roten oder blauen Stift anstreichst.*

Chefredakteur der *Nouvelles* ist ein bekannter Pariser Schriftsteller, Victor Barrucand, der gleichzeitig Redakteur einer Pariser Zeitschrift ist, der *Revue blanche*, die innerhalb der Literatur eine bemerkenswerte, schöne Beachtung findet: Ich werde mich bemühen, noch einige Artikel in den *Nouvelles* zu publizieren, danach werde ich einen Artikel schreiben, der in die *Revue blanche* paßt, und ihn Barrucand schicken. Im Sommer leeren sich die Redaktionen der Zeitungen und Zeitschriften: alle sind in die Sommerfrische gefahren. Aber von den ersten Tagen der zweiten Oktoberhälfte an kommt das literarische Leben wieder in Gang. Bis dahin muß ich beharrlich arbeiten, um eine Sendung Artikel fertig zu haben. Ich bin sicher, daß ich mir in der Welt der Literatur erfolgreich meinen Weg bahnen werde.

Ich habe noch eine Bitte an Dich: *Schicke mir pro Woche drei Briefmarken zu 15 Centimes.* Auf diese Weise kannst Du sicher sein, daß Du meine Briefe erhältst, denn sonst weiß ich nicht, was ich tun soll. Jetzt wäre es nötig, an die *Nouvelles* und an Angellini zu schreiben, um ihm zu danken, und an Dich, aber es gibt wirklich keinen Centime mehr im Haus.

Jetzt, wo ich für die *Nouvelles* schreibe, werde ich mich jedenfalls über Wasser halten, indem ich ihnen wenigstens zwei Artikel im Monat gebe: Dadurch wird mein Name in Algerien nicht in Vergessenheit geraten, und ich werde mich auf eine französische Zeitschrift berufen können, um meine Fähigkeit als Journalistin nachweisen zu können. Ich werde sie bald um einen Presseausweis bitten, der mir das Recht auf freien Eintritt im Theater und bei anderen öffentlichen Veranstaltungen gibt, wie auch Ermäßigung in den Buchhandlungen und auf die Abonnements der Zeitungen. Dieser kleine Erfolg gibt mir den Mut zu arbeiten. *Allah kommt uns zu Hilfe* (A). Hätte ich meine Zeit mit Lamentieren und in Trübsinn verbracht, hätte ich nichts erreicht. Bald werden wir uns, *Inch'Allah* (A), nicht mehr schreiben, denn meine Geduld, auf Dich zu warten, ist erschöpft. Meine Gesundheit ist wieder einmal stark angegriffen.

[ohne Unterschrift]

Zum ersten Mal erwähnt Isabelle Eberhardt den Namen von Victor Barrucand, eines der einflußreichsten algerischen Journalisten. Er wird einer der ersten sein, der ihr Talent erkennt und sie bei den Lesern der algerischen Presse durchsetzt.

Isabelle Eberhardt an Slimène Ehnni

31. Juli 1901 mittw.

Zizou, Ouïha, guten Abend, Auge des Vogels (A)
Ich schreibe Dir diesen kurzen Brief, um Dich zu trösten, um Dir Mut zu machen.

Was mich angeht, so habe ich vorgestern einen Brief eines sehr bekannten französischen Journalisten, der im Süden lebt, erhalten. Auf Empfehlung der russischen Dame, von der ich Dir in meinem letzten Brief erzählt habe, bot er mir seine Hilfe an und bat mich, ihm offen zu sagen, wie er das tun könnte. Er verlangte alle meine veröffentlichungsreifen Manuskripte. Ich schicke ihm heute vier Manuskripte, die Artikel aus den *Nouvelles*, aus den

Dépêches alg. und werde ihm morgen einen weiteren Artikel schicken. Wie Du siehst, läßt uns Gott und Djilani nicht im Stich. Habe Vertrauen in sie.

Tröste mich durch gute und lange Briefe, und vergib mir, wenn ich Dich, was Deinen unvernünftigen Brief vom 19. angeht, verletzt habe. Ich bin in einem Zustand von Aufregung, der alles erklärt.

Schreibe mir schnell, und bestätige mir den Empfang meiner Briefe mit dem Datum des Eingangs.

Ich umarme Dich sehr sehr innig, tausend Grüße an Deine gelben Augen von Deiner Ziza und Deinen Töchtern, die nach ihrem Vater weinen. Sei geduldig, Allah ist mit den Geduldigen (A).

[ohne Unterschrift]

Die russische Reisende und Journalistin Lydia Paschkow, Freundin von Abou Naddara, hat Isabelle Eberhardt ihrem ehemaligen Sekretär Eugène Brieux empfohlen. Dieser, inzwischen erfolgreicher Theaterautor, künftiges Mitglied der Academie Francaise, machte es sich zur Pflicht, jungen Schriftstellern zu helfen. Er schätzt die Texte, die Isabelle Eberhardt ihm schickt, empfiehlt einen gar der Zeitschrift *L'Illustration* (die ihn schließlich ablehnt). Besser noch, er begreift die Notlage seiner Briefpartnerin und sendet ihr unverzüglich hundert Francs. Über ihr literarisches Talent zu jener Zeit urteilt er als Kenner der Künste: «Sie fragen mich, ob Sie Originalität besitzen: In Ihrem Alter ist man nie originell. Am Anfang imitiert man die Meister, das haben Sie getan, und Sie haben Ihre Vorbilder gut gewählt. Die Persönlichkeit setzt sich erst später durch... wenn sie sich durchsetzt.»

Isabelle Eberhardt an Slimène Ehnni

Marseille, 1. August 1901

Zizou, azizou, rouh'i, ouiha, ya ziz (A)

Gestern abend erhielt ich Deinen Brief vom 28. und geriet in schreckliche Verzweiflung. Du ahnst nicht, welch furchtbare Gedanken mich überwältigt haben. *Vorgestern abend,* bevor ich aus *Deinem Brief* wußte, daß Du im Hospital liegst, *wußte ich es bereits, höchst mysteriöser Weise*: Ich ging in normaler Verfassung zu Bett und las. Kaum hatte ich die Lampe gelöscht, überfiel mich furchtbare Angst, und prompt dachte ich, daß es Dir schlechter gehen müsse, daß Du im Hospital sein müßtest ... und ich wälzte mich die ganze Nacht über im Bett umher, mit deutlichem Fieber und Herzklopfen. Als ich gestern abend Deinen Brief erhielt, war ich allein. Über zwei Stunden habe ich geweint und mit dem Kopf gegen die Wand geschlagen. Ich sagte mir, daß Du sehr krank und fern von mir seist und daß ich Dich nie wiedersehen würde. Augustin kam sehr spät heim. Nach dem Abendessen lief ich gegen zehn Uhr bei heftigem Regen zur Hauptpost – in der Stadt –, wo der Telegrammschalter die ganze Nacht über geöffnet ist, und schickte eine Depesche mit bezahlter Rückantwort an den Major des 3. Spahi-Regiment, in der ich ihn anflehte, mir zu sagen, ob Dein Leben in Gefahr ist. Er muß dies gegen ein Uhr erhalten haben. Hätte er mir geantwortet, Du seist in Gefahr, hätte ich seine Depesche an den Generalgouverneur geschickt und ihn gebeten, mir die Einreise zu erlauben, damit ich Dich sehen kann. Ich hätte das Geld aufgetrieben. Aber ich hoffe, er wird mir antworten, daß mein Zuizou nicht bedroht ist.

Ich bitte Dich im Namen Gottes und unseres Scheichs, *schreib mir die Wahrheit* über Deinen Zustand und tröste mich.

Ich hatte gerade genug Kraft, *mit Mühe* unsere grausame Trennung zu ertragen. Doch nun bin ich am Ende meiner Kräfte. Ich kann nicht mehr. Wenn nicht ein Brief von Dir und vor allem das Telegramm des Arztes mir Mut machen, fühle ich, daß ich aufgeben werde. Fürchte nichts, ich werde keine schlechte Tat begehen, doch meine Gesundheit ist so geschwächt, daß sie einen weiteren Schlag nicht überstehen wird.

Ich bitte Gott und Djilani, Dich zu schützen und zu heilen. Ich hoffe bei ihnen, daß Du bald in meiner Nähe bist, *denn Du bist mein einziger Grund, hier auf Erden zu sein, und das letzte, was mich an das Leben bindet.* Das sollst Du wissen.

Ich umarme Dich mit meiner ganzen Seele, die immer die Deine bleibt, ya rouh'i, ya Zuzou.

[ohne Unterschrift]

Ein so dramatischer Ton verdiente eine prompte Antwort. Sie kommt; einer der wenigen erhaltenen Briefe von Slimène. Doch bevor er nach Marseille gelangt, hat Isabelle Zeit, noch ausführlich zu schreiben.

Isabelle Eberhardt an Slimène Ehnni

Marseille, Samstag, 3. August

Guten Abend, Vogelauge, ich umarme Dich tausendmal, gelbe Augen (A)

Es beunruhigt mich sehr, nichts von Dir erhalten zu haben. Vielleicht ist mit der Abendpost ein tröstlicher Brief eingetroffen: Ich werde ihn morgen früh oder übermorgen erhalten. Das ist noch lange hin.

Doch andererseits habe ich Dir eine exzellente Neuigkeit zu berichten, die Dir Vergnügen machen wird, und gewiß wirst Du sagen: *Danke, meine Liebe* (A)

Der große Journalist, von dem ich Dir erzählt habe, daß er mich empfohlen hat, hat mir als Darlehen von unbegrenzter Dauer 100 frs gesandt. Davon habe ich Augustin 50 frs für den Haushalt gegeben, gegen die 50, die er uns nach El-Oued geschickt hatte. Mit dem übrigen bin ich mit Hélènes Schwester eine komplette Aussteuer kaufen gegangen: Kleid, Strümpfe, Korsett, Handschuhe, Taschentücher, Unterröcke, Schleier, Halbschuhe. Dies alles habe ich sehr billig erworben. Das Kleid wird mir Hélènes Schwester nach meinen Vorstellungen für 10 frs schneidern, von denen ich 5 angezahlt habe. Es wird dunkelblau sein, in hübscher feiner Wolle.

5 frs bewahre ich für meinen Tabak und für Porto auf. So können wir, sobald Du da sein wirst, ein Zimmer mieten. Da Du Unteroffizier bist und mit der Quittung über die Mietvorauszahlung, die wir werden leisten müssen, kaufen wir auf Kredit die Wäsche und einige Möbel, die wir brauchen werden. Wir können uns viel besser einrichten und mehr Geld für Lebensmittel und vor allem für die Heilmittel reservieren, die Du dringend benötigst und die, sei dessen sicher, bestens wirken werden.

Es wird mir unmöglich sein, im *weißen* Kleid zu heiraten: Zu einem Brautkleid gehört der Kranz aus Orangenblüten, und ganz Marseille weiß, daß wir zusammengelebt haben: selbst vor dem Colonel und Deinen Kameraden wäre das ein ungeheurer Skandal. Also werde ich einen schönen schwarzen Stoff kaufen und mir ein sogenanntes Halbtrauerkleid machen lassen, mit fliederfarbener Satinweste. Ich lasse meine Haare wachsen, und für jenen Tag lasse ich sie mir kräuseln. Ich lasse mir einen schwarzen Hut machen, nach Art eines Männerhuts, mit Flieder verziert. Das ergibt eine Aufmachung von bestem Geschmack, die zumindest niemanden schockieren wird. Im übrigen sind weißes Kleid und Orangenblüten von den Priestern erfunden worden – für die Hochzeit in der Kirche.

Du siehst, Zouizou, daß ich wenigstens einmal sehr weise gewesen bin.

Es hat mir größten Spaß bereitet, all das zu kaufen: Ich habe mir gesagt: ich tue es für Zuizou, er wird zufrieden sein.

Damit ich gänzlich beruhigt wäre, was unsere Zukunft betrifft, hätte ich einen guten Brief von Dir nötig, der mir berichtet, daß es Dir wenigstens ein bißchen besser geht: der Abreisebefehl wird das beste Heilmittel sein, und er wird nicht mehr lange auf sich warten lassen. Du siehst, daß Djilani uns weiterhin beschützt, da er uns sogar Geld von einem *Unbekannten* zukommen läßt!

[...]

[Schluß fehlt]

Das Liebestrio sucht Isabelle Eberhardt, wie man gesehen hat, aber das Quartett gewiß nicht! Das Folgende notierte sie zwei Monate früher:

«... Augustin tut sein möglichstes für mich, doch seine Ehe hat ihn mir entfremdet... Im übrigen ist da die zwingende *Bewußtlosigkeit* seiner Frau, eines Kinds aus dem Volke, aus dem impulsivsten Volke auch noch, die mir das Zusammenleben unerträglich macht.

Eine Sache, die ich nie verstanden habe und nie verstehen werde: *der Charakter und das Leben Augustins*. Ist er erst zu dem geworden, was er ist, oder war er vielmehr immer so? Er scheint immer mehr in seinem jetzigen Leben zu versumpfen, in dem für den Intellekt kein Platz mehr ist, das mich immer mehr anwidert und zur Fremden werden läßt.

Und wie wird unter diesen Umständen die, meiner Ansicht nach sehr düstere, Zukunft aussehen, die dieses Geschöpf [Hélène-Nathalie, Augustins Tochter] erwartet, das mir rätselhafter Weise physisch gleicht und das – dessen bin ich mir sicher, ohne sagen zu können weshalb – mir psychologisch sehr nahe sein wird. Arme kleine Hélène, in der ich mit Zärtlichkeit und *Angst* meine Züge wiedererkenne! Du wirst mich zweifellos nie kennenlernen, ich, der ich so wenig Platz einnehme in dem Haus, in dem du aufwachsen mußt, und die ich darum so selten wie möglich erscheinen werde!

Was werden diese Eltern daraus machen?

Und wo ist die Affinität unserer beiden Wesen geblieben, von Augustin und mir, die er einst so lauthals beschwor?»

Der Bruch mit dem einst so geliebten Bruder steht nahe bevor. Und die düsteren Vorahnungen werden sich bewahrheiten: Augustin wird sich 1920 das Leben nehmen, seine Tochter Hélène ein wenig später...

Slimène Ehnni an Isabelle Eberhardt

Batna, 4. August 1901
4 h abends

Liebe Ziza,
ich will Dir zunächst sagen, daß meine Gesundheit sich von Tag zu Tag bessert, und ich schwöre Dir *bei meinem Herzen* (A), daß ich fast nichts mehr spüre.

Zur Bestätigung dessen melde ich Dir, daß der leitende Arzt heute vom kommandierenden General der Subdivision Batna einen Genesungsurlaub von *drei Monaten bei vollem Sold* genehmigen ließ. Dieser Urlaubsschein wird um den 19. August unterschrieben zurückkommen, aber ich erhalte ihn nur bei Vorlage des verlangten Zertifikats, das ich Dich bitte, mir möglichst schnell zu schicken.

Sei nicht mehr betrübt, denn in zehn, höchstens zwölf Tagen werde ich bei Dir sein. *Inch'Allah* (A).

Ich umarme Dich von ganzem Herzen.

Dein Dich immer liebender
Ehnni.

Isabelle Eberhardt an Slimène Ehnni

Marseille, Montag, 5. [August], 6 h abends

Zizou, meine Seele, mein Geist (A)

Sobald ich Deinen Brief erhielt, habe ich einen Brief zum Colonel gebracht, in dem ich ihn fragte, was zu tun sei. Er ließ mir antworten, ich solle um 4 Uhr in die Kaserne kommen.

Glücklicherweise hat der Journalist, von dem ich Dir erzählt habe, mir ohne Rückzahlungstermin 100 frs geliehen, von denen ich mich komplett einkleiden konnte: es fehlte mir nur das Kleid, das noch nicht fertig ist. Hélène hat mir ihres geliehen. Ich begab mich zum Colonel, der mich sehr gut empfangen hat. Er sagte mir, in Batna sei es Dir sehr schlecht gegangen, und von Deiner Situation im Hospital hatte er das *gleiche Bild wie ich*.

Darum sagte er mir, ich solle Dich unbedingt Deinen Genesungsurlaub hier verbringen lassen. *Er hat mir unverzüglich seine Heiratsgenehmigung versprochen* sowie seine Protektion. Er schreibt heute noch an das Ministerium. Von dem Moment an, wo Du auf den Beinen bist und Dein Versetzungsbefehl in Batna eingetroffen ist, könne Dich keine menschliche Gewalt mehr zurückhalten, versicherte er mir.

Bedenke, daß ich alles für Dich riskiere und daß Du all Deine Kräfte sammeln mußt, um mir beizustehen.

Vor allem bilde Dir nicht ein, daß Du ernstlich krank bist. Du selbst hast mir gesagt, daß nur unsere Trennung Dich tötet und daß Du Dich, obwohl noch im Hospital, besser fühlst. Du selbst mußt entscheiden, ob Du wirklich noch zu krank bist, um kommen zu können. Im übrigen wirst Du, sobald wir verheiratet sind oder sogar noch davor, wenn Du Deine Prämie erhalten hast, *hier* einen Genesungsurlaub genehmigt bekommen: *der Colonel hat es mir versprochen.*

Der Colonel hat heute an einen Kameraden im Ministerium geschrieben, um ihn zu bitten, Deine Versetzung zu veranlassen. Du wirst sehen, in wenigen Tagen hast Du sie.

Zuizou, *beim Haupt Deiner Tochter Ziza* (A), bereite mir keinen Kummer. Warum muß immer ich, Deine Frau, die Du doch beschützen und trösten solltest, Dir Mut zusprechen?

Ich lege Dir den Entwurf eines Briefes bei, den Du unverzüglich an Augustin schicken mußt: damit *wirst Du mir das Leben hier im Hause erleichtern.* Ich gestehe Dir, daß meine Position nicht glänzend ist.

Ich umarme Dich von ganzem Herzen, das *immer Dir gehört* (A).

Schreib mir genau, wo es Dir weh tut, ob Du viel hustest, ob Du ausspuckst und in welcher Farbe, ob Du Fieber und Nachtschweiß hast, ob Du wieder ißt und überhaupt sämtliche Details.

Erstaunlich: Zwischen zwei so verschiedenen Personen wie Isabelle Eberhardt und dem Colonel de Rancougne, dem künftigen Vorgesetzten von Slimène, findet ein Spiel gegenseitiger Verführung statt... Eindeutig sind Offiziere von Mahmoud fasziniert. Zu de Rancougne und der «sinnlichen Frage» notiert Isabelle Eberhardt: «Was hatte dieser eigenartige, anziehende Typ, der gewiß viele vortreffliche Frauen noch immer zu verzaubern vermag, im Sinn, als er sagte: ‹Sie waren in Algerien das Objekt unzähliger Begierden›?»

Und weiter: «Ich würde diesen Mann gewiß gern wiedersehen und besser kennenlernen. Er hat keineswegs einen unbedeutenden Eindruck bei mir hinterlassen – er kann kein vulgärer Mensch sein.»

Zwei Jahre später werden Mahmoud und der künftige Marschall Lyautey im Sud Oranais so gute Komplizen sein, daß die ganze Kolonie darüber klatscht...

Isabelle Eberhardt an Slimène Ehnni

9. August [1901]. Marseille.

Nachdem ich soeben Deinen Brief vom 5. des Monats erhalten habe, bleibt mir nichts mehr zu sagen und nichts zu tun übrig, als die folgenden Ereignisse abzuwarten, um mir klar darüber zu werden, wie ich mich fortan Dir gegenüber zu verhalten habe. Dieser Brief wird morgen mittag abgehen und spätestens am Dienstagmorgen in Batna sein. Ich wäre Dir sehr verbunden, wenn Du mir sogleich nach Erhalt klar Deine Absichten für die Zukunft *telegraphieren* würdest.

Wenn Du bei den Entschlüssen beharrst, von denen Du in Deinem Brief so höflich sprichst, werde ich, da ich ein wenig Geld erhalten habe, *Mittwoch mittag* das Schiff nach Tunis nehmen.

Ich regle meine Angelegenheit im voraus, um dieses Postschiff nicht zu verpassen. Der Brief, den ich bei meiner Abreise dem Colonel de Rancougne zukommen lassen werde, liegt schon bereit, ebenso der an den Arzt in Batna.

Dies ist alles, was ich auf Deinen Brief vom 5. zu erwidern habe.

Isabelle Eberhardt.

Es versteht sich von selbst, daß ich meinen Bruder unterrichten werde und er Dir Deine Papiere sowie alle Gegenstände schicken wird, die Dir gehören könnten und die ich in Händen habe. All dies wirst Du entweder bei Faure oder an der Adresse vorfinden, die Du meinem Bruder selbst angeben kannst.

Ein kühl ins Auge gefaßter Bruch ... der glücklicherweise mit der folgenden Post dementiert wird. Was mag Slimènes Brief vom 5. August nur enthalten haben?

Isabelle Eberhardt an Slimène Ehnni

Marseille, Dienstag, 13. August 1901

Ya Zuzou, ya Ouiha,

soeben erhielt ich Deinen Brief vom 10. Er tröstet mich, legt mir jedoch die Bemerkung nahe, daß er *sehr kühl* ist. Deine Briefe werden immer offizieller und kühler, als hätte ich mir Dir gegenüber etwas zu Schulden kommen lassen. Mir scheint im Gegenteil, daß ich mehr als mein mögliches tue, Dir beizustehen: Erst heute habe ich an den Kommandanten Binger geschrieben mit der Bitte, Deine Versetzung zu beschleunigen.

Ich kann Dir kein Zertifikat des Konsulats schicken, *da es 8 frs kosten würde*.

Du hast nicht den geringsten Anlaß, Dich zwei Tage in Constantine aufzuhalten: Schreibe sofort an das Rathaus, und laß Dir Deine Papiere schicken, wie das jedermann tut. Du willst Deine Ankunft doch wohl nicht noch länger herauszögern! Ich sehe, daß Du genau weißt, in *welcher Position, in welchem Zustand* und *in welcher Stimmung* ich bin! Es beleidigt mich sogar für Dich, daß Du nicht begreifen willst, daß ich hier mehr leide als Du, daß jeder Tag ein Martyrium ist und meiner GESUNDHEIT NICHTS MEHR ZUZUMUTEN IST. Jeden Augenblick werde ich vor Schwäche und Herzklopfen ohnmächtig.

Was Augustin angeht, gilt alles, was ich Dir bereits mitgeteilt habe, mehr denn je. Wir können in keiner Weise auf ihn zählen und müssen uns, koste es was es wolle, allein durchschlagen.

Ohne daß ich es von ihm verlangt habe, hat Si Smaine uns eines der beiden Zimmer, die er vermietet, angeboten. Du wirst dies annehmen müssen, denn hier können weder Du noch ich bleiben.

Du mußt es mir endlich gleichtun – handeln und denken wie *ein Mann*.

Laß mich Dir eindringlich sagen, daß wir uns *auf keinen Fall* mit Augustin entzweien können, denn, je nachdem, wie die Auflösung des Hauses vonstatten geht, könnte mein ganzes Vermögen in seine Hände geraten. Du siehst also, daß ich, sobald Du ankommst, unbedingt ausziehen muß und wir *höfliche, sogar herzliche* Beziehungen zu ihm unterhalten müssen, jedoch im wesentlichen UNABHÄNGIG bleiben.

Ich bitte Dich also:

1) schriftlich in Constantine Deine Papiere zu beantragen;

2) Dir Gebete und *dikr* zu beschaffen, was sehr leicht ist;

3) Dir so viel Geld wie möglich zu verschaffen;

4) vor allem, Dich nirgendwo aufzuhalten und mir genau das Schiff zu telegraphieren, mit dem Du eintreffen wirst.

Von meiner einst so guten Gesundheit ist fast nichts übrig: Ich bin äußerst schwach und zittere an allen Gliedern.

Warum schreibst Du mir nicht freundlicher, so wie früher. Du liebst also Deine Zuiza nicht mehr so sehr!

Ich umarme Dich von ganzem Herzen, in aller Aufrichtigkeit, aller Zärtlichkeit.

Ya Zuzou, ya Ouiha, ya ou, ou bou 100 100 100 mal.

[Ein Auge]
[keine Unterschrift]

Isabelle Eberhardt an Slimène Ehnni

Marseille, Mittwoch, 14. August 1901, 10 h

Zouiz, Seelchen, ouiha, mein gelbes Auge, guten Abend, Vogelauge (A)

Dein Brief vom 11. hat mir die größte Freude bereitet. Wie viel habe ich für Dich gebetet! Jeden Abend bete ich, oft mit Tränen in den Augen: *Scheich Moulay, sorge für Deinen Sklaven Slimène* (A).

Am meisten Freude hat mir gemacht, daß Cherifa [Slimènes Schwester] zu Dir zurückkehrt. Ich weiß, wie sehr Du sie geliebt hast. Du mußt ihr *unbedingt* schon jetzt ein paar Worte schreiben und Dich zu ihr begeben, statt Dich zwei Tage in Constantine aufzuhalten. Erkläre ihr die Sache mit dem Papier von Khoudja und versuche, es an sie zu übergeben: So kommt sie am 15. Oktober zu 90 frs, und wir haben die Mittel zurückzukehren, da Augustin wirklich außerstande ist, irgend etwas für uns zu tun.

Ich habe Dir noch eine gute Nachricht mitzuteilen: Der Journalist [Eugène Brieux] hat mir je 100 frs zum 1. September und 1. Oktober versprochen. Somit ein Darlehen von 300 frs von einem Unbekannten, der mich nie gesehen hat!

So müssen wir, wenn Du am 24. ankommst, nur acht Tage dem Teufel den Schwanz langziehen, *dem Teufel den Schwanz langziehen* (A).

Kaufe in Bône Pantoffel – für Hélène, die Kleine und DICH (nicht vergessen, denn was sonst willst Du im Haus tragen?), den Tabak: versuche, den mitreisenden Soldaten etwas davon unterzuschieben. Allein kannst Du wenigstens anderthalb Kilo einführen. Steck zwei Päckchen in die Taschen, ein langes flaches unter den Gürtel (und unter die Weste) und in die Stiefel. Die Zigaretten verstaust Du in der Unterhose. Verzolle zwei, drei Päckchen Zigaretten und ein halbes Kilo Tabak. Kauf auch den Schal für die Alte, wenn Du genug Geld hast, und einen hübschen blaßrosa oder blaßblauen für die Schwester von Hélène, die mir so günstig das Kleid geschneidert hat. Behalte so viel Geld wie möglich, denn wenn es geht, fühlen wir uns viel freier, wenn wir allein in einem guten kleinen Hotel wohnen und für 15 Centimes im Restaurant essen. Wenn wir nur die Mittel dazu haben – durch Deine Versetzung werden sie vorhanden sein –, müssen wir uns ernsthaft mit den Vorbereitungen auf Dein Examen beschäftigen, vor allem, wenn es schon im Dezember stattfindet, also recht bald.

Übrigens will ich Dir nicht verbergen, daß der Journalist mir das Geld nur unter der Bedingung gibt, daß ich unter seiner Anleitung kräftig daran arbeite, in die Zeitungen hineinzukommen.

Letord wird mir wohl endlich Geld schicken. Der alte Russe hat es mir noch versprochen. Genf wird vor Oktober aufgelöst sein. Du siehst, kein Grund zur Verzweiflung. Dein Urlaub bringt Dich bis in den November. Im Dezember mußt Du Dich wohl nach Algier schicken lassen – ich werde Dich natürlich begleiten –, und am 20. Februar oder noch früher scheidest Du aus, jedenfalls, wenn Du bei dem Examen Erfolg hast. Also hast Du in Wirklichkeit kaum noch mehr als *einen Monat* Militärdienst vor Dir! Gott und Djilani verwöhnen uns wirklich.

Ich bitte Dich um einen *heiligen* Dienst: Geh zum Friedhof (dem großen) und frage nach der *konvertierten Fremden* (A). Das Grab ist nah der großen Pforte. Umarme sie in meinem und Deinem Namen und erbitte von Mama und von Vava [dem Alten] den Segen und ihren Schutz für unser ganzes Leben. Grüße sie auch im Namen Augustins, und bitte sie, ihn, seine Frau und *die Kleine* zu beschützen.

Sprich zu ihnen: *sei sicher*, daß sie Dich hören und uns segnen werden. Tu es für mich, die im Exil ist und nicht selbst zu diesem geheiligten Grab gehen kann. Du gehst doch für Zuiza hin, nicht wahr? *Ich weine, während ich Dir dies schreibe* (A).

Ich verlasse mich auf Dich und Deine Vernunft. Verliere vor allem unterwegs keine Zeit, und *komm nicht mit leeren Händen*. Wenn Du wenigstens 15 bis 20 frs hast, sind wir gerettet. Was den Transport des Gepäcks von Dir und mir angeht, habe ich einen guten kabylischen Träger, den ich sehr mag, weil er mir *kif* gibt und *Slimane* heißt.

Apropos *kif*: vergiß nicht zu organisieren, daß man Dir welchen schickt.

Ou bou. In neun Tagen werde ich Dich, *Inch'Allah* (A), anders küssen.

Ou bou ou bou ou bou (A)

[ohne Unterschrift]

Isabelle Eberhardt an Slimène Ehnni

Marseille, 23. August 1901

mein Liebling, ouiha, meine so sehr geliebte Seele (A)

Ich denke, Du mußt in Wut geraten sein, als Du mein Telegramm von gestern erhalten hast. Doch was tun? Ich kann nicht sechs Tage ohne *Nahrung* bleiben, und hier gibt es keine.

Wisse, daß alles von der Frau meines Bruders ausgeht, er sagt nie etwas, sie herrscht (A).

Da Smaïn Dich wahrscheinlich zusammen mit mir am Hafen erwarten wird, sag ihm, es ginge Dir nicht gut und Du wolltest Dich ausruhen. Da man das Hotel nicht im voraus bezahlen muß, sag ihm, Du würdest ihn am nächsten Morgen gegen 10 h aufsuchen: *Du wirst mit ihm sprechen müssen,* aber, bei *El Djilani* (A), *ich will den ganzen ersten Tag für mich haben. Tausend Küsse von Deinem armen Liebling und Küsse auf Deine Augen von Deinem lieben Waisenmädchen* (A).

Bei Deiner Ankunft werde ich als Mann gekleidet sein und einen Träger für Deine Sachen bei mir haben. Er ist Kabyle – nenne mich vor ihm Mahmoud. Achte darauf.

[ohne Unterschrift]

Über die Wiederbegegnung mit Slimène findet man in Isabelle Eberhardts Texten kaum etwas, als hätte sie geahnt, daß sie selbst in ihren intimen Aufzeichnungen bestimmte Dinge würde schützen müssen... Sachlich notiert sie: «27. August, abends. Habe Augustins Haus verlassen; um 4 Uhr am Quai Joliette gewesen. Zuizou mit der *Ville d'Oran* am 28. August um halb acht morgens angekommen. Schönes, klares Wetter. Starker Wind...»

Das Paar läßt sich im Haus 67, rue Grignan, in einem der möblierten Zimmer nieder, die Isabelle Eberhardt «Sumpf-Paradies» oder «Jammerparadies» nennt. Ihre Liebe blüht trotz der materiellen Schwierigkeiten: Die Armut bleibt bis zum Schluß ihr Los, doch der schäbige Alltag wird stets überwunden: «Endlich, zum ersten Mal seit dem Tod der lieben Alten, also seit dem Beginn meines Erwachsenenlebens, gehe ich ein bißchen über mein *Ich* hinaus. Ich habe eine Pflicht *außerhalb meiner selbst* zu erfüllen. Das genügt, die ansonsten formlosen Tage und dieses Dasein ohne Charme zu adeln, in dieser Stadt des Exils, an die mich nichts bindet, wo alles mir fremd und abstoßend erscheint.»

Der Verkauf der Villa Neuve, der am 27. September in Genf endlich abgewickelt ist, ändert nichts. Nicht nur fällt den «Erben» kein Centime zu, sie müssen auch noch sechzig Franken Grundbuchgebühren bezahlen!

Die Legalisierung ihres Verhältnisses am 17. Oktober im Rathaus von Marseille ist für Isabelle Eberhardt vor allem eine Formalität, durch die sie die französische Staatsbürgerschaft erwirbt und somit die Chance, nach Algerien zurückzukehren. In Hinblick auf diese Rückkehr wird einer der zahlreichen Zukunftspläne in die Tat umgesetzt: Slimène wird nach seiner Entlassung aus der Armee Dolmetscher *(khodja)* werden, und in Vorbereitung auf das Examen wird er zum Schüler seiner Frau. Diktate, Aufsätze, Lektionen in Geschichte und Geographie, deren Spuren sich in den Papieren der beiden finden... Trotz aller guten Vorsätze von Isabelle Eberhardt, eine weniger widerspenstige Ehefrau zu werden, setzt ihr Charakter sich immer wieder durch, und alsbald bedauert sie ihre Heftigkeit. Manchmal schreckt sie sogar vor Schlägen nicht zurück... die Slimène einsteckt, beherrscht genug, um nicht zurückzuschlagen. Aus allen Unannehmlichkeiten geht die Liebe dieses Paars, das seiner Zeit voraus ist, unangefochten hervor: «Im allgemeinen ist in der verbildeten, verstörten modernen Welt der Ehemann nie der sinnliche Initiator. Gemein und dumm verbindet man das Leben des jungen Mädchens mit einem Ehemann, der letztlich eine lächerliche Gestalt ist. Ihm gehört die körperliche Jungfräulichkeit der Frau. Dann muß sie, zumeist angewidert, ihr Leben neben ihm verbringen, sich den «ehelichen Pflichten» unterziehen, bis zu jenem Tag, an dem sie heimlich, unter Erniedrigungen und Lügen, erfährt, daß es eine ganze Welt der Empfindungen, des Denkens und der Gefühle gibt, in der sich der Mensch erholt. Und eben darum unterscheidet sich unsere Ehe so sehr von anderen und erbost so viele Bürger; für mich ist Slimène zweierlei – und versteht es instinktiv, beides gut zu sein – Liebhaber und Kamerad.»

Sodann: «Gott hat einige fruchtbare Samenkörner in meine Seele gesenkt: ein extremes Desinteresse an allen weltlichen Dingen, den Glauben, die lebhafte, barmherzige, unendliche Liebe zu allem, was da leidet. Das Böse zu vergeben heißt, sich bedingungslos der islamischen Sache zu widmen, der schönsten von allen, weil sie die Wahrheit ist...

Ah, die langen Stunden, die ich einst in schattigen Wäldern verbrachte, das Mysterium schlafloser Nächte, in denen ich die herrliche Welt der Sterne betrachtete... mußte all dies mich nicht auf den Weg religiöser Mystik bringen!

Und doch, wenn ein Gelehrter, ein Psychologe oder Schriftsteller diese Zeilen läse, riefe er gewiß aus: ‹Sie ist dem Wahnsinn nahe!› Aber wenn die Flamme meiner Intelligenz jemals brannte, dann jetzt, und ich spüre genau, das *neue Leben* hat erst heraufzudämmern begonnen!»

Überzeugt, daß der Säbelhieb von Behima nur ein göttlicher Wink gewesen war, von ihrem mystischen Elan getragen, entdeckt Isabelle Eberhardt für sich ein Geschick als Erwählte Gottes, als Marabout: «Dies ist mein Geheimnis, das ich niemandem anvertrauen darf und niemandem anvertrauen werde, außer dem einen, der es eines Tages geahnt hat und niemals durch höhnisches Lachen das Heiligtum meiner Seele befleckt, das ich ihm allein manchmal weit auftun kann: das kein anderer kennen darf: denn auch er ist *vorherbestimmt.*»

Wird sie ihre göttliche Mission erfüllen? Als Persönlichkeit und einzigartige Zeugin ihrer Zeit jedenfalls spricht uns Isabelle Eberhardt lange nach ihrem Tod noch immer an.

Epilog

Die Reise über das Mittelmeer am 14. Januar 1902 ist mehr als eine Rückkehr aus dem Exil: Sie bedeutet den endgültigen Bruch. Mit Europa und mit dem letzten Zeugen der Vergangenheit: «Augustin ist aus meinem Leben geschieden. Für mich ist der einst so geliebte Bruder tot. Was den Menschen angeht, der in Marseille oder sonstwo lebt, den Gatten von *Jenny der Arbeiterin*, so existiert er nicht, und ich denke nur sehr selten an ihn. Er hat alles getan, damit sich noch einmal die unerhörte Hellsicht des unvergeßlichen Alten erweise.»

Von Augustin sagt sie sich los wie einst von Ali; seitdem gibt es keine Briefwechsel mehr, denn Slimène bleibt an ihrer Seite. Nach 1901 findet sich kaum mehr eine briefliche Spur von Isabelle Eberhardt. Ihr weiterer Weg ist jedoch leicht zu rekonstruieren: Ihre Notizen von unterwegs, ihre Erzählungen liefern Anhaltspunkte über ein Leben, das von nun an eine einzige lange Reise sein wird. «Es geht nicht darum zu leben, sondern zu scheiden.» Mit der Rückkehr nach Algerien entfaltet sich erst wirklich die Gestalt Mahmouds, des schreibenden Nomaden.

Ein Monat in Annaba, und Flucht vor den «ewigen maurischen Intrigen» in der Familie von Slimène: «Noch einmal gehe ich zu dem weißen Grab auf dem grünen Hügel, um adieu zu sagen. Dann ziehen wir weiter und folgen unserem wechselhaften, sorgenreichen Geschick.»

Von März bis Juli 1902 in Algier, rue de la Marine und rue du Soudan in der Kasbah, Zuflucht vor der ausartenden Kolonialherrschaft. Aufgrund der Freundschaft mit Victor Barrucand stehen ihr die Spalten der Tageszeitung *Les Nouvelles* und bald die von *La Dépêche algérienne* offen.

Slimène, seit dem 20. Februar nicht mehr in der Armee, besteht sein Dolmetscherexamen. Mahmoud gönnt sich Ausflüge in den Süden und zu Andachten in den Zaouias, den islamischen Meditationsorten.

Von Juli 1902 bis Frühjahr 1903 in Ténès, wohin Slimène als Dolmetscher der Kolonialverwaltung berufen wurde. Mahmoud teilt das Leben der *douars*, das Elend der berberischen Bauern und Beduinen, «die den idiotischen Europäern weit überlegen sind und vor allem viel erträglicher als jene, die ihnen das Land vergiften». Und die sich anschicken, mit übler Nachrede und Schmähungen das skandalöse Paar zu verjagen.

Erneut Algier; Isabelle Eberhardt ist aus der Verleumdungskampagne bestärkt hervorgegangen und empört sich: «Je näher ich die politische Küche Algeriens betrachte, desto mehr bin ich angewidert. Welch ein Land, welche Sitten, welch eigenartige Manier, dem Leben zu begegnen! Für die Zukunft verspricht das nichts Gutes.» (Brief vom 12. Oktober 1902, veröffentlicht von Robert Landau in *Isabelle Eberhardt, notes et souvenirs*, Paris, 1945 und 1989.)

In Burnus und arabischen Reitstiefeln beginnt die schreibende Nomadin zur legendären Gestalt zu werden, was ihr die erste Reise in den Sud-Oranais ermöglicht – als Kriegsreporterin. Aïn-Sefra, Beni-Ounif, Figuig, von September bis Dezember 1903. Entdeckung des Landes der noch rebellierenden Nomaden, das sie als verheißenes Land erkennt, trotz des Vorrückens der Kolonialtruppen entlang der marokkanischen Grenze. Widersprüchliche Freundschaft mit Lyautey, dem militärischen Kommandanten der Region.

Der General bemerkt «ihre wunderbare künstlerische Begabung» und «was sie damit gemacht hat, um die Notare, die Korporale, die Mandarine jeder Art zu verschrecken».

Im folgenden Jahr kurzer Aufenthalt bei Slimène, der auf die andere Seite des Landes, ins Constantinois, versetzt worden ist, Reise nach Marokko, wo Bürgerkrieg herrscht, und Rückkehr in den Süden. Juli bis September 1904 nach Kenadsa, die letzte Reise. Weit jenseits der besetzten Gebiete in einem mystischen Fort in der Wüste. Doch am 15. Oktober 1904 befindet sie sich im Militärhospital von Aïn-Sefra, von wo sie die folgende Botschaft schickt:

«Sie ahnen gewiß, daß mein Schweigen keine heiteren Gründe hat. Ich bin seit vierzehn Tagen im Hospital und werde noch lange bleiben müssen. Ein unterwegs, in sumpfiger Gegend, aufgelesenes Fieber hat mich umgeworfen. Gleichwohl nichts Ernstes. Ich kann jetzt wieder aufstehen und mit ganz kleinen Schritten im Hof umhergehen. Das Hospital liegt auf einer Anhöhe, und die Aussicht ist schön.

Dies sind die sanften Herbsttage, der Himmel ist klar, und die Sonne scheint strahlend auf den Sand, wo wieder das Alfagras grünt.

Ich arbeite viel und habe endlich das Manuskript von ‹Sud-Oranais› fertig...

Sobald ich geheilt bin, will ich in die Sahara-Oasen reisen, nach Beni-Abbès, Timimun, In-Salah, und einen zweiten Band von dort mitbringen. Da ich wahrscheinlich in Timimun überwintern werde, will ich dort den ‹Trimardeur› beenden, der im Frühjahr erscheinen kann.

Vorher besteht keine Aussicht, daß ich nach Algier zurückkehre...

Ich umarme Sie freundschaftlich.

Mahmoud.»

Ein plötzliches Unwetter macht diese Pläne zunichte. Mysteriöses «Schicksal», das eine letzte Gunst gewährt: Nach langer Trennung trifft Slimène im Bahnhof von Aïn-Sefra ein. Einige Stunden später, am Morgen des 21. Oktober 1904, überflutet der angeschwollene Wadi die Stadt.

Isabelle Eberhardt zählt zu den zwanzig Opfern der «Katastrophe von Aïn-Sefra».

Nach sechs Tagen der Ungewißheit unterzeichnet Lyautey das folgende Telegramm: «Leichnam von Isabelle Eberhardt unter Trümmern gefunden.»

Dann diese Pressemeldung: «Heute morgen um 9.15 h wurde der Leichnam von Isabelle Eberhardt aufgefunden. Er lag unter Schutt am Fuß der Treppe ihres Hauses. Die Hilfeleistungen waren überaus beeindruckend. Die Militärbehörde hat die Bestattung im mohammedanischen Friedhof angeordnet.»

Glossar

Aïn	Quelle, Brunnen
Dikr	Meditation, Meditationsgebet der islamischen Mystiker
Djellaba	langer weiter Übermantel mit Kapuze
Douar	Zeltlager, kleines Dorf
Fantasia	festliche Reiterspiele der berberischen Nordafrikaner
Kasbah	befestigte Siedlung, Festung. In Algier: Altstadt.
Khodja	Schreiber, Dolmetscher
Maghreb	Westen, Abend
Marabout	islamischer Weiser, Heiliger
Muezzin	Ausrufer, der die Gläubigen zum Gebet ruft
Nouba	Trompetensignal; Militärmusikkapelle
Oued	Wadi, Flußbett, das nur zu bestimmten Zeiten Wasser führt
Ramadan	islamischer Fastenmonat
Si	Herr (Anrede)
Sidi	Herr, Meister; Anrede eines Marabout
Scheich	Alter; Dorf- oder Stammesoberhaupt; Führer einer islamischen Bruderschaft
Schott	ausgetrockneter Salzsee
Spahi	Soldat der aus Eingeborenen bestehenden französischen Kavallerie in den nordafrikanischen Kolonien
Zaouia	Kloster, Siedlung islamischer Bruderschaften
Zizou,	*Geliebter, Liebling (weibliche Formen: Aziza, Zuizou, Aziz Ziza)*